南京de南京人

NANJING FOR NANJINGERS

探秘
——
世界文学之都

江苏凤凰文艺出版社
JIANGSU PHOENIX LITERATURE AND ART PUBLISHING

探秘世界文学之都

南京人的南京

编委会

潘谷平　闻一武

朴尔敏　袁爽　王文溪　金晓霜

2019年10月31日,南京正式加入联合国教科文组织全球创意城市网络,成为中国第一个、也是目前唯一一个世界"文学之都"。_____

扫码探秘南京"文都秘境"

目录

叶兆言
南京 一座城市的沉浸式体验
013

陈薇
南京 看得见和看不见的记忆交织
045

李路
这座城市的斗争精神都藏在作品里
077

薛荣生
理工男的报刊亭风景　110

万俊
在城南深宅收集城市的记忆　112

赵真
响堂的栀子花开了　114

崔传面
七十二岁的"茶摊奶奶"　116

夏秋
带你逛吃南京　118

杨筱艳
体味平民视角里的南京与南京人
121

赵清
一条南京长江路载了我的五十年风雨
153

张真好
金牌导游的直播生涯　186

孙宁生
走进大山深处的"播种人"　188

张元杰
每年三百一十三个不在南京的日子　190

孙清和他的同事们
三个男人与一个书坊　192

叶泓霆
通过阅读"看见"世界　194

李晓旭
我的艺术生命是在南京成长起来的
197

金文
一千六百年的云锦历史需要"活的传承"
229

吴丽花
用匠心传承非遗文化　338

袁颖
方言说唱金陵　340

丁劼
城市的记录者　342

邢庭誉
将青春献给老山　344

陈鑫
服务在一线的"零零后"手语翻译
346

吕宏伟
南京长江大桥上的"生命守卫者" 262

阳光
书写南京的跨界理工男　264

蔡加翠
机缝女工的校服情缘　266

Ian Ross
苏格兰人生活在南京　268

王宣淇
女诗人与哈雷骑手　270

朱祺
南京潘西的铁骨柔情
273

吴菲
南京的"气质"都在南京话里
349

徐牧星
风驰电掣的时代，南京可以让人慢下来
381

华沙
串联南京城四十年间的文艺与烟火
307

郁嬿
南京记忆与世界视野
415

前言
从天下文枢到世界文都

北纬三十一度半，东经一百一十九度，这里是南京。

当朱自清和俞平伯畅游"桨声灯影里的秦淮河"时，这片迤逦的土地已被"文学"书写了近两千年——乌衣巷口夕阳斜，东晋望族筑起深宅大院，王献之在等待一个叫桃叶的女子；李白从凤凰台上望见白鹭洲，杜牧的"夜泊秦淮近酒家"被坊间传唱；唐伯虎在江南贡院考中了解元，崔颢感动于长干里两小无猜的真情；文天祥的"秦淮应是孤月"墨迹始干，李清照浅吟"庭院深深深几许"……

这就是南京，人们走过历史，留下诗篇，成就了南京深邃、包容的风景。明万历年间，终有人对这"过电影"般丰富的人文景观定了个调："天下文枢"。这四个字，如今高悬在夫子庙文德桥畔，它告诉我们：古代南京是"天下"文化的中心，这里曾是绵延一千多年的学宫、书院和科考场所，为国家输送过大量经世济国之才。

往前看眼花缭乱，往后看更是目不暇接。今天的南京，新时代"南京作家群"享誉海内外，成为当代中国文坛上第一个以城市命名的文学创作群体；南京城里活跃着数以千计的文学社团和协会组织，林荫大道上漫步的文艺青年正对着直播设备，将苏东坡与王安石的故事编成"剧本杀"……

在南京，文学不仅铸就了历史的丰碑，更成就了当下的精彩生活。正因为此，在联合国教科文组织"以创意驱动城市发展"的理念标尺下，2019年10月31日，南京成为中国第一个、也是目前唯一一个世界"文学之都"。文学令南京脱颖而出，文学也造就了南京今天的国际影响力。

文学因人而生，最终仍要回到人。转眼三年有余，盘点南京"文学之都"的建设成果有很多种方式，在这里我们选择了"回到生活"这个最质朴的方式。对于"文学之都"南京，每个生活于此的人都有一条了然于胸的"私家线路"，它们不同于市面上常见的"旅游攻略"：从散落的历史遗存、野逸风景，到街头转角的茶肆书店，直至烟火气缭绕的朵颐之处……任何一条线路拿出来，都是别出心裁的"南京秘境"大览，我们希望通过这些"有意思"的南京人，为您展示世界"文学之都"视角下有温度的南京生活——这便是《南京人的南京》一书出版初衷。

寻找"有意思的南京人"这个问题一度让我们头疼，不是因为少，恰恰是因为太多。南京无疑是座宜居之城，人们口头嫌弃它"温吞"的同时，又"赖"着不想走，就像作家叶兆言说的，李白来了南京也胡说八道自己是南京人——"白本家金陵，世为右姓"，他甚至撺掇朝廷说金陵真好，迁都金陵吧！以至南京至今还欠他一份情。

本书最终收录了"12+20"位南京人推荐的140处"南京秘境"，12位是我们有针对性找寻到的，有作家、导演、建筑师、设计师、非遗传人、艺三代、赛车手、音乐人、本地"顶流网红"等等——这座城市就是如此"海纳百川"；另外20位则是"赶海"途中让人不忍忽略的"支流"。采编过程中，我们幸运地遇到了很多看似普通却绝不平凡的南京人，诸如一位机缝女工、一位常年在长江大桥巡逻的水警、一个摆茶摊的老太太、一个卖栀子花的小姑娘……篇幅关系，无法尽情铺展，每一次倾情推荐，是他们献给南京的礼物，也是南京"文学之都"献给他们的礼物。

沧海桑田，世事浮沉，亘古的山河与有趣的灵魂是行走人世间必须细品、却往往被忽略的对象，与他们联结、共情，可以收获使人安定从容的生命奥义。也正是这样的探访交流，让我们领悟了文学之于城市、之于生活的奥义。我们更希望这样一本特殊的"攻略"，能让您理解"文学之都"最终是要让生活于其中的每一个普通人都有文学审美的"获得感"——这样一个本质的奥义。

特别要提出，如果您来南京，我们热诚欢迎您到鸡笼山下的"世界文学客厅"做客。这是古台城下一处老树茂密的庭院建筑，如今已是小资"文青"的热门"打卡地"。公元438年，六朝的刘宋时期，这里诞生了中国第一个"文学馆"，说它是中国文学与南京文脉的发源地也不甚为过。如今成为文学会客厅，是"天作之合"，更是一座城市对于文学的"厚爱"。希望与你在此邂逅，共同体验历史与当代的优雅相逢，并会心一笑。

是为序。感谢南京市委宣传部的指导以及南京市文投集团的大力支持，作为用"文学"为媒介联结国家、人与生活的社会组织，我们深感荣幸并倍感珍惜。在南京"山水城林"的画卷之上，让我们共创、共享这个兼具"文化厚度""创新高度""生活温度""风景气度"的美好城市！

南京市文学之都促进会
2023年1月

人物档案

叶兆言，1957年出生，南京人。1974年高中毕业，进工厂当过四年钳工。1978年考入南京大学，1986年获得硕士学位。20世纪80年代初期开始文学创作，主要作品有八卷本《叶兆言中篇小说系列》，五卷本《叶兆言短篇小说编年》，长篇小说《一九三七年的爱情》《花煞》《别人的爱情》《没有玻璃的花房》《我们的心多么顽固》《很久以来》《刻骨铭心》《仪凤之门》，散文集《流浪之夜》《旧影秦淮》《叶兆言绝妙小品文》《叶兆言散文》《杂花生树》《陈年旧事》《南京传》等。

南京 一座城市的沉浸式体验

作家 叶兆言

南京秘境推荐

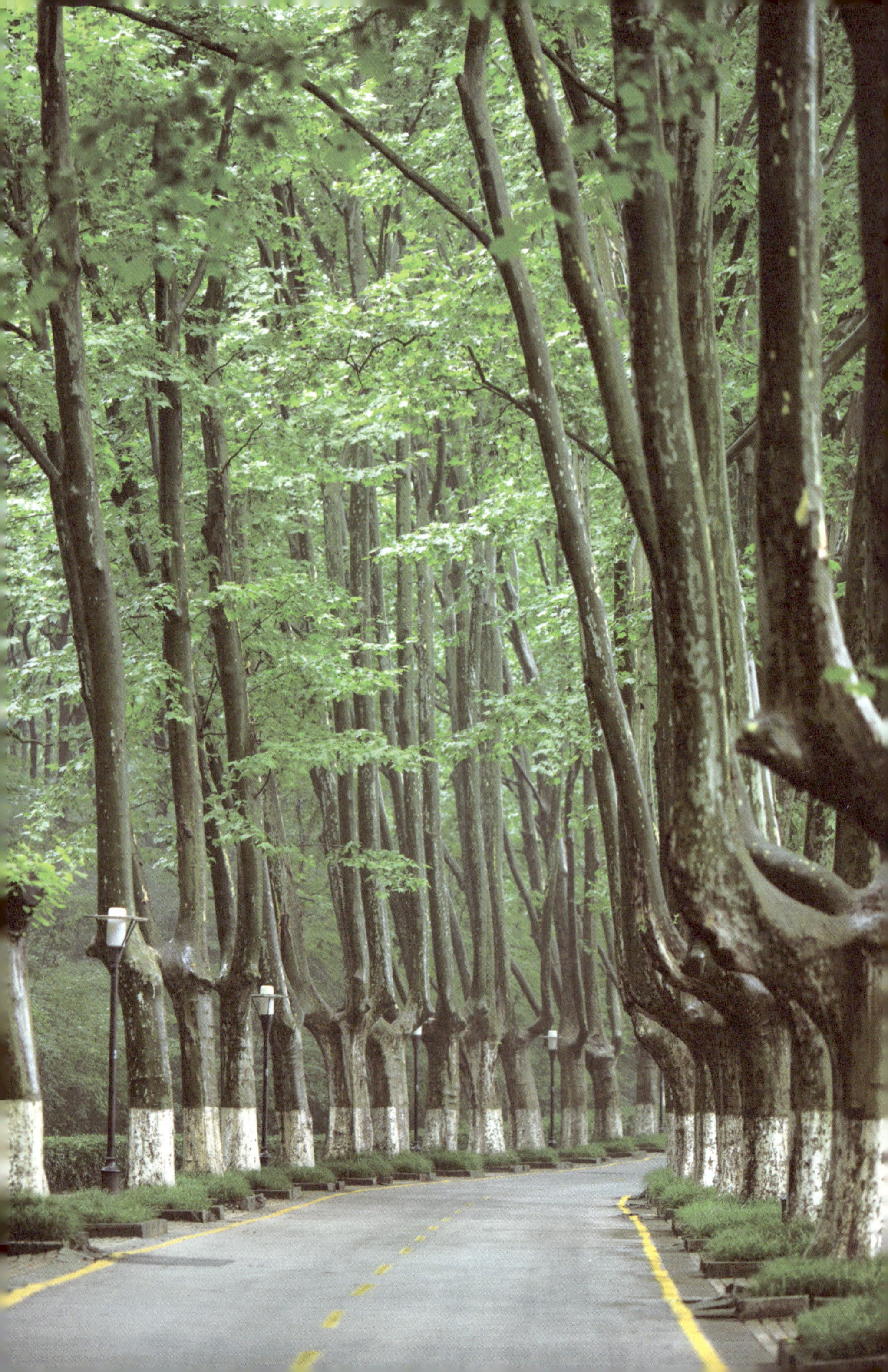

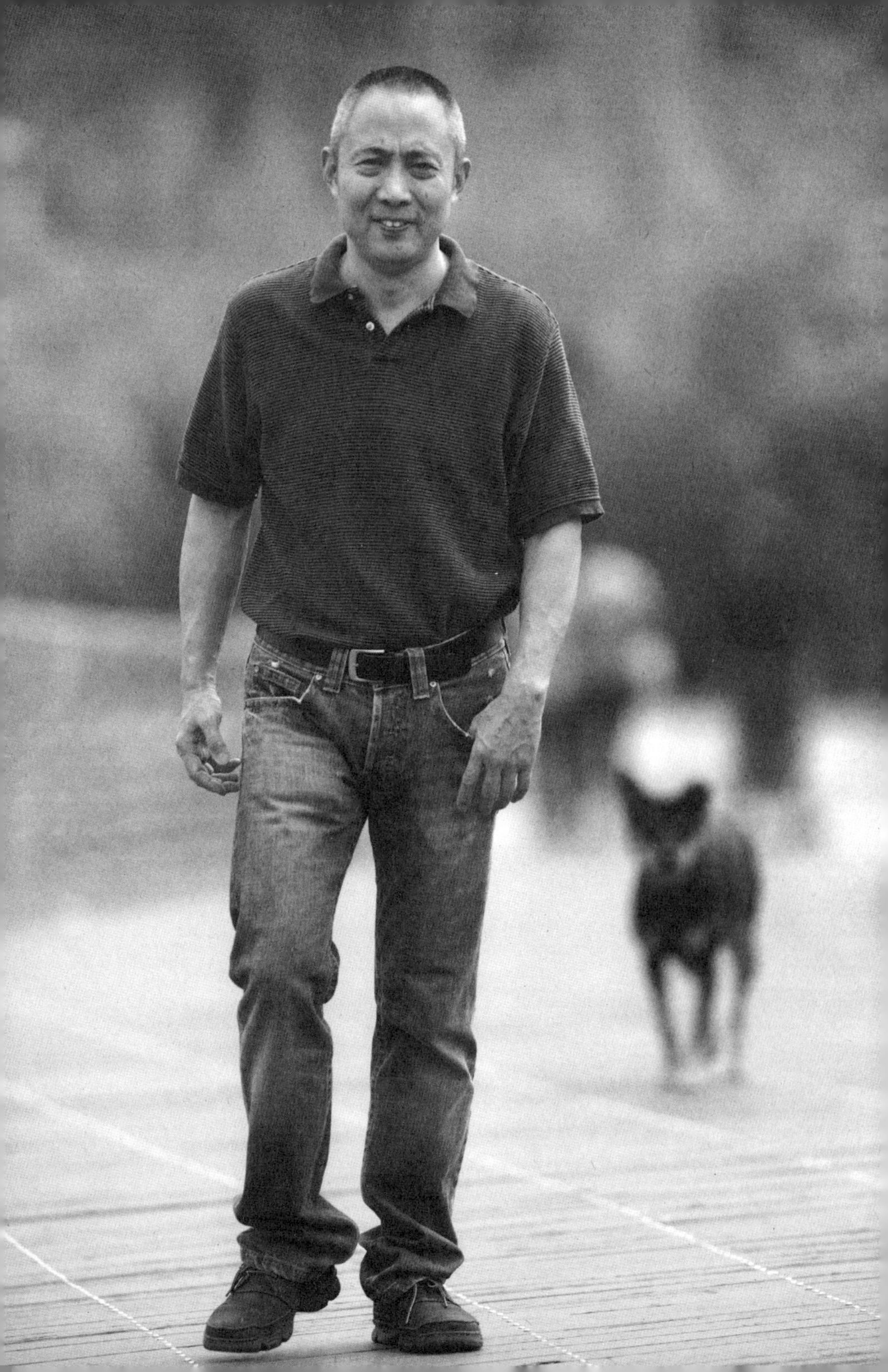

"我觉得南京最好的广告词,应该是李白在《金陵酒肆留别》里那句"金陵子弟来相送,欲行不行各尽觞。"文化人很容易认同南京,甚至李白到了南京,都会胡说八道说他是南京人。"

童年叶兆言——叶兆言回忆时说:"依稀记得,这张照片曾在太平路上一家照相馆的橱窗里放过一阵。"

　　1957年初,一个男婴在南京鼓楼医院呱呱落地。父亲叶至诚是江苏省文联创作委员会副主任,母亲姚澄是江苏省戏剧团的著名演员,取"姚"和"诚"的半边,便有了"兆言"这个名字。

　　出生于南京,就读于南京,成家立业于南京……南京,是作家叶兆言全部意义上的"家乡"。著作等身的他,很多作品都围绕南京,他的名字早已成为这座城市绕不开的文化符号。叶兆言与南京,是叶与根般的深度依存,而他自己形容的则是:"我必须得坐在南京的凳子上才能说话。"

小时候，叶兆言住在太平南路、杨公井[1]附近，民国时期南京最繁华的所在。"那里也是南唐的东宫所在地，写'问君能有几多愁，恰似一江春水向东流'的李后主，就生长在那一带。"

叶兆言在这里度过了小学、中学时光。彼时，他和家人住在美孚洋行一栋独门独院的二层小楼里，同院居住的是两个剧团（锡剧和扬剧）中六位最有名、最有身份的演员，当时叫作"三名三高"。"我们家住的是原主人的客厅、餐厅、配菜间、贮藏室，大小四间，在当时也算是大房子。"叶兆言说。印象中少见到那样漂亮而浪漫的房子，院子里还有一个巨大的玻璃花房，叶兆言的小说《没有玻璃的花房》即取材于此。

鼓楼[2]是叶兆言生活在南京的第二个重要"地标"。"南京大学毕业后，我们住到了鼓楼北面的高云岭45号。"在叶兆言的小说《刻骨铭心》里，"高云岭45号"直接被用作其中一章节的标题。

---

1 杨公井位于南京市秦淮区，以杨公井命名的杨公井巷西起延龄巷，东至太平南路，此路便是因井而得名。小巷内至今仍在用着一口井，只不过是不是当初的杨公井已经不得而知了，但井水仍有人在用。据记载，清末，南京市曾有5000多口古井，随着城市的建设，很多古井消失了。现已找到古井305口，仍在使用的尚有近百口，它们大多分布在城市巷陌之中，至今滋润着南京人。

2 南京鼓楼，位于南京市中心明城墙内中央的鼓楼岗上，始建于明朝洪武十五年（1382年），是旧时南京城的报时中心，也是催促文武百官勤于政务，提醒百姓辛于劳作，京师迎王、接诏书、选妃等重大庆典的重要建筑，是明朝京师的重要建筑和象征，也是中国古代官式砖构建筑的代表。

杨公井巷西起延龄巷，东至太平路

"后来工作，我所在的机关有许多年借湖南路[3]10号的省军区大院办公，打开窗户，便能看到那幢西洋宫殿似的建筑。那里曾是江苏咨议局的所在地，也是辫帅张勋的提督府。辛亥革命爆发，张勋逃之夭夭，全国十七个省的起义代表集中在这里，商讨成立中华民国，推举孙中山为临时大总统……也就是说，这里是中华民国出生的产房。"

3 湖南路位于南京市鼓楼区，西起中山北路，西连山西路，东至中央路，中连云南北路、丁家桥、狮子桥、马台街、湖北路，全长1100米，路幅30米。湖南路是南京旧城改造一处成功的商业街典范，是南京继新街口后新型商圈全街。民国时期，中华民国临时政府参议院、国民党中央党部曾驻湖南路办公。曾发生许多历史事件，如组织中央临时政府、选举孙中山为中华民国临时大总统、孙凤鸣行刺汪精卫、陈布雷自杀等。

"文化为什么会变得有意味，就是因为不存在了。"旧时的南京如同画卷，已不存于现实中，叶兆言就让他的人物和故事，置身于这幅画卷里。

从杨公井到鼓楼，到龙江[4]、下关[5]，再到目前"隐居"的南山湖……作为南京最重要的作家，叶兆言的生活轨迹，既是个人心境的缩影，也是整个南京城变迁的缩影。而每次搬迁，"运书"就成为一项浩大工程。"叶兆言的书房"是文化圈一个众所周知的趣味话题，2020年从龙江搬至下关，光书就有二百多箱，叶子（叶兆言的女儿）打包打到天昏地暗，搬家公司一看是搬书，吓得立刻将说好的价格翻了两倍不止。

4　龙江，位于南京市鼓楼区境内，是南京流传古地名之一，明初郑和曾在龙江港附近建宝船厂，建超大吨位的宝船前往南洋各国宣扬天威。

5　下关区（2013年3月，国务院、江苏省政府批复同意，撤销下关区、鼓楼区，以原两区所辖区域设立新的鼓楼区。）是南京市的中心城区，濒江依城，旅游资源丰富，自然人文景观众多，阅江楼、天妃宫、静海寺、江南水师学堂、明城墙、渡江胜利纪念馆以及诸多民国建筑均坐落于此，山、水、城、林交相辉映，是多年的"全国文化先进区"。

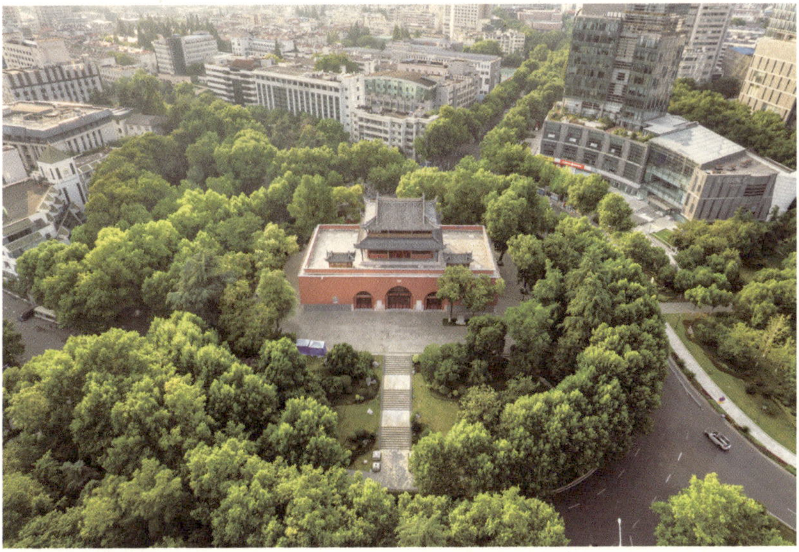

在叶家,"书"曾是一个五味杂陈的话题。书,无疑是这家人的"至宝",父亲叶至诚有个鲜为人知的身份:"首届金陵藏书比赛状元";有一对"祖传"的老书橱,由叶圣陶传给叶至诚,再传给叶兆言,至今仍是书房的重要成员,叶兆言还记得当初用蛇皮袋和借来的黄鱼车,凭一己之力,独自搬完这对老书橱和爷爷叶圣陶所有藏书的故事。然而时代弄人,在叶兆言小时候,读书这件事一度也让人"小心翼翼",为了"防止"叶兆言看书,父亲在书橱上钉下两米长的木条,拦死橱门,然而这是徒劳的。常常,习惯深夜写作的叶至诚,下楼撞见叶兆言躲在被窝里,一边读雨果一边泪如雨下,这时候叶至诚多半会悄悄走开,或者轻敲玻璃窗,提醒他早点睡觉。

叶兆言在散文集《生有热烈,藏与俗常》中有这样一段话:"要做官去北京,北洋政府所在地;要发财去上海,那儿是十里洋场;要读书去南京。"散文集的封面上有一行小字:写给每一位在平淡时光中灿烂如春的人。"平淡时光中灿烂如春",大概也符合叶兆言对南京的局部理解。

叶兆言的书房

2022年4月23日,第27个世界读书日央视文化专题节目《品读中国·南京》将主会场设在了"世界文学客厅",图为节目录制现场。

叶兆言认为，南京是流动的，并不存在绝对的"南京的气质"。南京的"平淡"与"灿烂"，也是一种难以言说的存在。他以李白的诗为例，告诉我们南京的许多文化都是在回忆中，甚至在想象中、在虚构中。"凤凰台上凤凰游，凤去台空江自流，吴宫花草埋幽径，晋代衣冠成古丘。三山半落青天外，二水中分白鹭洲。总为浮云能蔽日，长安不见使人愁。"没有人知道凤凰台[6]在哪里，也没有人知道白鹭洲[7]在哪里。南京很多名胜古迹，古桃叶渡[8]、古胭脂井[9]、古台城[10]……去了以后告诉你，这未必是确定的，但是不妨碍到达、驻足与想象。

---

6 凤凰台位于南京市秦淮区长干里西北侧凤台山上。"竹林七贤"之一阮籍的衣冠冢也坐落于此。

7 白鹭洲公园位于南京市秦淮区武定门北侧，是国家5A级旅游景区夫子庙秦淮风光带的重要组成部分，是南京老城南地区的公园，是以中国自然山水园为主格调的文化公园，园内建有烟雨轩、春在阁、小蓬莱等景点。白鹭洲公园在明朝永乐年间是开国元勋中山王徐达家族的别墅，故称为徐太傅园或徐中山园。明朝天顺年间，在园内建有鹫峰寺，烟火鼎盛一时。

8 桃叶渡是南京古名胜之一，金陵四十八景之一。在原渡口处立有"桃叶渡碑"，并建有"桃叶渡亭"，从六朝到明清，桃叶渡处处均为繁华地段，河舫竞立，灯船萧鼓不绝。

9 胭脂井位于南京市玄武区玄武湖南侧鸡鸣寺内，南朝陈景阳殿之井，又名辱井、景阳井。南朝陈祯明三年（589年），隋兵南下过江，攻占台城，陈后主闻兵至，与妃张丽华、孔贵嫔投此井。至夜，为隋兵所执，后人因称此井为辱井。隋唐以后，台城屡遭破坏，景阳殿已毁，景阳井也随之湮没。后人为了记取陈后主亡国教训，遂在鸡笼山的鸡鸣寺立井。

10 台城位于南京市玄武区北极阁北麓、玄武湖以南，是从解放门向西延伸出的一段明城墙，这段城墙下设有南京明城垣史博物馆。

所以，对于南京，叶兆言从不愿轻易"下定义"，总有一些事情，一定义就俗了。如果南京这座城市是一本书，那么它需要沉浸式阅读。他说，平心而论，国内恐怕还找不到其他城市，能像南京这样清晰地展现出中国历史的轮廓和框架。"阅读这个城市，就是在回忆中国的历史，它的每一处古迹，都意味着沉重的历史对话。"可他又说，"南京这样的城市不用怀古，它是一座天然的历史博物馆，这是一座摆脱不了历史气息的城市，走到哪里，都走在历史里。"

长居南京六十年，笔耕四十载，南京这座城市的点滴早已融入叶兆言的字里行间，在他作品中真正以"南京"为名的有两部——《南京人》《南京传》。前者很好理解，但《南京传》不是普通的传记，叶兆言以朝代为线，依次书写南京在其中承担的角色，并以此勾连起中国广阔历史的变迁。他说："只有两个城市特别适合讲中国的历史，一个是北京，它是中国的中心，特别适合于叙述大一统江山的历史；还有一个城市就是南京，在某种意义上它是中华文明核心的一个'备胎'。"

凤凰台 "凤凰台上凤凰游,凤去台空江自流。"——《登金陵凤凰台》李白

白鹭洲公园 南京城南地区最大的公园

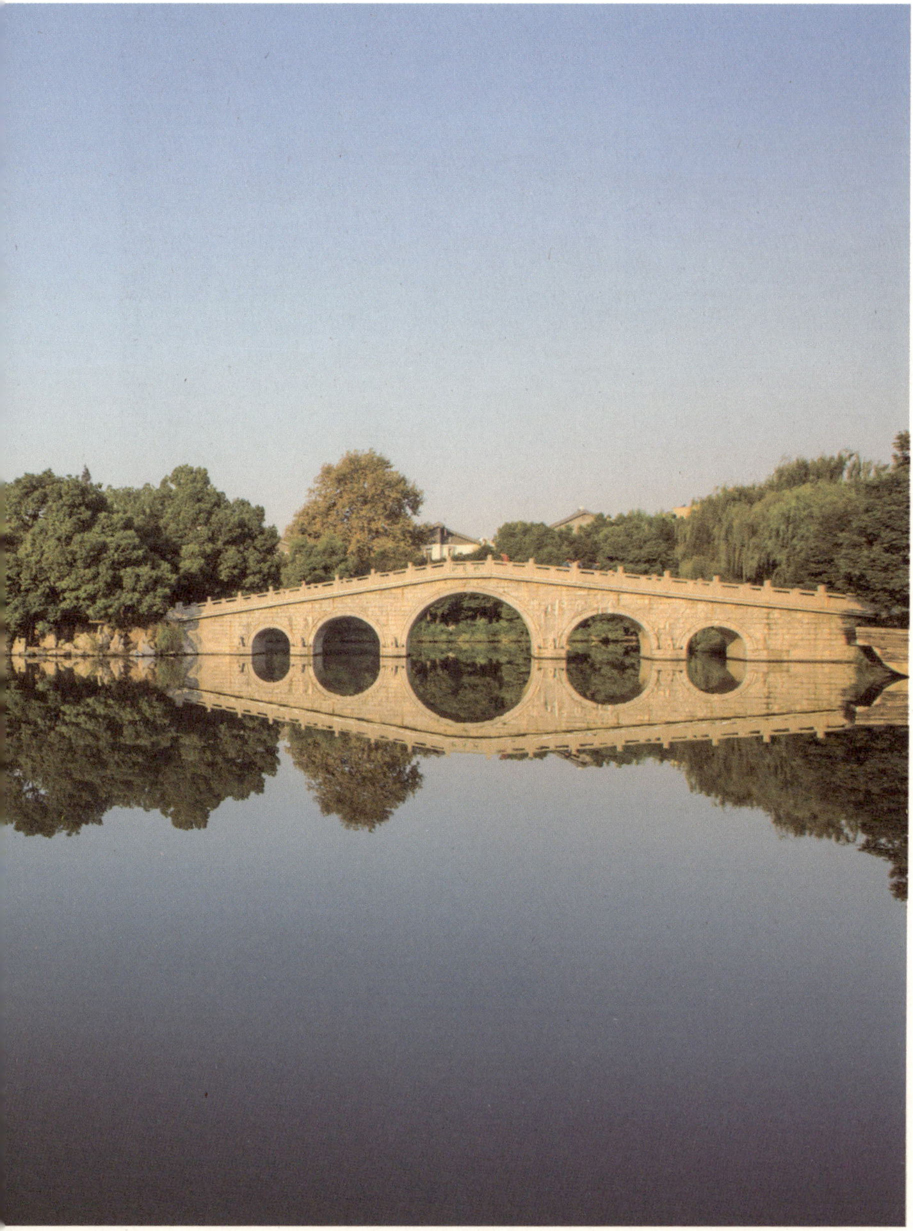

《南京传》，是叶兆言对南京城市历史的再一次爬梳剔抉，也是一个作家以个体的经验、阅历和情愫，与南京灵魂深处的沟通与碰撞。

写了大半辈子南京的叶兆言，当被问起最喜欢的地方，给出的答案是"人少一点的地方为好"。"在我儿时的记忆里，那些没有人的地方都挺好。如今再看不同的城市，差异并不大，都是高楼，都是水泥建筑，都是朝九晚五。"

桃叶渡 "桃叶富桃叶，渡江不用楫。"——《桃叶歌》王献之

胭脂井 又名辱井、景阳井

他还是希望在现代化的城市中，保持适当的陈旧，如他笔下中山大道两侧和街中绿岛上的法国梧桐："天知道南京一共有过多少棵法国梧桐，很多地段都是以每排六棵树的队形，整齐地向前延伸，一出去就是十几里，遮天蔽日。这是国内任何城市都不曾有过的奢侈和豪华。"

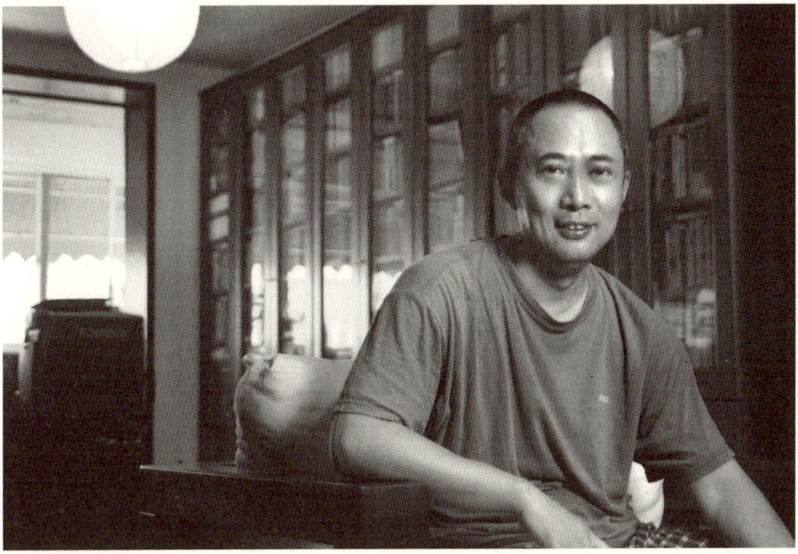

034

台城 冬天雪景

南京世界文学客厅

玄武区北京东路 37-5 号

推荐理由

公元438年，南京鸡笼山下诞生了人类有史以来第一座"文学馆"，它是中国最早的大学分科，也可说是"中文系"的"祖庭"。2022年4月23日，位于古"文学馆"旧址附近的南京"世界文学客厅"正式开放，古树荫天的清幽庭院曲水流觞，为周边环拥的西邸、六朝松、明朝国子监、文庙、豁蒙楼等璀璨人文景观镶上了一颗文学之"芯"。

"世界文学客厅"作为南京"文学之都"的空间枢纽项目，是追溯千年文脉绵延的起点，是当代作家、学者频繁出入的据点，也是普通市民和游客接受文学熏陶的"网红"打卡点。

文都·玄武门

玄武区玄武门 22 号

推荐理由

文都·玄武门位于玄武门正对面，紧依玄武湖、明城墙，远眺紫金山，"山水城林"尽集于此。"文都·玄武门"作为世界"文学之都"南京的第一个"文学 + 人文体验"特色空间项目，文都·玄武门以南京城活色生香的 2500 年为叙事主题，上承六朝烟水，下开文都新风。你可以住进以世界文学之都为主题的云几澄心堂文都度假酒店，你可以到云几·玄武门人文茶馆享受江南人文茶宴的视觉和味觉盛宴，也可以到南京第一家以儿童绘本为主题的文都国际儿童绘本馆，尽情阅读馆内 8000 余册来自世界各地的 8000 册精美国际儿童绘本，顺便喝上一杯咖啡……"春归秣陵树，人老建康城。"在这里，你可以尽情体验文学南京的独特魅力。

梧桐中央大道

玄武区东南大学四牌楼校区的中央大道

推荐理由

没有梧桐的南京不是南京。自1872年一位法国传教士在石鼓路种下南京首棵法国梧桐树起,南京这座城市就与梧桐树不可分割起来。光阴流逝,梧桐树陪伴几代南京人长大,如今既是南京的象征,也融入这座城市成为各处惹人注目的景色。

东南大学四牌楼校区的中央大道,梧桐一年年郁郁葱葱,与少年们一起见证着南京的变迁。

仪凤门

鼓楼区建宁路202号阅江楼风景区

推荐理由

仪凤门始建于明朝洪武初年,因取有凤来仪之意而命名为仪凤门,与钟阜门相对而建,有龙凤呈祥之形胜。明代南京城有十三个城门,仪凤门是南京通往长江边的北大门,北上、出征、凯旋,都要走这个城门。历史纷争更迭,仪凤门有时堵塞,有时敞开。在叶兆言的笔下我们常能见到仪凤门的出现,看到个体与历史在南京城里上演的一场协奏曲。仪凤门不仅是城门,它也是南京这座城市历史天空的眼睛,带着过往的泪痕,迎接着今时的清风。

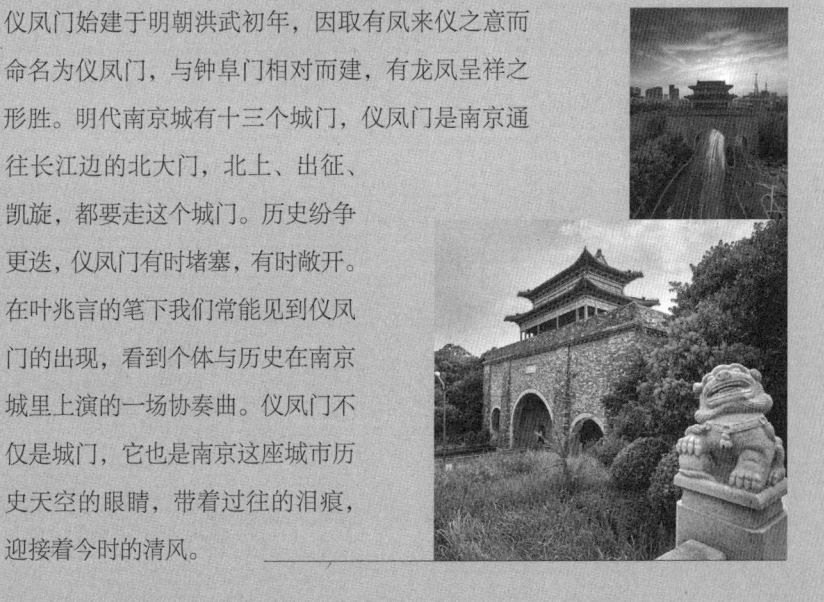

颐和路

鼓楼区颐和路民国公馆区

推荐理由

颐和路位于南京市鼓楼区，道路周边即是南京颐和路民国公馆区，是中国拥有民国公馆最多的地区，被誉为"民国建筑博物馆"。走进颐和路，仿佛穿越到民国的文艺电影里，青瓦黄墙、洋房坡顶、遮天梧桐、蔽日枫杨，错综交杂间又自有规章，南京最美的民国脉络就此铺开。

这里有先锋书店的颐和路店，可以去逛一逛，也可以走去不远处的北京西路，发现更多梧桐美丽的细节。

古籍书店（杨公井店）

秦淮区太平南路 220 号

推荐理由

在太平南路街巷的转角处，有一家古籍书店。车水马龙间，嫣红色的门匾倒更显出闹中取静。这栋楼建于 1936 年，当时是"中华书局南京分局"。沿着太平南路寻觅书香，不知不觉就会走到三山街，这里曾是古代的出版中心。明代南京的书坊，先后约有 100 多家，其中 60 多家在三山街，《三国演义》《西游记》《儒林外史》等一部部古典名著，都曾在这里刊刻出版。

先锋汤山矿坑书店

江宁区汤山街道汤山矿坑公园灰窑遗址

推荐理由

汤山矿坑书店占地1300平方米,是先锋书店和汤山温泉旅游度假区管委会共同打造的人文地标书店项目。书店由著名建筑师杨志疆设计,以水泥拱顶和红砖元素巧妙继承了场所精神,又根据地势特征沿山势而上,将新建筑分成三个空间,不同的尺度、朝向和结构分化,呼应历史的同时,又与山野环境和谐相融,实现了矿区修复设计的当代性人文创造。先锋书店根据空间布局,将图书阅读、书籍展销、文创售卖、休闲服务、文化活动和艺术展览等功能恰当融入,打造了人文、多元、立体的书店新形态,非常值得一去。

清凉山崇正书院

鼓楼区清凉山路 83 号清凉山公园内

推荐理由

每年初夏是南京城赏绣球花的日子，最有名的木绣球赏花点，便是南京清凉山公园的崇正书院。

崇正书院为明嘉靖四十一年（1562）督学御史耿定向讲学所筑，现存建筑由南京工学院著名建筑专家杨廷宝教授亲自指导设计方案。书院设三个大殿，一幢阁楼，二进曲廊，三处院落，不同高度随坡截成三层，一层一个空间，一层一个景色，充分表现了其古朴雅致、端庄肃穆、小中见大、简明现代的风格。

绣球花一期一会，但作为凝固的丝竹，南京清凉山崇正书院，随时可以恭候人们来思古怀幽。

紫金山院

玄武区博爱西路5-2号

推荐理由

"十朝古都,六朝金粉",这是南京往事。国内可能找不到其他城市,能像南京这样清晰地展现出中国历史的轮廓和框架。红公馆,是南京文化的一张有名的美食名片——"中国味,世界观"。紫金山院是红公馆集团耗时两年打造的全新品牌,占地两千四百平方,园林景观,一步一景。极简和留白,不仅让它的空间感十分明显,也让它越来越不像"餐厅",令它更像是一座博物馆。唐风宋韵的精致和古朴,让人仿佛穿越到《知否,知否,应是绿肥红瘦》的拍摄现场,深宅大院,极简家具,红男绿女,曲水流觞。在紫金山院,人人都是茶艺师。进入这个空间,食客们不再只是用餐、喝茶、点香、放松,餐前餐后,时间消弭,感受宁静。

水西门鸭子店

鼓楼区幕府西路57号

推荐理由

在南京有一句俗语"没有一只鸭子,可以活着游出南京城"。老南京人"无鸭不成席",不管宴客还是自己小酌几杯,"斩只鸭子"是必需的。南京的鸭子店很多,什么地方都会有那么一家味道不错的鸭子店。好吃的盐水鸭要柴而不瘦,肥而不腻,皮白肉红骨头绿。水西门鸭子据说是南京最好吃的鸭子之一,店面在南京也有很多,鼓楼、雨花区都有,如果路过,可以"斩个鸭子"吃吃。

俯瞰阅江楼

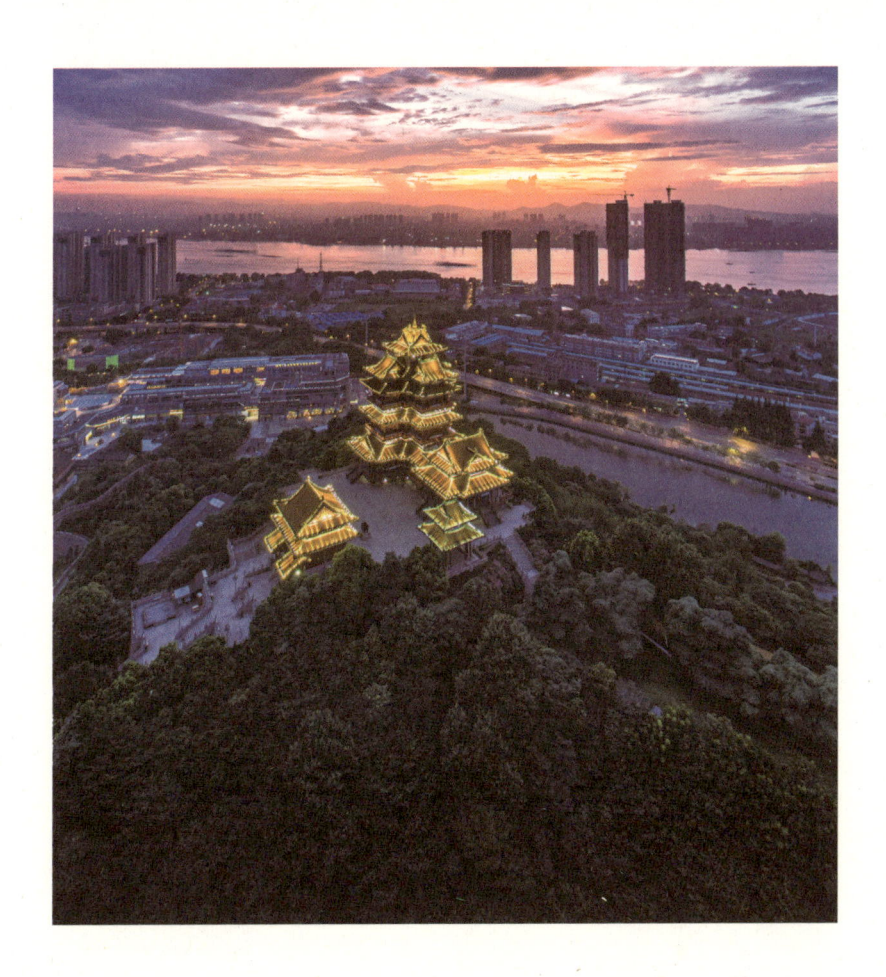

人物档案

陈薇，女，东南大学建筑学院教授、博士生导师，建筑历史与理论及遗产保护学科带头人，建筑历史与理论研究所所长。中国建筑学会建筑史学分会副理事长、中华人民共和国国务院学位委员会第七届学科评议组成员、中国考古学会建筑考古专业委员会副主任、住房和城乡建设部科学技术委员会历史文化保护与传承专业委员会委员、中国建筑学会建筑文化学术委员会副主任委员、江苏省建筑文化研究会副会长、江苏省设计大师。

南京
看得见和看不见的记忆交织

建筑历史学者·建筑遗产保护专家和设计师

| 陈薇

南京秘境推荐

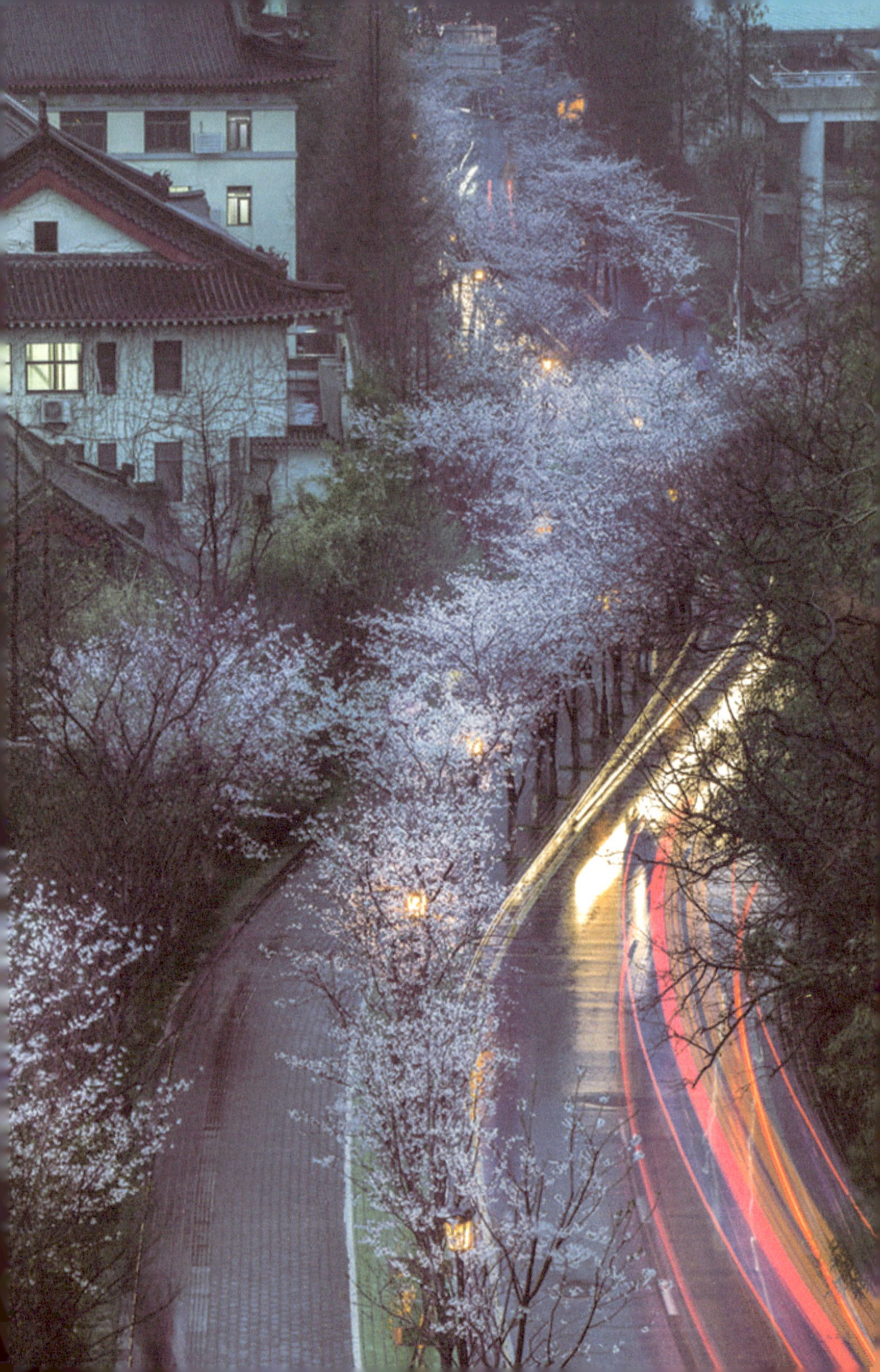

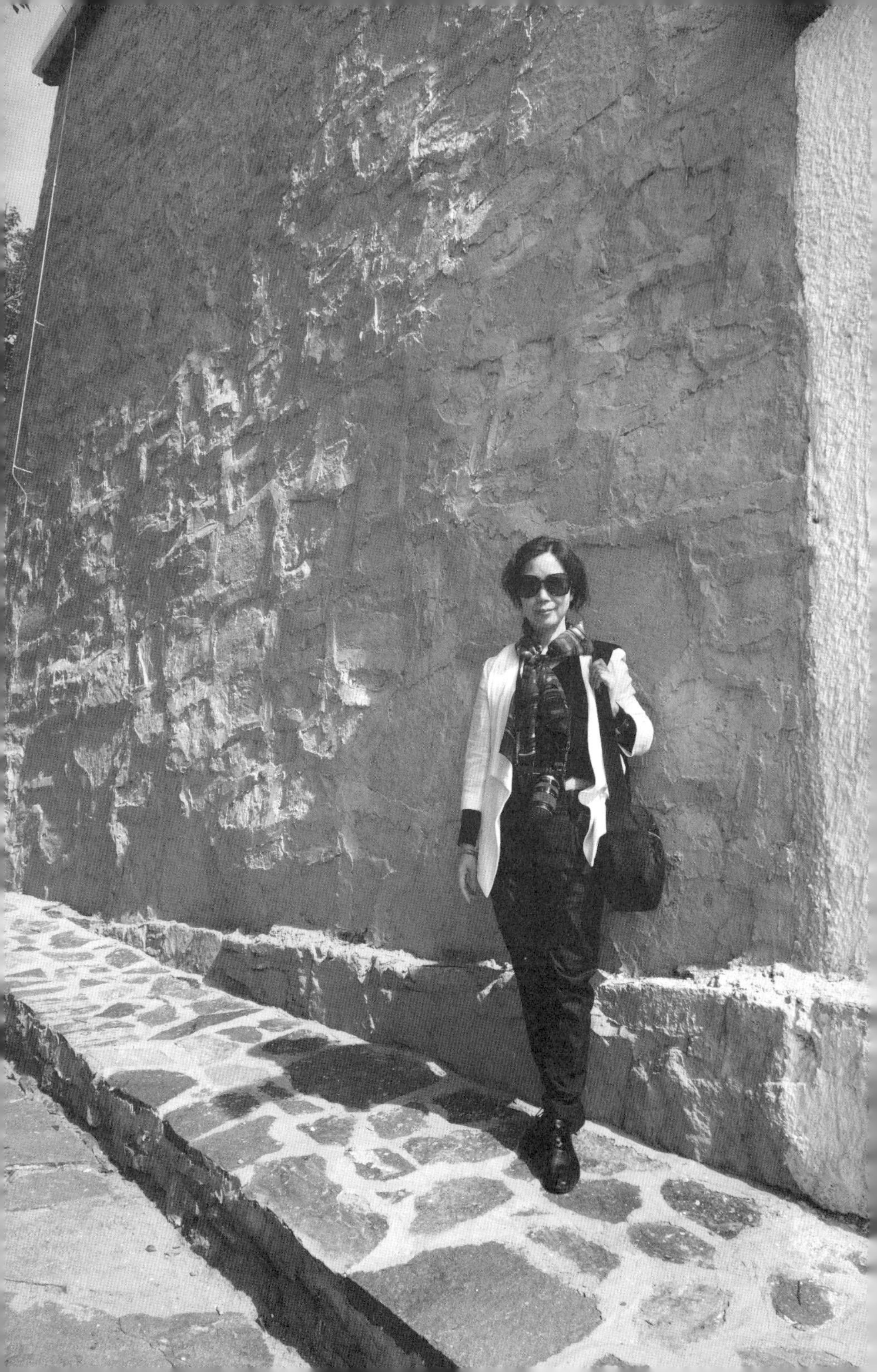

"南京有很强的「屏障」意识,所谓屏障也就是不能直接抵达的概念,南京明代采用的是四套城的格局,即宫城、皇城、京城、郭城,和面向大海或者岛屿的城市非常不同。除此之外,南京这座城市在选址上同样考虑天然的屏障,西边的长江、东边的钟山、南边的秦淮河、北边的玄武湖……这座城市的关键词是让人「安心」。"

陈薇在大学讲课

　　明代大报恩寺遗址公园、明故宫遗址公园、晚清胡家花园、南京城墙……这些南京耳熟能详的古迹，它们的规划与设计、修复与保护，皆有一位建筑历史学者兼建筑遗产保护专家和设计师的影子，她便是东南大学建筑学院教授陈薇。

　　对于南京的城市记忆，陈薇比较多强调的是看得见和看不见的交织。

　　陈薇是南京人，青少年时代生长在鼓楼区，大学之后主要生活在玄武区[11]，而平日工作地点主要在秦淮区[12]，这使得她对南京的城市记忆如数家珍。所以当我们问到什么是南京建筑特色时，她为难地表示"很难概括"，但是又肯定地补充说，"十分多元。"她认为城市记忆离不开对历史的理解，离不开文学作品的表达，离不开思接千载，离不开对遗址遗迹的慧眼，是看得见的景色和建筑与看不见的历史文化的交织。

就历史而言，她认为：十分有趣的是南京历朝历代的建都选址，是从西向东迁移的——从东吴时期在西侧长江边上建石头城，到位于目前南京中部建城六朝建康和南唐金陵，再到明朝填湖造宫，呈现动态的历史痕迹，因此南京城市记忆由于不同时期建设足迹的变迁和差异，在目前南京的空间留痕上是不同的。对于这点，她说："需要有清晰的时空定位概念。"

就文学而言，南京相对稳定的自然山水，成就了许多不同时期的著名诗篇，这和动态的都城变迁又不同。以秦淮为例，"烟笼寒水月笼沙，夜泊秦淮近酒家。商女不知亡国恨，隔江犹唱后庭花"。这是杜牧《泊秦淮》看到和理解的秦淮；而宋代诗人

---

11 玄武区建区始于民国22年（1933年），源于民国时期的第一区，因"中国最大的皇家园林湖泊"玄武湖位于境内，故名玄武区。玄武区是东吴、东晋和南朝宋、齐、梁、陈等六朝皇宫、明朝南京故宫、太平天国天王府遗址、南京总统府的所在地，有中山陵、紫金山、鸡鸣寺、明孝陵、明城墙等历史文化遗存，具有融山、水、城、林于一体的独特风貌，是南京旅游景点最集中的地区之一。

12 秦淮区是古都金陵的起源，有"江南锦绣之邦，金陵风雅之薮"的美称，秦淮文化是金陵文化的重要组成部分，夫子庙秦淮风光带以夫子庙为中心、秦淮河为轴线、明城墙为纽带，包括瞻园、夫子庙、江南贡院、白鹭洲、中华门、老门东、大报恩寺遗址公园、赏心亭、老门西、愚园以及从桃叶渡至镇淮桥一带的沿河楼阁景观。

明故宫遗址公园 明朝京师应天府（南京）的皇宫

中山路航拍

贺铸在《秦淮夜泊》曰："官柳动春条，秦淮生暮潮。楼台见新月，灯火上双桥。隔岸开朱箔，临风弄紫箫。谁怜远游子，心旆正摇摇。"他看到的秦淮更明媚些。虽然他们都有触景生情的感叹，但是时代不同，诗中呈现的秦淮河沿线延续的六朝以降人居繁盛、市井生动的景象却是稳定的。陈薇认为，南京在不同区域的建筑和文化特色是相对稳定的，但是东南西北中各不相同，所以南京城市记忆也就十分多元。

老门东 街景

鸡鸣寺航拍全景图

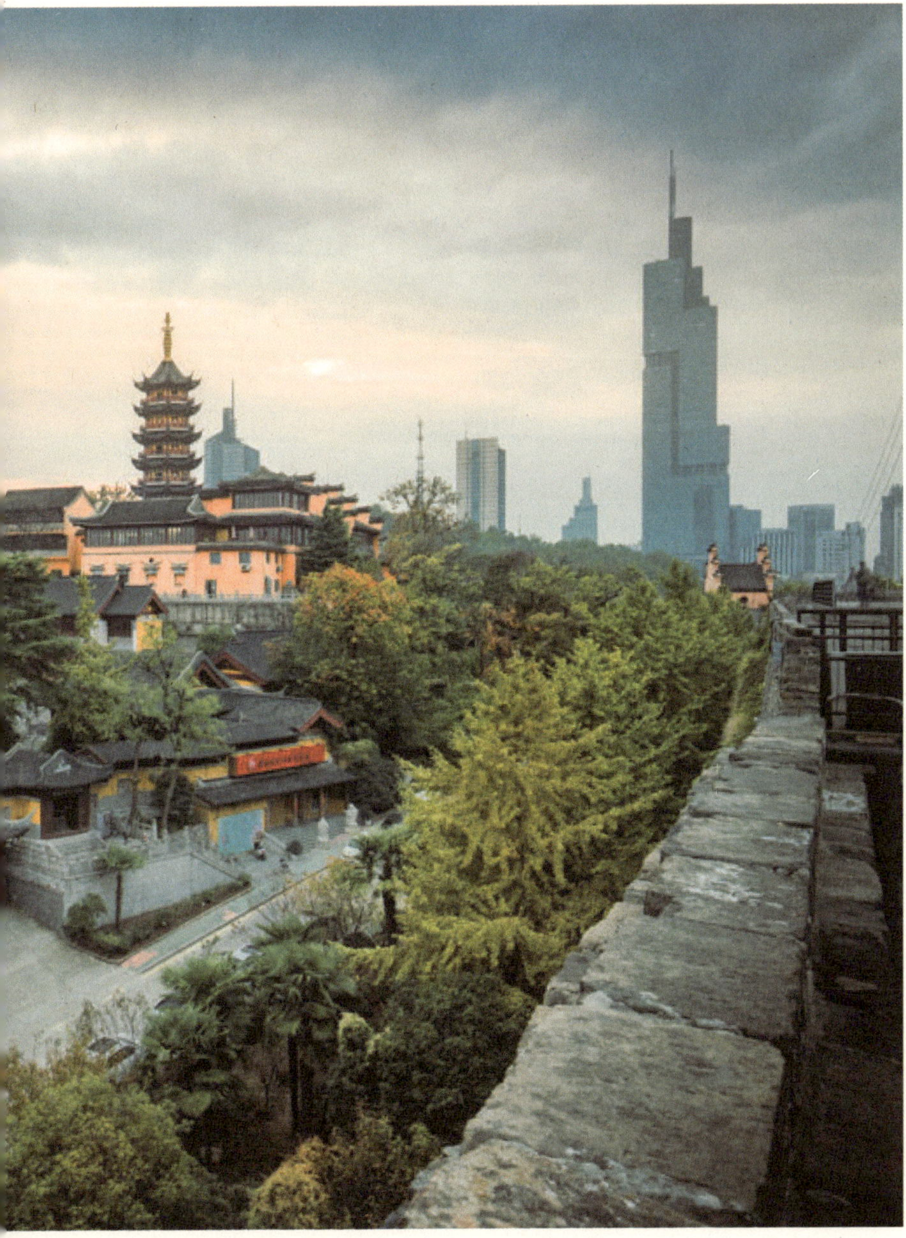

南京是世界文学之都，南京文学不仅源远流长，而且许多文学体裁都来自历史上在南京的发轫，对此，她不仅了解，还如数家珍，她说道：梁代萧统的《昭明文选》[13]、刘勰的《文心雕龙》[14]和钟嵘的《诗品》[15]，都是中国文学评论产生的重要基础，以南京为代表的当代中国文学评论的发达似乎是这样的传统延续，也因此南京当代的许多优秀文学作品不仅有历史的批判意识，也有超前的引领意识。这种不间断的文学传统，可以用"思接千载"这个词来概括——说的是当下的事情，却能够怀想过往、启发未来。"江雨霏霏江草齐，六朝如梦鸟空啼。无情最是台城柳，依旧烟笼十里堤。"这是韦庄将当时唐代的台城和玄武湖与六朝历史的衔接；而"朱雀桥边野草花，乌衣巷口夕阳斜。旧时王谢堂前燕，飞入寻常百姓家。"则是刘禹锡将历史地

---

13 《昭明文选》收录自周代至六朝梁以前七八百年间130多位作者的诗文700余篇，是一部现存最早的文学总集。在这部总集里，萧统把我国先秦两汉以来文史哲不分的现象作了梳理和区分。他认为经史诸子都以立意纪事为本，不属词章之作，只有符合"事出于沉思，义归乎翰藻"的标准的文章才能入选。也就是说，只有强调"文以载道"，在文章中蕴含自己的思想，并且善用典故成辞、善用形容比喻、辞采精巧华丽的文章，才合乎标准，《昭明文选》正是以此来划分文学与非文学界限的第一部选集，它是我国第一部按体区分规模宏大的文学总集，这在文学史上是个开创。

14 《文心雕龙》是中国现存最早的一部文章学论著，由于书中所论多涉及文学创作，故现代学者又多视之为现存最早的一部用中文撰写的综合性的文学批评专著。作为一部体大思精之作，它既总结了先秦以来文学创作的经验，又继承和发扬了前人文学理论的丰富遗产，在文学的各个方面提出了自己精辟的见解，形成了完整的理论体系。它的产生在中国文艺理论史上具有重大的意义，对后世产生了巨大而深远的影响。鲁迅先生认为它可以和亚里士多德的《诗学》相媲美。

15 《诗品》是古代诗歌美学著作。钟嵘著。它是在刘勰《文心雕龙》以后出现的一部品评诗歌的文学批评名著。这两部著作相继出现在齐梁时代不是偶然的，因为它们都是在反对齐梁形式主义文风的斗争中的产物。《诗品》版本很多，现存最早的版本是元延祐庚申（1320）圆沙书院刊宋章如愚《山堂先生群书考索》本，现藏北京大学图书馆。通行《历代诗话》本。

点、自然景色和时光与唐代是时是地生活的连接。所以，陈薇十分喜欢"思接千载"这个词。

此外，她还认为，地上的建筑文化遗产是看得到的，而地下看不到的遗产也要重视，因为诸如南京这样层叠型的历史文化名城，发展时间长、变化大、历史迭代丰富，而各时期的重要物证都需要在时空的定位下加以关注，她说："让地层说话，就是让历史说话，历史城市也就由此多彩了。"目前六朝、明朝、近代在南京城内都有具体的建筑物证和城市的落位，但是南唐的重要遗址没有得到很好的保护，十分可惜。而这些历史真实的遗址，是超越文字的城市记忆的活化石，是需要在城市遗产和城市记忆的保护中加强的。

如上这些对于城市记忆看得见与看不见的交织，是陈薇对于南京历史文化和城市特色的理解，也是她在历史研究和遗产保护和规划设计中十分重视的工作思路。于是，注重历史、关注当下、连接未来，也反映在她的设计作品中，成为她创作的一大特色和优势——有文化的积淀，也有现实的应对，还有对发展走向的思考和判断。

如2015年完成和开放的南京愚园[16]，是她从规划研究到设计建设全程负责完成的项目。由于愚园地处南京中华门内西片，

---

16 愚园位于南京市秦淮区老门西，地处夫子庙秦淮风光带，前临集庆门鸣羊街、后倚花露岗，又称胡家花园，是晚清著名的江南园林，有"金陵狮子园"之称。愚园由宅院和园林两部分组成，整个园林最大的特色就是以水石取胜，有"城中佳胜眼为疲，聊觉愚园水石奇"之说。

属于城南历史街区的一部分，她便十分重视南京城南西侧的历史研究和建筑特色。对于这个已经毁坏的清代园林，她带领团队查找文献、考古求证，最大限度地保留该园历史建筑，恢复湖面规模和形态，保持原有格局的真实性；对于山丘现有自然状态、存留的树木，以及由原来的私家园林属性转向公共园林的改变而提出的当代功能需求，都做了积极的回应；建成后投入使用的愚园，不仅满足了城市公园服务公众的社会需求，而且提升了历史街区的文化和生活品质，成为老城区的"绿肺"，

愚园 园林有"城中佳胜眼为疲，聊觉愚园水石奇"之说

为城市生态的未来发展做出了贡献。南京愚园修复工程是很好的贯穿历史保护、服务当下、持续发展的作品。2020年南京愚园修复工程获亚洲建筑师协会建筑奖类型D-1历史建筑修复项目荣誉提名奖（金奖空缺）。

又如金陵大报恩寺遗址公园项目[17]，她为此持续工作了12年，画了12轮规划和设计图，其中的变化和波折，反复和探索，主要是为了最大限度地保留金陵大报恩寺曾有的辉煌格局以及遗址的真实性，向当代人展现和述说考古所得的历史信

---

17 大报恩寺遗址公园位于南京市秦淮区中华门外，是中国规格最高、规模最大、保存最完整的寺庙遗址，遗址公园中保护性展示了大报恩寺遗址中的千年地宫和珍贵画廊，以及从地宫中出土的石函、铁函、七宝阿育王塔、金棺银椁等世界级国宝，是夫子庙秦淮风光带重要组成部分。

息，以及将这些历史的存留、曾经的故事和场景，结合现代技术，使之永久保存。当被问到原有的琉璃塔为何采用现代的玻璃琉璃工艺展现时，她说：让人们在想象中感受到历史的辉煌，同时也感受到毁坏形成的片段感，这是更好的连接历史的方式。留有余地，即需要人发挥主体的能动性，需要了解报恩寺的历史，这就是她的文学思路在建筑设计上的运用。

新近完成的第十一届江苏省园博园城市展园[18]以及南京世界文学客厅[19]，更是体现了她一贯注重历史研究、关注当下生活、强调传承创新的设计风格。她的作品不仅让人耳目一新，又和所在环境十分协调，犹如长在那里似的，这就是她一再强调的历史观、时空感、交织性。

从事南京城墙研究和保护超过十五年，当陈薇被问及对这南京座城市的关键词时，她说是"安心"。在她看来，南京作为都城，有着很强的屏障意识，所谓屏障也就是不能直接抵达的一个概念，南京明代采用的是四套城的格局，即宫城、皇城、京

---

18 第十一届江苏省园艺博览会在位于南京江宁汤山的园博园圆满举办，这是一场园林园艺的美丽盛会、一场文旅融合的科技派对，是"城市双修"建设成果的一次集中展演，也是"绿水青山就是金山银山"在江苏的一例生动实践。

19 南京世界文学客厅位于北极阁麓的北京东路37-5号院落，曾是南朝"文学馆"和明朝"十竹斋"旧址所在地。第27个世界读书日央视文化专题节目《品读中国·南京》将主会场设在了"世界文学客厅"，以此为契机于2022年4月23日正式对外开放。这里将文学元素融入全市园林景观、环境整治、文化设施建设等，为公众提供典雅清新的文学活动和交流空间。

南京世界文学客厅主展厅内部 顶部为"文·码"装置

063

城、郭城，和面向大海或者岛屿的城市非常不同。除此之外，南京这座城市在选址上同样考虑天然的屏障，西边的长江，东边的钟山，南边的秦淮河，北边的玄武湖，山水环境不仅让这座城市有着一份天然的安全感，也形成了特别生动和自然优美的城市轮廓线，从而让南京以山水城市著称。

陈薇喜欢南京的夏天，喜欢生机盎然的绿色。她说，南京绿化传统悠久，六朝时左思在《吴都赋》中写道："朱阙双立，驰道如砥。树以青槐，亘以绿水。"明朝在钟山（紫金山）[20]大量种树，以防不备，那时候的古人就有科学的生态意识，和平时期备战备荒，如果打仗，便可以伐木造船，从水路突破重围。民国时期，南京更是将林业发展与人的身体健康相联系，1928年3月12日在紫金山举办植树仪式，这正是植树节的由来。如今梅花山的梅花、中山大道沿线的梧桐树，都是在民国时期种下的。换一个角度来说，南京是有忧患意识、审美观念、健康理念以及可持续发展思想的城市，这些观念流淌在血液中被继承下来。

20　紫金山位于南京市玄武区境内，又称钟山、蒋山、神烈山，是江南四大名山之一，有"金陵毓秀"的美誉，是南京名胜古迹荟萃之地，早在三国与汉朝就极负盛名。紫金山囊"六朝文化、明朝文化、民国文化、山水城林文化、生态休闲文化、佛教文化"系列于一山之中，是为"中华城中人文第一山"。

陈薇认为，在意识形态上，南京一直是一个很前沿的城市。这需要批判意识、思想自觉、科学冷静，而这些，其实在南京的文学中、在南京的教育中、在南京的建造中、在南京的文化中、在南京的历史中都有显现，这或许和南京在历史上处于南北文化交融之地有关，也或许和南京人经历太多的战争有关。无论如何，看得见和看不见的南京城市记忆交织，在陈薇看来，都是资源、智慧和财富，构成生活和创作的源泉。

园博园雪景

鸟瞰紫金山（冬）

台城烟柳

玄武区解放门附近

推荐理由

狭义上的台城是六朝宫城的意思，目前传说中的台城可能是宫城的北墙，而实际现在是与南京城墙相连的一段断头墙体。在六朝宫墙和明朝城墙之间，留有无限的空间、说法和故事。而广义的台城是指北傍玄武湖而城墙驾于山体起伏的这段，也是充分体现南京城墙建造依山就势的特色之处。登临这段城墙，可进入南京明城垣史博物馆，还可观览玄武湖、紫金山、九华山、鸡鸣山和鸡鸣寺、南京鼓楼紫峰大厦等，体会山水城林的南京城市的优美。这里是南京历史环境保存很好的明证以及历史记忆穿越时空的最佳场所。

明城墙

南京市明城墙

推荐理由

南京城墙始建于公元3世纪，明代将以前历史遗留城墙进行串联并扩展成总长35.267公里，围合城市面积41.07平方公里，外郭总长60公里，形成230平方公里的都城，是世界上最长的城墙。寻觅南京城墙，是学习了解南京历史和山川河流的最佳路径和导引，也是对明代大帝国南京尺度把握和历史记忆的真实体悟。

南唐二陵与牛首山

江宁区牛首山风景区

推荐理由

南唐二陵位于祖堂山（牛首山分支）南麓，为五代南唐先主李昪的"钦陵"和中主李璟及其皇后的"顺陵"。二陵前有小型的五代历史博物馆，也可以了解后主李煜的生平故事，想起他的著名诗词《虞美人·春花秋月何时了》。南唐二陵所在的牛首山，自梁代到明代的千余年间，一直是僧人咸集，群贤毕至之地，目前保留有明代弘觉寺塔。而牛首山本身因双峰对峙，景色壮观，是六朝建康城的天然门阙，形成了南京史上大格局、大山水的景象。春游牛首，山花烂漫。将遥想的城市、山上的古迹、各朝代的历史都串联起来了。

南京东南大学梅庵

玄武区四牌楼2号东南大学校区内

推荐理由

南京四牌楼2号东南大学校园的西北角，有一条蜿蜒的小径，曲径通幽处，环境优雅，一株六朝松历经千年笑看历史。在著名的六朝松身后，有一座典型的民国建筑，土黄色的墙体，青灰色的石砖，外墙中间放着一块牌匾，书写着"梅庵"二字。这是为了纪念两江师范学堂校长李瑞清（字梅庵）所建，为南京市文物保护单位。它是东南大学历史文化发展源流的缩影，蕴含了东大文化精神的深刻内涵。梅庵作为东南大学乃至中国近现代艺术教育的滥觞与传承之所，见证了东大发端于李瑞清及后续影响下的艺术教育历史。

下关火车主题公园

鼓楼区江边路

推荐理由

南京下关火车主题园位于南京鼓楼滨江商务区滨江岸线风光带，这里北仰南京长江大桥，东临民国南京下关火车站，向西有浦口火车站历史文化休闲区，将区域内所有铁路元素有机融合。这里有黑红相间的老式蒸汽火车头、绿皮火车车厢、铁路轨道……还有"南京西—北京"的站牌，都充满了年代感。如果是冬天来，可以早点出发，趁着日落前，等待风吹过的瞬间，拍几张照片，每一张照片都非常出片。

中山大道

中山北路、中山路、中山南路、中山陵园路

推荐理由

中山大道是在民国时期应运孙中山"奉安大典"而生，起点是城西江边，终点是城东钟山，构成近代乃至现代南京的骨骼，包括现在的中山北路、中山路、中山南路、中山陵园路。在中山大道修建的同时，从上海法租界购买数千株悬铃木（俗称法国梧桐）来抢种，1929年中山先生移灵梓之际，中山大道沿途已隔距满植。前人栽树，后人乘凉，目前这里便是南京最有风采的林荫大道。观览中山大道，对近代历史、南京近代建筑、绿色南京的艺术美，会有浪漫畅想和深刻理解。

鱼嘴湿地公园

建邺区河西新城扬子江大道888号

推荐理由

南京鱼嘴湿地公园位于南京市建邺区河西新城最南端,长江、夹江、秦淮新河三水交汇处。这是一片形状一头尖的绿色湿地,被形象地称为"鱼嘴"。在这里,你可以在草坪上露营,搭建帐篷,感受夏日的宜人。你可以和孩子们一起放风筝,享受放飞的乐趣。你可以沿着亲水栈道行走,呼吸大自然的新鲜空气。你可以欣赏日落,感受风吹麦浪般的气息。总之,在这里,你可以感受到向往的诗意和远方。其中还有一个"网红"打卡点——灯塔,许多年轻人会来这里拍照,日出日落时分,光环把整个河西滨河风景带染成柔和的橙色,在这里可以尽情感受城市的温情与浪漫。

当当书店

秦淮区贡院街122号3楼

推荐理由

当当书店位于夫子庙贡院街122号秦淮礼物三楼。书店闹中取静,楼下是熙熙攘攘的人群,楼上却可以提供一个能让人静下心来看书的地方。整个书店环境温馨浪漫,优美典雅,绿植花卉点缀其中,充满着舒心的韵味和浓郁的人文情怀。书店分为文学馆、亲子馆、艺术馆、心灵馆,还有讲座区,非常适合带小朋友来阅读。在古老的夫子庙,孔夫子圣地,当当书店在这里传奇般地存在着,是悠悠秦淮河上一道闪烁着时代气息、跳动着的现代文明的浪花,是一道靓丽青春的风景线,是一个城市的文化坐标,街区的阅读灯塔,读者的精神家园。来这里建议坐地铁3号线到夫子庙站,可以一路走过来欣赏沿途的风情。

金陵饭店

秦淮区新街口商业街区

推荐理由

金陵饭店是改革开放南京在全国步伐先行的重要代表，代表着现代南京的前沿意识、前瞻思想和实践能力。新街口金陵饭店见证了中国改革开放30年的历程，而新街口之外的拓展与创新，走出了中国人创建世界一流酒店的成功之路，实现了从单体酒店向品牌连锁经营、跨区域旅游开发的飞跃，始终保持着中国酒店业的领先地位。

夜瞻园实景演出

秦淮区瞻园路 128 号

推荐理由

华灯初上，暮色降临，精巧雅致的瞻园华丽变身，灯火璀璨中，夜瞻园一步一景、一景一戏。2022 年 8 月南京《金陵寻梦·夜瞻园》荣获"'网红'旅游演艺"称号！"夜游瞻园，穿越名著"成为广大游客来到南京，赏江南胜景，寻古都文脉的不二之选。

瞻园作为南京现存历史最久的明代古典园林，一砖一瓦，一门一窗，都显现"金陵第一园"的古意芳华。

大报恩寺琉璃塔夜景

人物档案

李路，国家一级导演，著名影视出品人、制作人，主要代表作有电视剧《老大的幸福》《人民的名义》《巡回检察组》《人世间》等，其中2017年首播的电视剧《人民的名义》创造了全国卫视近十五年来破8%的收视纪录，成为2017年十大文化现象之一；2022年初于央视一套黄金档播出的电视剧《人世间》打破央视近8年收视纪录，被誉为"国民电视剧"，其作品多次荣获中国电视"金鹰奖""飞天奖"等业内权威奖项。个人荣获中国电视制片委员会"十佳电视制片人"、《新周刊》2017视频榜"年度制作人"等殊荣。李路长期坚持"有情怀、有力量"的创作理念，形成了题材独特、关注现实、贴近时代的艺术风格。

这座城市的斗争精神
都藏在作品里

导演

李路

南京秘境推荐

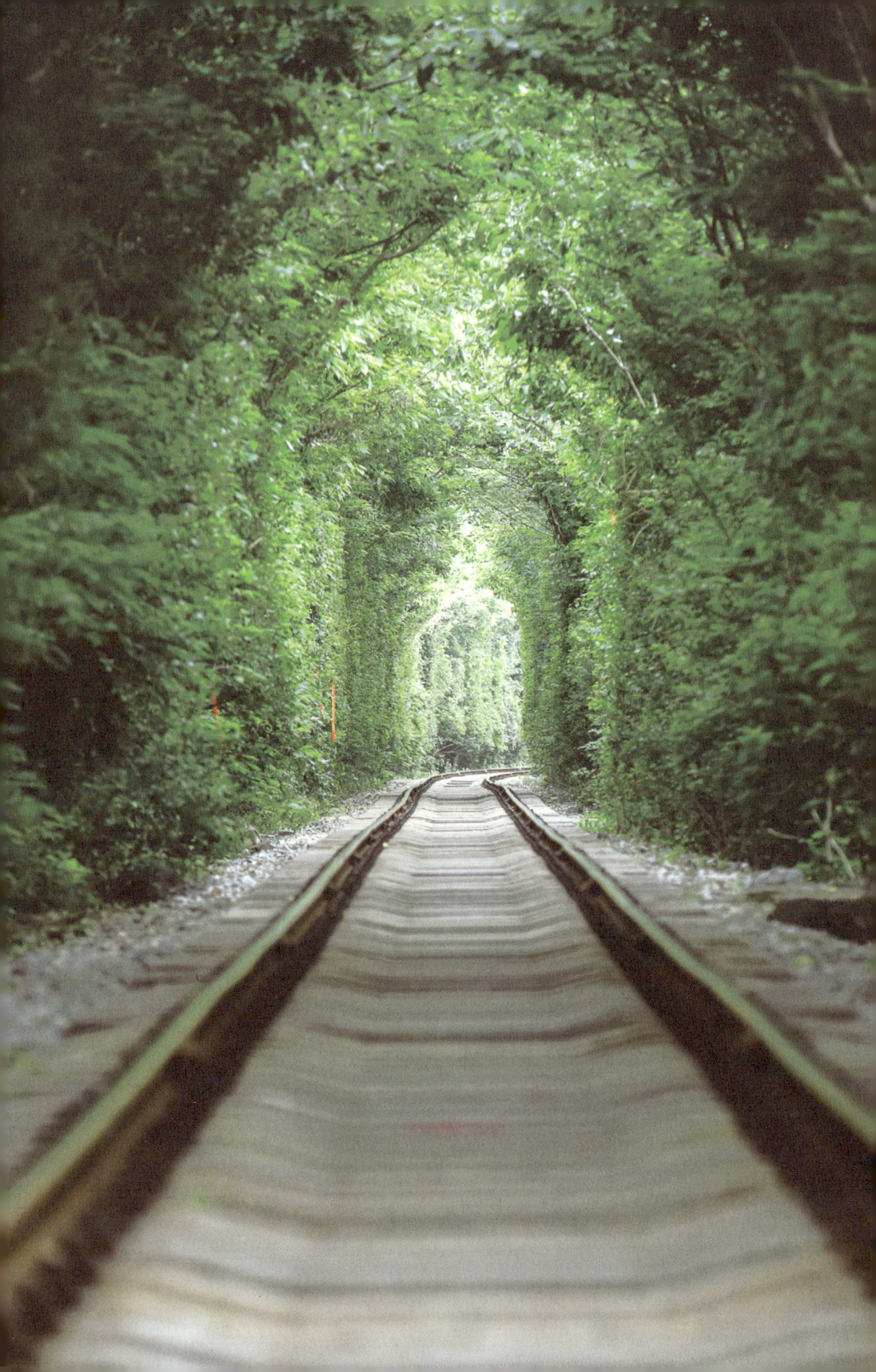

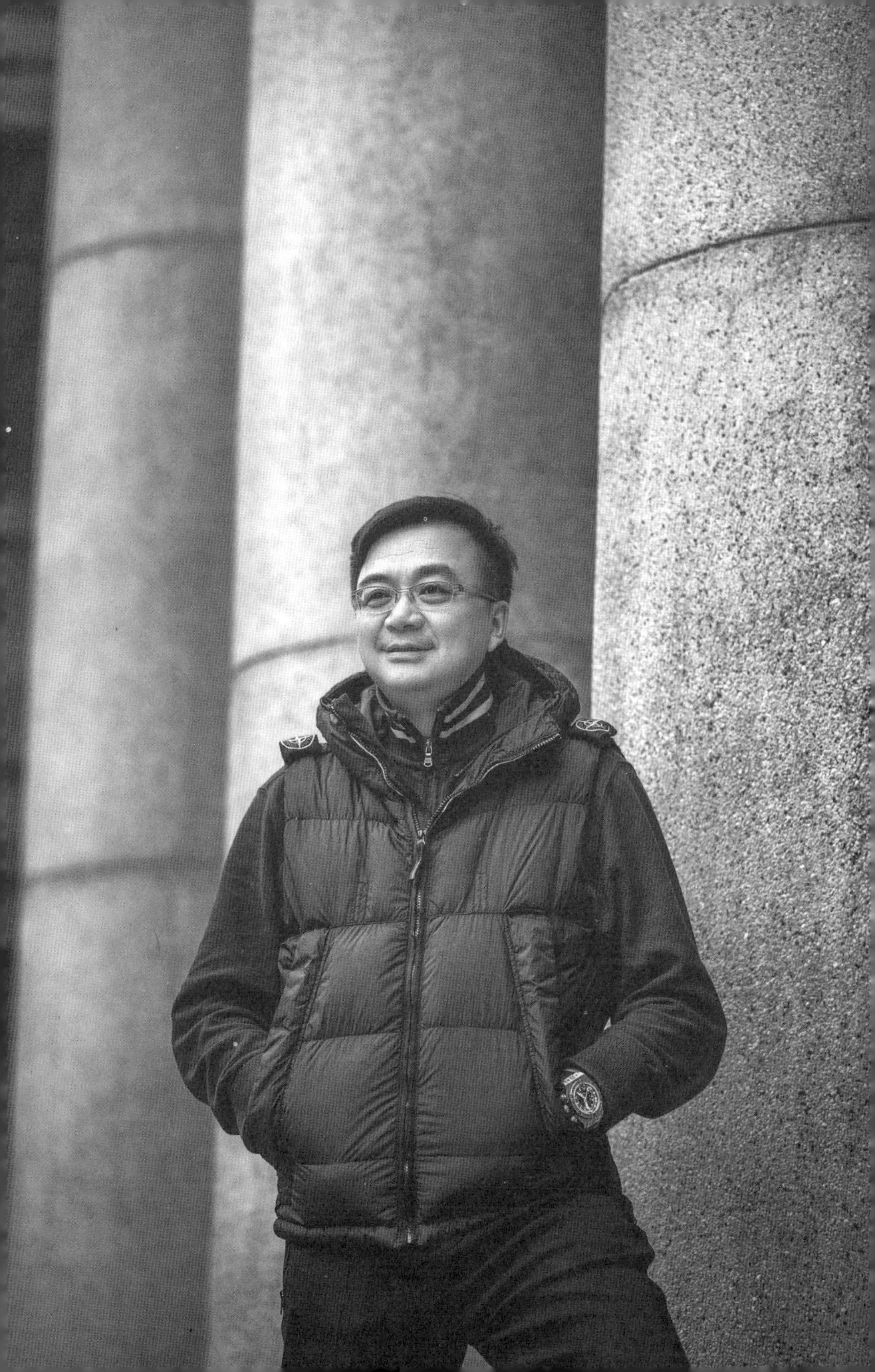

在外久了，李路会想念南京的皮肚面和馄饨。每次回来，李路总会到街边的馄饨摊去打包一份馄饨，加点辣油，塑料袋装着，一拎就可以走了。在外地，食材一样，可他怎么也找不到相同的味道。仿佛除了馄饨，南京的市井烟火、人情冷暖，都在其中了。

青年时期的李路

  在东郊国宾馆我们见到了导演李路。与他相约并不容易，工作性质的关系，他大多时候在天南海北地奔波，取景，拍摄。
  接受采访的时候，他的新作《人世间》在央视一套的首播刚刚结束，他终于能难得地休息一下。作为一名不是很高产的导演，他的每一部作品的口碑都很好，做一部留一部。《人世间》改编自作家梁晓声的同名小说，以居住在北方某省会城市的一户周姓人家三代人的视角，描绘了十几位平民子弟在近五十年时间内所经历的跌宕起伏的人生，以润物无声的细腻质感和强大的情感共鸣渐渐在观众中口碑破圈，层层发酵。

这部剧的主要取景地在吉林长春，是他心中除了南京之外的另外一个故乡。

李路是南京人，父母双双从复旦大学新闻系毕业后被分配至吉林长春，自小他在那里长大，但他对南京依然十分熟悉，1989年，他从吉林艺术学院导演系毕业，没多考虑，便从东北回到南京。一南一北两座城市，在李路眼中却有许多相似之处，厚重的历史沉淀；园林般的绿化环境；民国风情的老建筑……这或许是属于导演对城市的解读。

2017年，《人民的名义》掀起现象级热潮，剧中95%的镜头在南京取景，东郊国宾馆[21]、金陵国际会议中心[22]、南京航空航天大学[23]等极具南京特色的地标齐齐出现在了电视剧的镜头里。李路聊起当初选拍摄地时，一下子就想到南京了："这个城市既有新的发展和变化，也有历史的文化和底蕴在其中，与剧本比较贴合。"

---

21 南京东郊国宾馆位于南京市玄武区紫金山南麓钟山风景名胜区内，始建于1957年，主要接待党和国家领导人及外国元首，同时接待国内外宾客和会议团体，曾经一度保持神秘被称为"中山陵5号"，是中国最佳国宾馆之一。

22 "花园般的酒店，花园里的会议。"金陵江滨国际会议中心酒店是南京首家以商务会议和休闲度假为主题的江畔园林式酒店。毗邻奥体中心，北与绿博园相接，酒店秀筑于园林之中。

23 南京航空航天大学是中华人民共和国工业和信息化部直属的一所具有航空航天民航特色、以理工类为主的综合性全国重点大学，是国家"双一流"建设高校，国家"211工程"、"985工程优势学科创新平台"重点建设高校。

《人民的名义》剧照

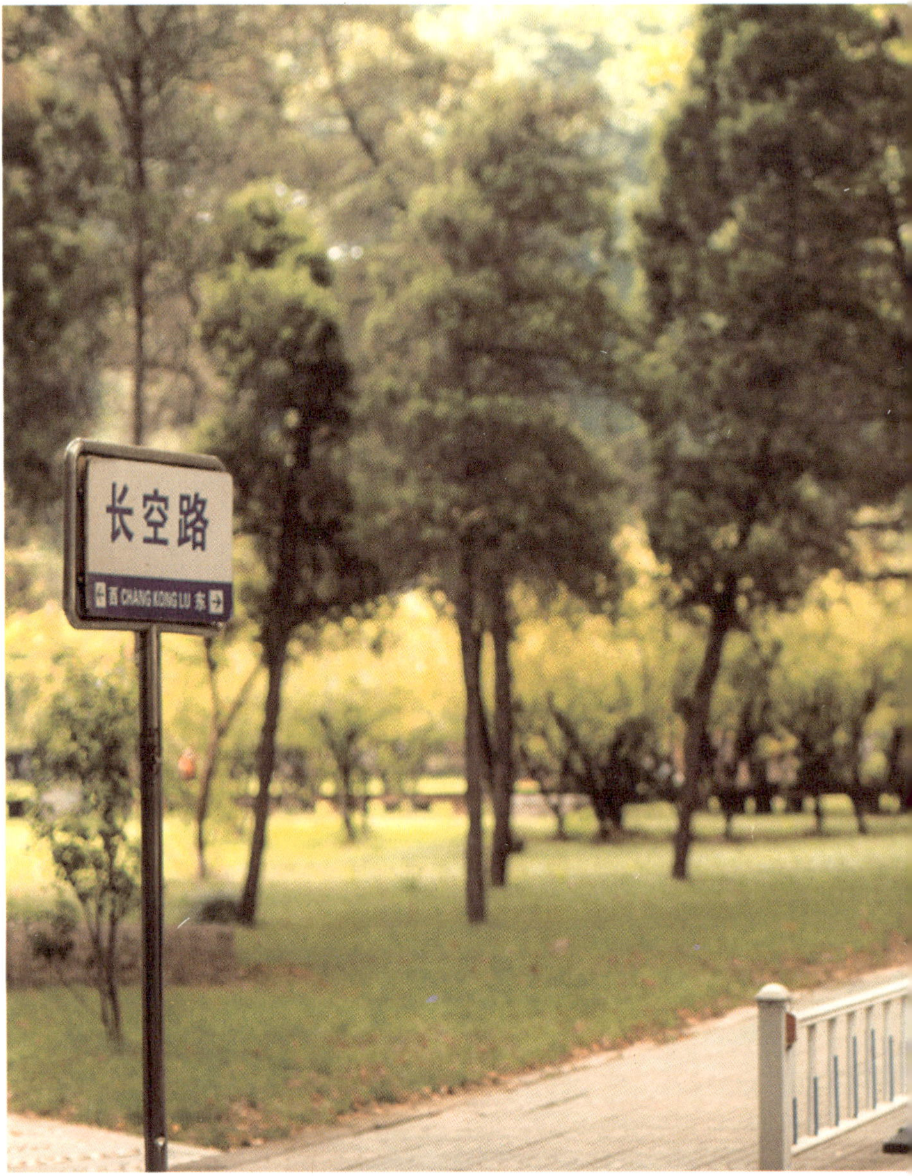
长空路
西 CHANG KONG LU 东

南京航空航天大学

李路工作照

李路最初看到《人民的名义》时，只有前三集初稿剧本，但是他义无反顾地买下了版权。面对这部题材较为敏感和极具创作难度的作品，李路除了担任导演外，还扛起了第一责任人——总制片人的重担，巨大的压力顶在头上，并不是谁都能扛到底的。后来这个项目几经波折，李路直言就跟在闯关一样，但从没想过放弃。

　　"它不只是一部反腐剧，我要讲的是政治生态，是大中国的故事。"这是李路的作品特色，他所偏爱的现实题材不是非黑即白的，而是大时代中的人间冷暖，复杂多元的人物群像。

光明战胜黑暗，正义战胜邪恶，在这部剧中李路拿捏着这个尺度，传递着"公仆有血性，百姓有温度"的正向价值观。电视剧播出后，李路压力并未减轻，先后遭遇威胁、谩骂，甚至有人寄刀片给他，还有人说，不过是题材取胜嘛。对此，李路说他更愿意记住观众的认可，当有人深深地对他致谢时，他更坚定了信念，要坚持创作自己有冲动的主题和作品，而这种坚持是有意义的。

剧中有许多细节都是他对生活观察的呈现，比如剧中祁同伟把手机卡拿出来扔到马桶里冲掉的一幕，在剧本中是没有的，这源自李路平时对反侦察相关知识的了解，才会把这一幕加上去；还有剧中大量的政府会议怎么开，制式是怎样的，如果平常不多加关注，拍摄时就容易出纰漏。

其实，不仅仅是《人民的名义》，李路的不少作品都是在南京拍摄的，而他认为自己作品中展现南京风情最好的一部剧是《坐88路车回家》。原故事反映的是北京的生活，而李路将其彻底南京本土化了，用他的镜头语言将20世纪80年代末，南京的街头小景与人文风情展现得淋漓尽致。

拍这部剧时，剧组还遇过一件奇事。拍摄点附近有个馄饨摊，每天早上出摊，傍晚收摊。摊主是位老大爷，休息时他们常常会让摊主送馄饨到剧组。有天他们拍夜戏，和老大爷商量晚上送200碗馄饨过来，老大爷一口拒绝了：没有，不卖。

"这很南京。"李路觉得这正是南京独有的自洽自得的性格，"盘根错节的老南京，二五郎当的老南京"。"二五郎当"是南京话，常常用于吐槽，与北方话"不着调"，粤语中"无厘头"有着相似的意思。当代"无厘头"形成了一种文化，从荒诞升华成了一种黑色幽默。而他用这个词来描述南京和形容自己，既是自嘲，也是肯定。

《人民的名义》爆红后，作为导演的李路只要愿意，便可以轻车熟路地继续拍摄相同类型的作品赚钱，又或者蹭着这部剧的热度参加综艺节目，迅速扩大知名度。但他不大乐意，接受访问时也十分低调，将生活与作品划出了清晰的分界线，不蹭自己的热度，以作品说话。

更任性的是，他婉拒了许多相似类型电视剧的执导邀约，"对于题材，每个类型我尽量坚持只拍一次"。李路始终保持了一个成熟制片人和导演应有的冷静，坚决不对赌，在演员的启用上也明确规定决定权在导演。

南京在他眼中是一座斗争精神很"差"的城市，不急功近利，不唯利是图，生活在这里的人们愿意跟着"心"走，形成了独有的城市性格。

《坐 88 路车回家》剧照

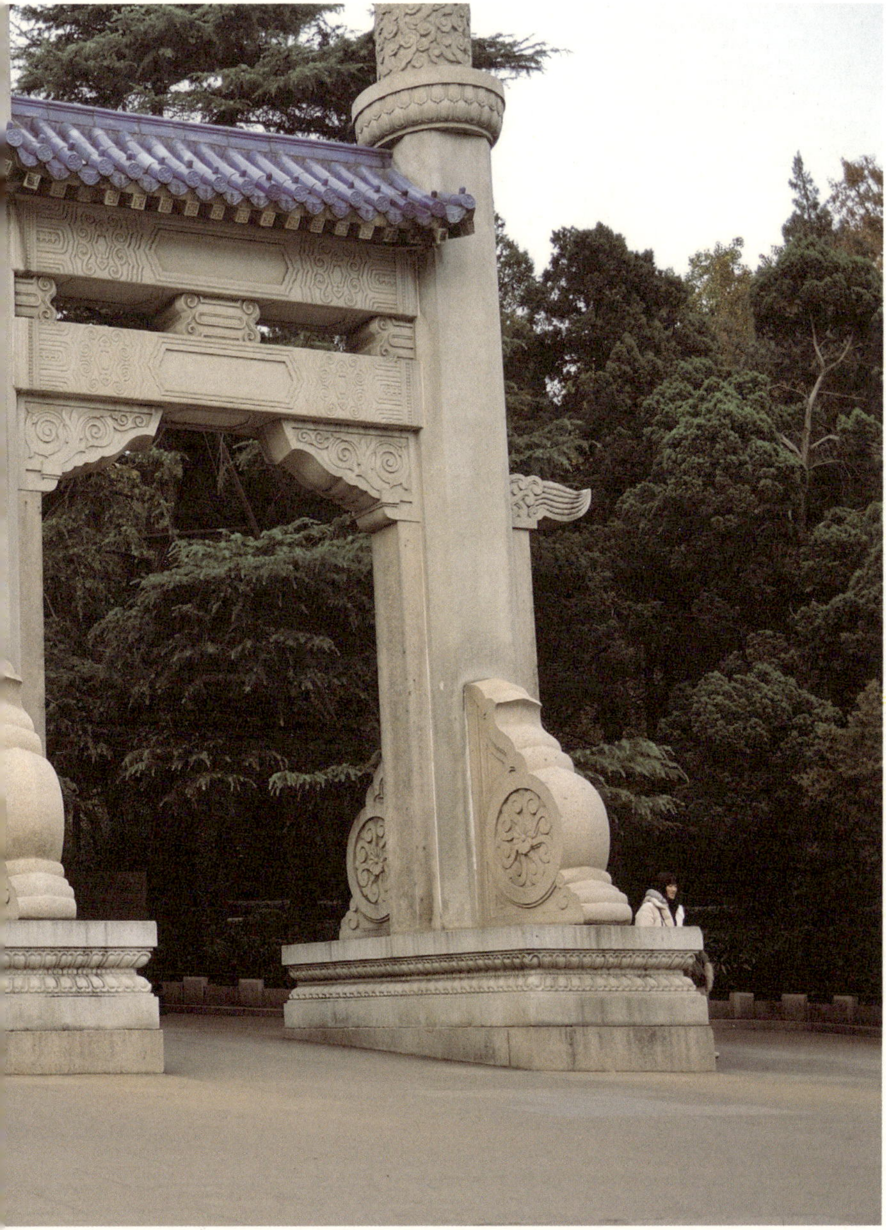

《人民的名义》剧照

"这样的性格能出大文豪、大艺术家。"，李路说南京古今文化名人众多，据不完全统计，南京历史名人总数超过2000个，大众耳熟能详的也有200个出头，几乎涵盖了中国经济、政治、文化、教育、军事、科学等方方面面。尤其在南京曾涌现诞生过许多优秀的文学作品，冥冥中像是轮回。李路戏言，这或许是另外一种穿越，在不同年代呈现不同的名字，同样回归到了金陵这片文学的圣地。

有人说魏晋文化是中国文化史上的一次文艺复兴，那南京无疑是这次复兴的轴心城市。魏晋南北朝时期从政治上看，是分裂、混乱的，文化上却是辉煌、璀璨的。李路同样很喜欢那个年代，常年拍摄现实主义题材的他曾看中过一部关于魏晋时期的书，可惜的是该书剧改版权早已出售，此后他也没再刻意翻找魏晋题材的作品。

"随缘。"对于选剧的标准，李路如是说。

遇到《人世间》也是缘分。彼时原著小说还没有获得茅盾文学奖，他读完后开玩笑地说："我就要拍这个，这会是个伟大的作品。"他对此清醒、自信、笃定，李路知道这是自己想要的。事实是，即便这部小说之后获得了茅盾文学奖的殊荣，但也只是业内人士有所耳闻，对于大众市场而言，阅读量不算高。事实证明，他的眼光很准，该剧拍摄完成一个月后，迪士尼便买下了这部剧的海外发行权，这待遇在中国当代题材的电视剧中是独一份。

近年来，陆陆续续有很多网络上的大IP作品被翻拍成电视

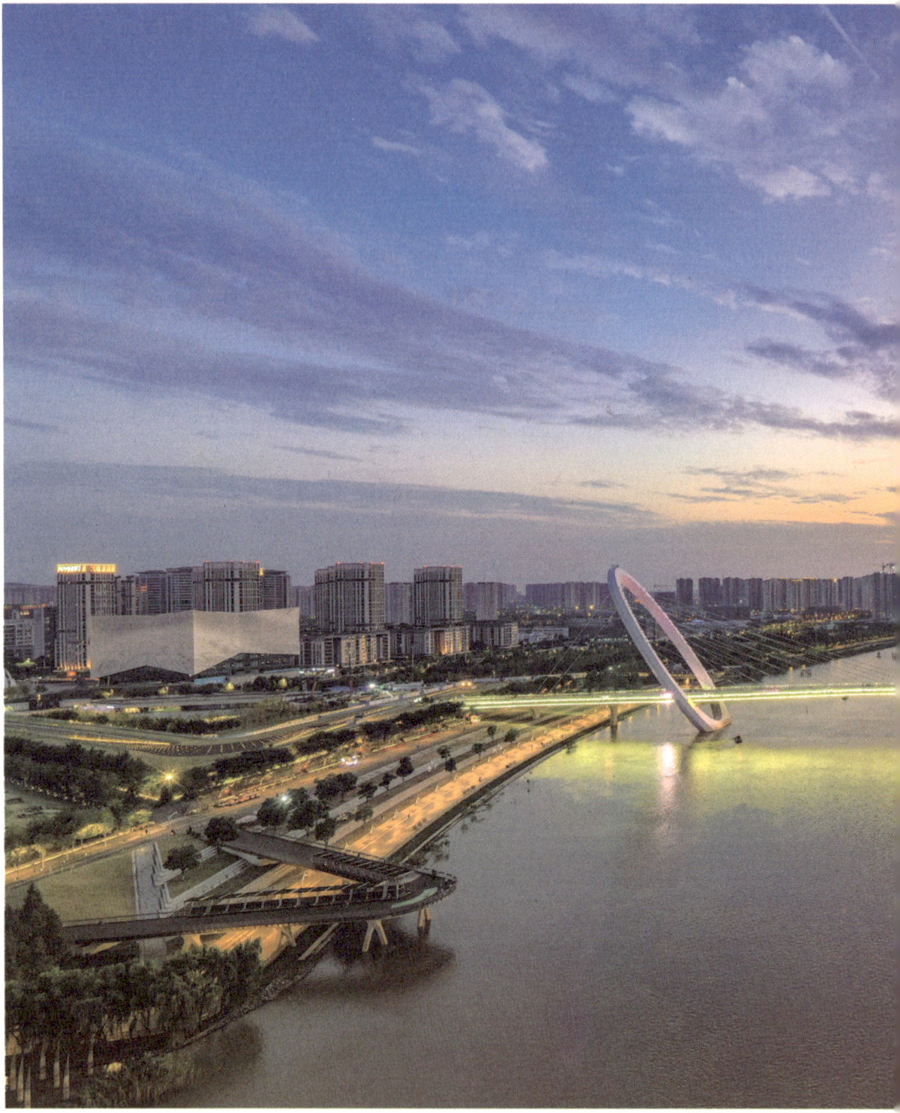

南京眼航拍图

剧，其中也不乏名导，李路直言自己没有这方面的计划。他觉得文学语言与镜头语言是不同的，在剧本上得下更多的功夫，目前他基本保持两年拍一部剧的步调。如果轻易去拍一部剧，呈现出来的人物很难鲜活。

工作原因，李路在北京的时间比在南京多得多，但在他心里，南京始终是温暖的一个角落。因为亲近，很多希冀就会投射进来。在李路看来，南京太温吞了，改革开放以来，无论从经济上还是文化上南京都为国家做出了巨大贡献。但大家聊起南京，不会特意去强调某个角度，似乎南京没有特别的长处，不温不火，有热度，却未成为被人注视的绝对中心。

可李路觉得，也没有一个城市能像南京这样包容，南京需要看长线，它不是更替很快的城市。如果从文化的角度来说，这里的文化人斗争是向内的，呈现给世界的状态是温和的，他们更善于在作品中自我拉扯，自我竞争，形成了独树一帜的对抗性。那些他们所想表达的部分就成了作品的"功利"。

李路阐述他对作品中"功利"理解，不一定是经济利益，从文学本身来说，是一种表达，需要宣扬一些内容，而这种行为天然就是一种"功利性"。他毫不避讳地说自己拍摄作品同样有着"功利"的考量，只是追求的东西不同。

南京小柴火馄饨

李路近照

包括在南京文化人之间的交往，斗争很少，和谐圆融。"这座城市的斗争精神都藏在作品里。"李路如是总结。

在外久了，李路会想念南京的皮肚面和馄饨，每次回来，总会到街边的馄饨摊去打包一份馄饨，加点辣油，用塑料袋装着，一拎就可以走了。在外地，食材一样，可他怎么也找不到相同的味道。毕竟，馄饨不只是馄饨，南京的市井烟火，人情冷暖也都在其中了。

南京老城南

88路公交车线路

玄武区东南大学四牌楼校区的中央大道

推荐理由

2014年在南京取景的热播剧《坐88路回家》令大众对88路有了极为深刻的印象。电视剧的情节感动了许许多多的人,也让这条路线不再只是一条公交线路,而有了更多更复杂的意义。88路公交线路像是时代的延续,乘坐在上面,好像可以再体验一次电视剧里那温暖感人的场景。

牛首山佛顶宫

南京市江宁区宁丹大道18号牛首山文化旅游区内

推荐理由

规模宏大,堂皇富丽,震撼人心,整个佛顶宫不仅是珍藏佛祖顶骨舍利、接受信众瞻礼参拜的主要场所,还是将舍利文化、世界佛禅文化以各种艺术手法集中呈现的文化展陈场所。

青奥村

建邺区河西新城青奥南路 9 号

推荐理由

南京青奥村位于南京市建邺区河西新城滨江沿岸，毗邻南京青奥中心，占地面积 14.3 万平方米，总建筑面积 43.66 万平方米，是由全球闻名的建筑设计和规划顾问——POPULOUS 设计事务所担纲设计，融入前沿设计理念，打造的中西结合的国际人文社区。周边还有国际青年文化艺术中心、奥林匹克博物馆、"南京眼"步行桥、滨江绿道、南京青奥双子塔等游玩打卡点。其中青奥双子塔是由被誉为建筑界"结构主义大师"的扎哈·哈迪德设计，外形呈流线型，像一艘太空帆船。曲线、透明和镂空的设计，又赋予它光的流动感和青春的活力，夜晚来到周边，可以看到南京不一样的璀璨夜景。

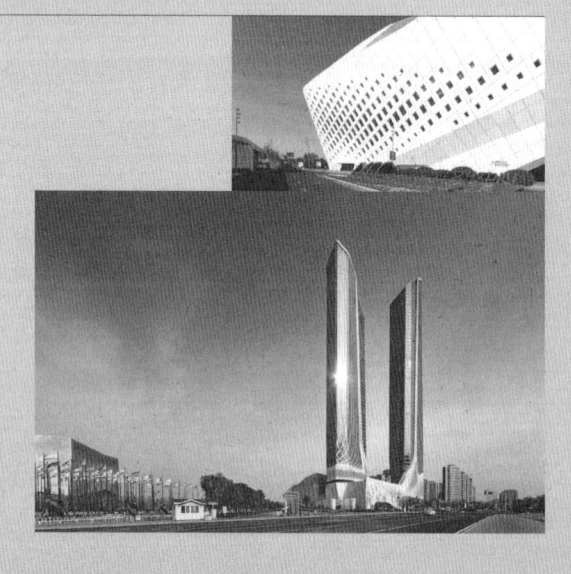

高淳茶园

高淳区慢城南路与周高线交叉路口西北侧

推荐理由

江南人素来喜喝茶,早晨起床就爱泡壶茶醒神;逢年过节有客拜访,进门得先沏茶、敬茶;闲来无事,三五好友谈天说地要喝茶;商务会客,也还是要喝茶,总之就是无茶不欢。而被誉为"南京茶乡"的高淳,有多达2.6万亩的茶田,一眼望去,皆是碧绿,无边无际。还建有淳青、桥李、雅润等多个优质茶叶生产基地。其中"淳青茶园"获评了江苏首家"中国30座最美茶园",《人民的名义》也曾在此取景。茶园所产的茶多用来制作碧螺春、金陵春、雨花茶等。被琐碎的生活牵绊太久,不如找个闲暇日子,来高淳的茶园进行一场放空自我的休闲"茶旅"。

浦口火车站

浦口区津浦路 3 号附近

推荐理由

1918 年冬，文学家朱自清与父亲在这里话别，留下了著名的《背影》。位于南京长江北岸的南京浦口火车站于 1914 年正式开通运营，是当年津浦铁路的终点，2006 年被列为省文物保护单位，2013 年 5 月被确立为全国重点文物保护单位。现如今，浦口火车站及其附属建筑的抢救性修缮工作已经完成，火车站周边的工人宿舍、老宅民居的修缮工作正在有条不紊地进行。这是中国唯一一个整体保存完好的民国风貌的百年火车站，来这里穿越时光，当一回时光中的乘客。

爱情隧道

江宁区银杏湖大道

推荐理由

位于南京市江宁区的一段铁路，因受到过往火车的削磨，路两边的繁茂浓密的植物形成浑然天成、惟妙惟肖的绿色隧道。这个景色奇异浪漫、引人入胜的绿色隧道，很快成为情侣们约会游玩的好去处，甚至被冠以"最小清新的铁路"受到追捧。夏季，这里枝繁叶茂，绿树成荫，鲜嫩的颜色绿得醉人，吸引了众多游客来此观光。爱情隧道，还被赋予了众多美丽的传说，据说，如果是情侣到这里来许下愿望的话，那么他们的愿望就会成真，一生一世将在一起，这个传说吸引了众多情侣或单身男女前来，在此许下一生的愿望。而火车轨道对于有些人来说也寄托着一种情怀，瞬间有一种回到了20世纪的感觉，那种复古的韵味让人回味悠长。

十竹斋人文空间

玄武区长江路101号2楼

推荐理由

十竹斋人文空间布置有书房、茶室、佛龛、厅堂四大主题展厅，以移步换景、诗意栖居的沉浸式体验，优雅诠释了江南人文美学。书房称"文佩""博古"，体现士大夫的情趣；茶室为"高标""隐逸"，彰显读书人的情怀；厅堂则以"入林"命名，邀请贵客共赏林下风致。集鉴宝、赏画、沙龙、公开课、拍卖、品茗、轻食等综合性功能于一体，十竹斋人文空间是十竹斋品牌文化的载体，是体验东方美学的城市客厅和当代人文艺术交流空间，甫一落成，便彰显了大众对江南人文美学的敬仰和对南京这座城市的热爱。

寻魏·金陵十二菜（老门东店）

秦淮区夫子庙老门东五板桥27号

推荐理由

寻魏·金陵十二菜位于南京老门东景区内，占据了一座独栋的二层小楼，青砖乌瓦，是一家以红楼文化为背景的淮扬菜馆，根据红楼文化的养生之法，取菜之灵魂，尽烹调之技法，在传承古法的同时突破超越而成。其菜单形似镇纸，封面绘有古风人物像，打开后好似风琴，黑色菜名跃于牛皮纸上，颇具红楼风情。整体装修风格讲究的是现代与古典的融合，更注入了年轻人的活力，令人印象深刻。这样一家既精致又有文化，既富创意又有颜值的淮扬菜，来到南京一定要体验一下。

五粮记（科巷店）

秦淮区中山东路300-6号

推荐理由

这是一家人均15元的"网红"早茶铺，外面看上去平平无奇，但是去过就很难忘。非遗·原谷五粮粥是他们家的招牌，吃起来有一种越吃越香的口感，米炖得很软糯绵密，浆配合刚好，嫌淡可以根据个人口味加点小菜搭配吃。还有各种款式的小吃任君挑选，红油馄饨、豆角蒸饺、咸蛋黄烧卖、秘制凤爪、黄米凉糕……谁又能拒绝这些美味小食呢？每一个都在必点榜单上，真是减肥道路上的拦路虎。

大众书局新街口旗舰店

鼓楼区汉中路6号

推荐理由

大众书局品牌起源于1927年,时称大众书局行印馆。全新的生活美学+书店模式,图书+家居+文创+咖啡轻食的设计理念,让场景融入每一天的生活之中,营造出温馨、自然、书香、优雅的格调意境。书店也由单纯售书空间升级为"生活美学传播推广""文化交流体验平台",在此,不定期有签售会、读者会等活动。可以在这里安静地感受阅读的氛围,是文学爱好者的一大幸事。

薛荣生

理工男的报刊亭风景

薛荣生是一位从事测绘行业的95后理工男，2022年1月，他租下了家附近的一间4平方米的报刊亭，改造成24小时开放的无人书店，取名『嘿小狗·小书房』，在这里扫码即可自助借阅图书。他说：『既然以这种方式开店，就是完全信任大家的。』还有一位读者曾联系薛荣生主动捐赠闲置书，这间小书店见证着城市阅读种子的生根发芽、散叶开花，是报刊亭『最后最美的风景线』。

嘿小狗·小书房

建邺区汉中门大街 151 号附近

推荐理由

梦想很大，想让书店如便利店般随处可见；梦想很小，四平方米足够承载。

2022 年伊始，我用书把报亭装满改成 24 小时无人自助书店，取名"嘿小狗"。虽在繁华街角，但不受其扰。书店很小书目不多，大都是精挑细选的文学作品，选书借书还望有你所喜。小店的装修可能还不太好，准备了空调椅子台灯和小装饰，想给你更好的阅读体验，置身其中，是你一个人的书店。它也是一个共享书房，以书会友，藏书来自各地读者的推荐和赠送。也许它也是个解忧杂货铺，眼前的问题，答案就在这里。24 小时的微光为南京而亮，更为每个热爱阅读的人而亮，小书店给自己打开一扇窗，同样开着门欢迎大家的到来。

星星阅读空间，足以疗慰心灵。

万俊

在城南深宅收集城市的记忆

万俊戏称自己是『收破烂的』，常年混迹在拆迁工地和旧货市场，收集时光的记忆。如今，到他在熙南里『桐月春至』小茶馆，那里能看到他的各种收藏，大到冰箱洗衣机，小到灯泡玻璃球，还有印着『鼓楼饭店』的瓷盆，风干的南京肥皂、朝阳服装厂呢绒上衣盒……

桐月春至

秦淮区新街口大板巷中山南路 400 号

推荐理由

"桐月春至"是万俊开的店,也是《乔家儿女》(2021 年最代表南京的一部电视连续剧)的拍摄地,同时这也是一个老南京故事的集合地,也有人把这里叫作"老万的小吃"或者是"老万的私厨"。店里收藏着各式各样的老物件,小到轮渡客票、儿时的玩具、相框、钟表、结婚证书、爷爷喝茶的大茶缸和奶奶爱用的雪花霜、大到书架、民国台灯、电视机、电话机和斑驳的桌椅、木箱。这些看起来好像随意堆放着的物件,其实每一个都是时间和故事的载体,留住的是那些年代的记忆,是这个城市独一无二的记忆。

响堂的栀子花开了

赵真

赵真是土生土长的南京姑娘,生活于浦口老山脚下的响堂村。这里三面环山,一面抱水,山谷里盛产栀子花,南京街头的栀子花90%来自这里。赵真将栀子花采摘后进行义卖,义卖所得作为公益基金,用于边远乡村校园改造。2022年6月,赵真收到一封来自腾格里沙漠边缘的一封信——"又是一年夏季到,南京响堂的栀子花开了吗?我们这儿没有栀子花,但听说它很清香,很洁白。很感谢在南京的你们,我会继续努力学习,长大了成为对家庭、对家乡、对社会有贡献的人。"

响堂

浦口区江浦街道响堂村

推荐理由

浦口的响堂村是"小红书"上的新晋宝藏小村落"网红"打卡点，坐落在山脚下，依山傍水。在这里大家还是保持着原来的生活方式，鸡鸣犬叫，宁静安逸。栀子花开时，一定要来这里，沉浸在美好的大自然中，清风徐来，花香四溢，鼻尖尽是南京城初夏的记忆。

崔传面

七十二岁的『茶摊奶奶』

一张方桌，一桶凉茶，两只小碗，数盒风油精……72岁的茶摊奶奶，南京金陵汽运公司的退休职工，1997年起在小区门口摆免费茶水摊，为在夏日里辛苦劳作的人们提供方便，至今坚守25年。奶奶说：『大伙喝习惯了，我不能失约。』崔传面的茶水滋润着一批人，也温暖着一座城。

无名面条店

秦淮区龙蟠南路路子铺 22 幢

推荐理由

南京入梅雨季节的时候，正是潮湿闷热的桑拿天，这个季节去吃碗凉面，心和胃都会舒服很多。无名面条店——一家做了 20 余年的南京老卤面馆，厨房是开放式的，一眼看到头，给人很干净的感觉。来到这里，食客两三人，可以边吃边和老板聊天，都是老南京人。一碗三鲜皮肚面，用料扎实丰富，再加一个大肉丸，简直完美。南京的这些"苍蝇馆子"就是美食的天堂。

夏秋

带你逛吃南京

「火锅怪游记」是夏秋的网名。夏秋是南京本地人。他说：「南京是我的家乡，用镜头展示家乡美食美景是我永远的热爱。」他也的确是这么做的，这位90后南京土著文旅美食达人，从2010年开始，便在南京四处逛吃，在长达10年的时间里用自己的镜头拍摄分享着南京各处美景和美食。

夫子庙

秦淮区贡院西街与贡院街交叉口

推荐理由

南京夫子庙是南京的特色景区，也是
国家 5A 级旅游景区和国际旅游胜地。
来南京几乎所有人都要来夫子庙逛逛，看看课文中
"旧时王谢堂前燕，飞入寻常百姓家。"里的乌衣巷。
夜晚于画舫中寻朱自清文笔中描绘的《桨声灯影里的秦淮河》。
每到元宵节，首批国家
级非物质文化遗产的秦
淮灯会，也在这里举行。
这里是中国第一所国家最高学府、中国四大文庙之一，
即南京孔庙、南京文庙、文宣王庙，为供奉祭祀孔子之地。
唐伯虎、郑板桥、吴敬梓、袁枚、林则徐、
施耐庵、曾国藩、左宗棠、李鸿章、陈独秀
等历史名人均为江南贡院的考生或考官。清
末状元、实业救国的企业家张謇也出于此。
这里可谓是文化气息浓郁，来南京总要来夫子庙看看吧。

人物档案

杨筱艳笔名未夕,作家、编剧、教师,代表作品有儿童文学:《五四班那些事》《荆棘丛中的微笑》,长篇小说:《糟糠之妻》《果果的婚事》《乔家儿女》等,电视剧本:《山海情》等。其中电影剧本《孩子那些事儿》获得十四届华表奖最佳儿童片,第二十八届金鸡奖最佳编剧提名奖。

体味平民视角里的南京与南京人

作家·编剧·教师

杨筱艳

南京秘境推荐

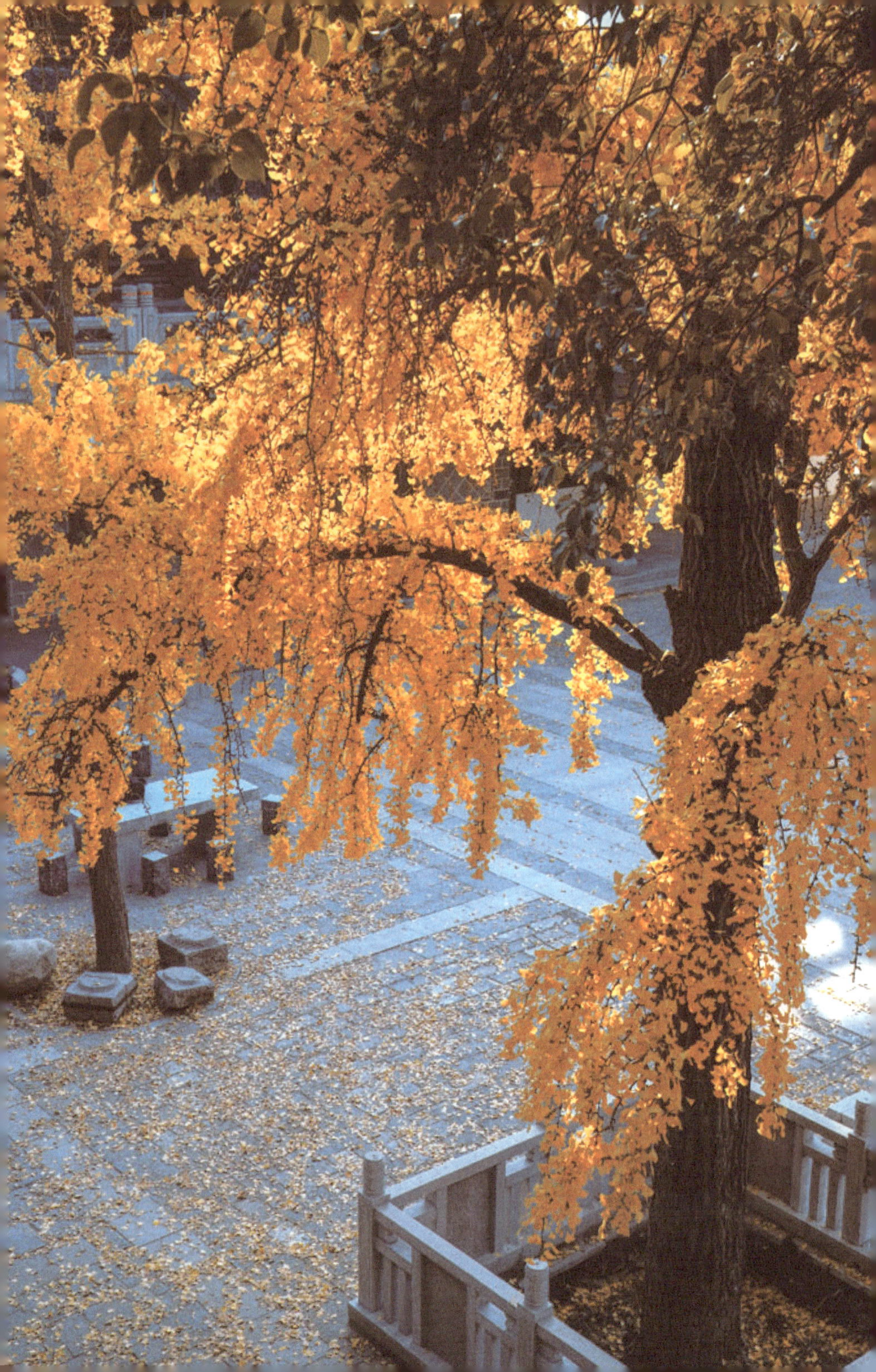

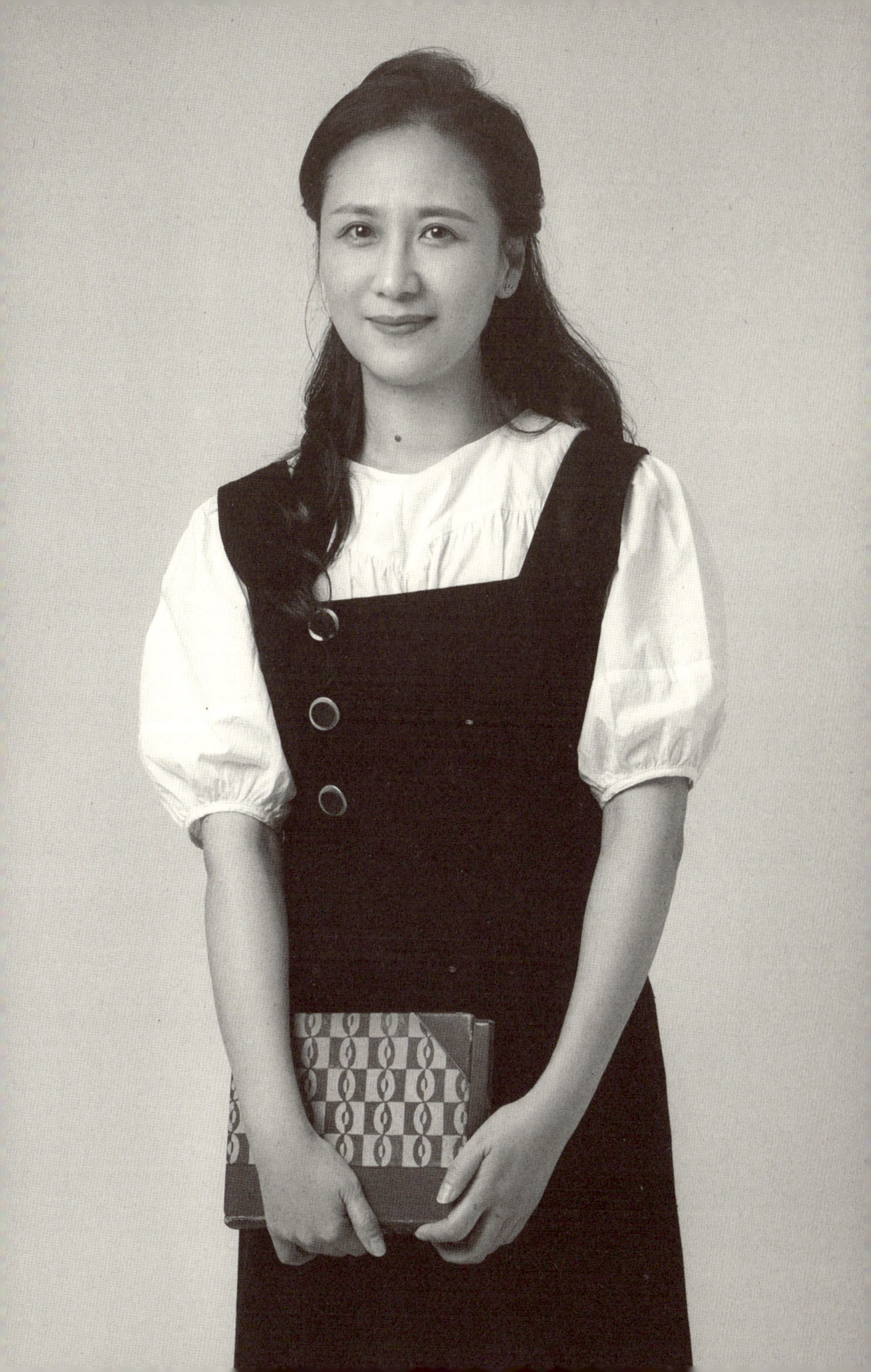

「我想把视角放低一些,用一辈子的时间来书写南京平凡人的故事。」

杨筱艳学生时代照片

在卷帙浩繁的史料著作和众多历史遗迹中,杨筱艳愈发觉得城市背后人的渺小与微观,也感慨南京城的书写不尽,"倾尽一生都书写不尽"。

作为土生土长的南京人,杨筱艳鲜活地书写着一幢幢建筑、一条条街巷、一个个人物。从现代题材的长篇《乔家儿女》《果果的婚事》,再到以南京大屠杀为背景的儿童文学《荆棘丛中的微笑》,她在历史的重述和构建中也缝合了新旧南京人的生活地图。

"我想把视角放低一些,用一辈子的时间来书写南京人民的故事。"杨筱艳说。而这一次次凝望,她也为读者架起一座桥梁:南京人的过去与现在,被平等观看,回味不尽。

除作家和编剧之外,杨筱艳还是一位优秀的小学英语老师,作家的身份虽常被她轻描淡写地略过,被问起时也是自谦表示是"私下的爱好",却安放了她多年来的思考。

她一直笔耕不辍，先后创作了十多部儿童文学作品，还有不少长篇小说。从都市题材到现实主义，题材跨度十分广，口碑也都很好。

2021年热播的电视剧《乔家的儿女》改编自杨筱艳的长篇小说《乔家儿女》，她同时担任了编剧。故事呈现了南京乔家五个孩子四十年间彼此扶持、相依为命的生活轨迹，展现着平凡生活中的坚韧与美好，也通过影视镜头再现了一代南京人的生活记忆。

其中的第一集第一幕便勾起了南京人的集体回忆，防震棚、煤油灯、晾晒萝卜条的竹竿，仿佛时光倒流到70年代的南京城。邻里之间只隔着院落，穿街走巷都是饭菜烟火。场景搭建完后，杨筱艳收到导演张开宙发来的视频，她说自己"当时就被触动了，就是我小时候生活的样子"。

让人触动的还有剧中人物间对话的腔调，标准的"南普"——"摆得不得了"[24]"算活拉倒"[25]，南京味也溢出屏幕。

随着剧情的推进，南京城墙、颐和路、梧桐树一一出现。最让杨筱艳印象深刻的一场戏来自乔一成举报父亲赌博后挨打跑到南京城墙的情景。原著中杨筱艳笔下的乔一成在挨打后躲在工地的水泥管里，"像被保护在母亲的子宫中"。而在剧中，考

---

[24] 南京话"摆"是生活习惯用语，表示赞扬，可用于称赞别人厉害、给力等。

[25] 南京话"算活拉倒"有"算了吧"的意思。

南京老城南

南京老城南

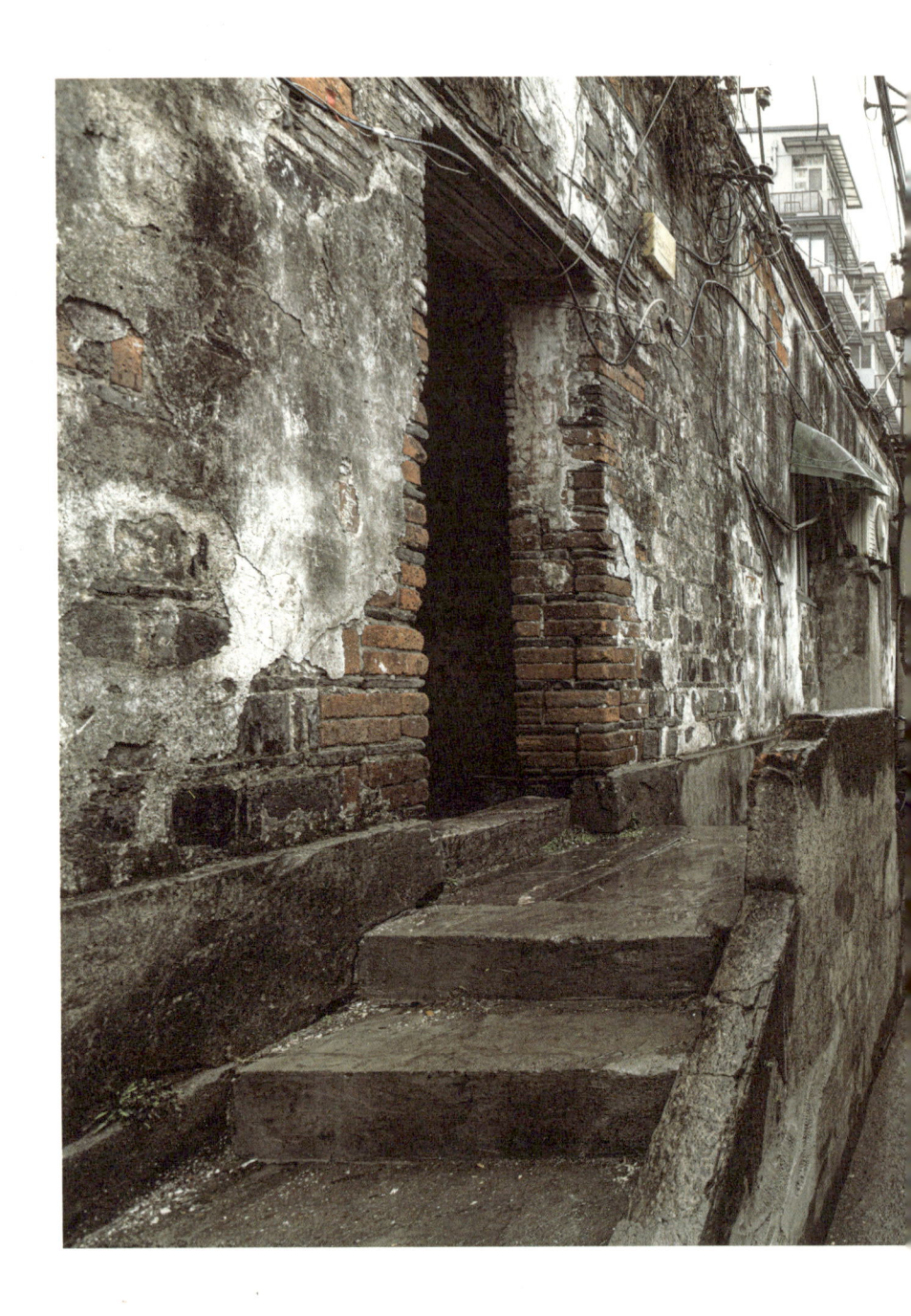

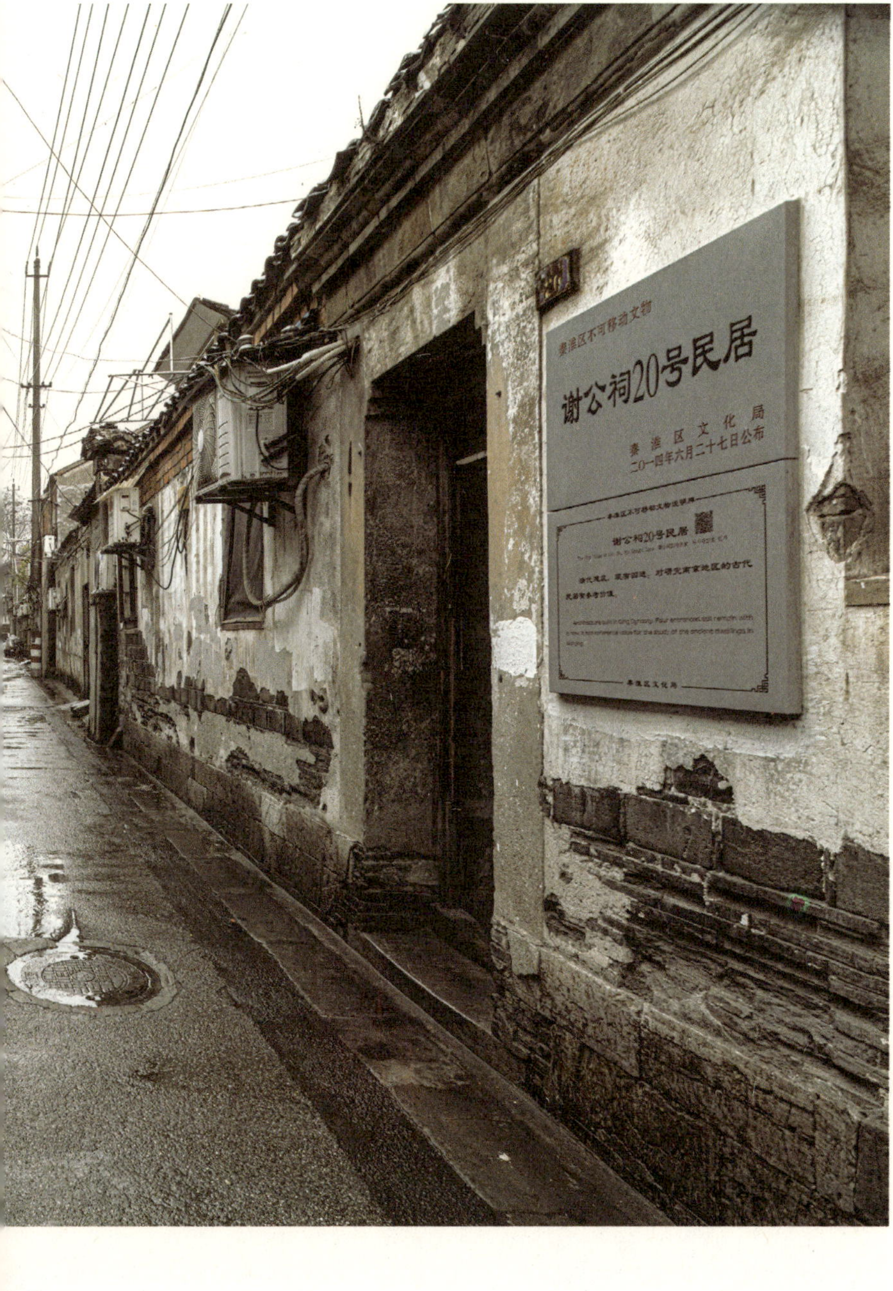
秦淮区不可移动文物
谢公祠20号民居
秦淮区文化局
二〇一四年六月二十七日公布
谢公祠20号民居

虑到镜头效果，杨筱艳把这一段安排在了南京城墙上。随着镜头推移，巨大城墙上是那个奔跑着的孩子，小小身躯，阳光和城墙也变成坚如磐石的母爱保护。

这些生活化的场景都来自杨筱艳几十年间真实的成长经历。她说："我父亲那边祖祖辈辈都是南京人，我母亲这边外婆是上海人，后来嫁到了南京，从小耳濡目染的就是非常生活化的气息。"

生活中杨筱艳是个细致的观察家，下班后去逛菜市场，家长里短都成为她日后创作的素材，城市方寸之间各行各业的生活图景都一一在脑海中储存，需要时任意调取。

进香河路[26]是这份观察笔记的开始，像清明上河图一样，每个细节放大后都有很多故事可讲。杨筱艳在进香河路长大。和如今给人以浪漫想象意境的"进香河"不同，曾经的进香河是嘈杂的现实主义。"最早是有一条河的，人们会过河到鸡笼山那边的庙宇去烧香，也就有了进香河这个名字。1949年前这里是脏乱差地带，1949年后填了河，建了宽阔的大马路，居民的组成也非常复杂。"杨筱艳回忆。

在杨筱艳的记忆中，这片土地上生活过一群个性鲜活的人，寡妇、从良的妓女、飞行员、旧时少爷、政府官员……各个阶层的人在这里聚合。几十年的生活史都被杨筱艳计划在下一部

---

26 进香河路位于南京市玄武区鸡笼山南麓，南起珠江路，北至北京东路。进香河路因进香河而得名。明清时期，鸡鸣寺的香火相当旺盛。据史志记载，远在江宁方山一带的百姓都会到鸡鸣寺来进香。南京是六朝古都，周围大大小小的寺庙庵刹比比皆是，因为鸡鸣寺的交通方便，大家都到鸡鸣寺去烧香，有一条叫进香河的河道，把鸡鸣寺跟城外的秦淮河相连接，又经过四通八达的河网，吸引了成千上万的善男信女，使得这里的香火长年旺而不衰。

乔家儿女第一集——搭防震棚

毗卢寺

小说里了。这些真实存在的人也给予杨筱艳创作的养分,开启了她的关于南京的地域写作。

杨筱艳喜欢地域写作的构建方式,像王安忆的上海、迟子建的东北、贾平凹的陕西。在南京,有毕飞宇、韩东、叶兆言,有鲁敏、黄蓓佳……杨筱艳细数自己喜欢的作者,其中最吸引她的依然是平民的历史。她喜欢看口述历史,口述是关乎个体的历史,也是无数个体构成了历史记录。

她要书写的是南京最平民的底色,比如记忆里的进香河那位"六新娘子"的寡妇,永远是粗实的男人形象,被"冲喜"嫁到了夫家。结婚那天丈夫死了,她就把自己活成了一个男人的样子,一个人扛起生活。还有一位挑水爷爷,曾经的富家公子虽落难了,却还保留着那寸风骨,虽然从事着辛苦的体力劳动,但身上的"架子"一直在。

这些充满张力和韧性的鲜活的生命也给她提供了书写不尽的南京气质。从2020年开始,杨筱艳投入到以南京大屠杀为背景的《荆棘丛中的微笑》三部曲创作中。作品分别以三个孩子的视角讲述孩子在南京大屠杀中的遭遇。然而,这个加起来几十万字的作品的起源却是短短几行字。

十年前,杨筱艳陪儿子去上补习班。儿子去上课,无聊的她便在附近找到一个藏了很多南京地方志的书店,她办了卡,再利用零碎时间来读书,查阅了浩如烟海的文献史料、地方志和口述历史书籍。史料中的一段文字格外吸引她,大概意思是说一位参加南京保卫战的军人,以五百元的价格,从一位南京市

航拍武定门城墙

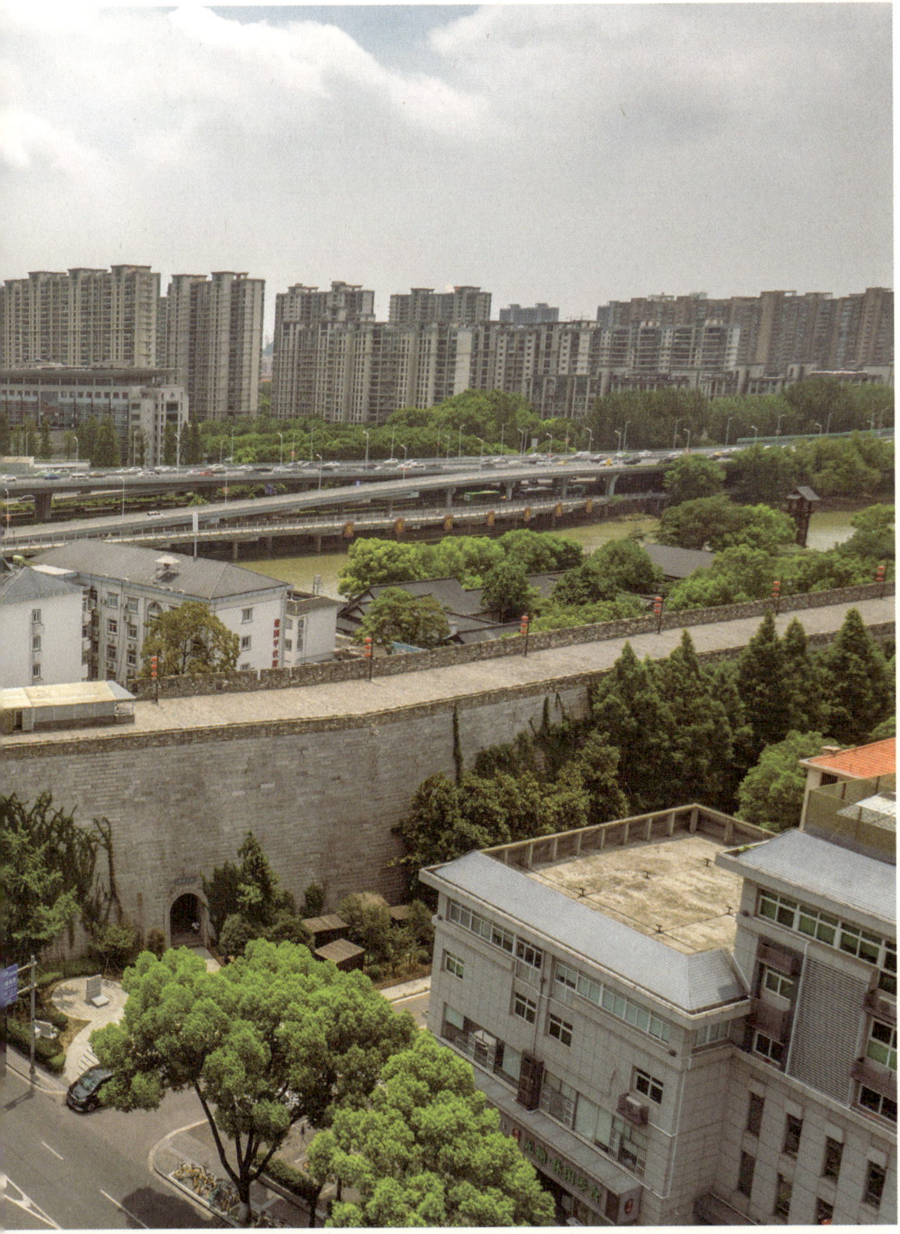

民手中买下一个十二岁的男孩，然后伪装成平民，逃开了日军的追杀。

这段文字一直在杨筱艳脑中浮现，她好奇这个孩子最后有没有过江，过江后军人有没有把他丢下，或者是一直收养着他。"我想知道这个孩子的命运被选择之后的结果"，杨筱艳说。

而这些追问推着她一点点往下写，也就有了《荆棘丛中的微笑》系列——有了小丛、吴安和妹珍的故事。这套书为我们了解南京大屠杀中儿童的命运提供了一段被书写的历史，也让今天的孩子通过阅读去了解另一个时空下的儿童的遭遇。

刘师培《南北文学不同论》载："南方之文，亦与北方迥别。大抵北方之地，土厚水深，民生其间，多尚实际；南方之地，水势浩洋，民生其际，多尚虚无。"南京对杨筱艳的吸引之处更是丰富的文化内涵和巨大的话语空间，是南北之融，也是古今之融。顺着魏晋风骨延续至今,是苦难深厚的历史痕迹后的韧劲，是永不言败的风骨和"也就那么样"的"脆生大萝卜性格"对比，这是南京的松弛。

杨筱艳聊到昔日一邻居给她的震撼：那位常年遭受丈夫暴力的妇女在外人看来本是苦不堪言，但她却一一破解。她反抗丈夫的暴力，丈夫失业后，她就一个人挑起家里的大梁，做各种小生意养家，最后把几个子女都供养出来，这种蓬勃的生命力也是南京人的力量。

查阅文献资料时杨筱艳偶然看到了这样一张老照片——洋人镜头下的1941年的南京街头。一个挎着篮子的中年妇女，像是

颐和路

明城墙台城段

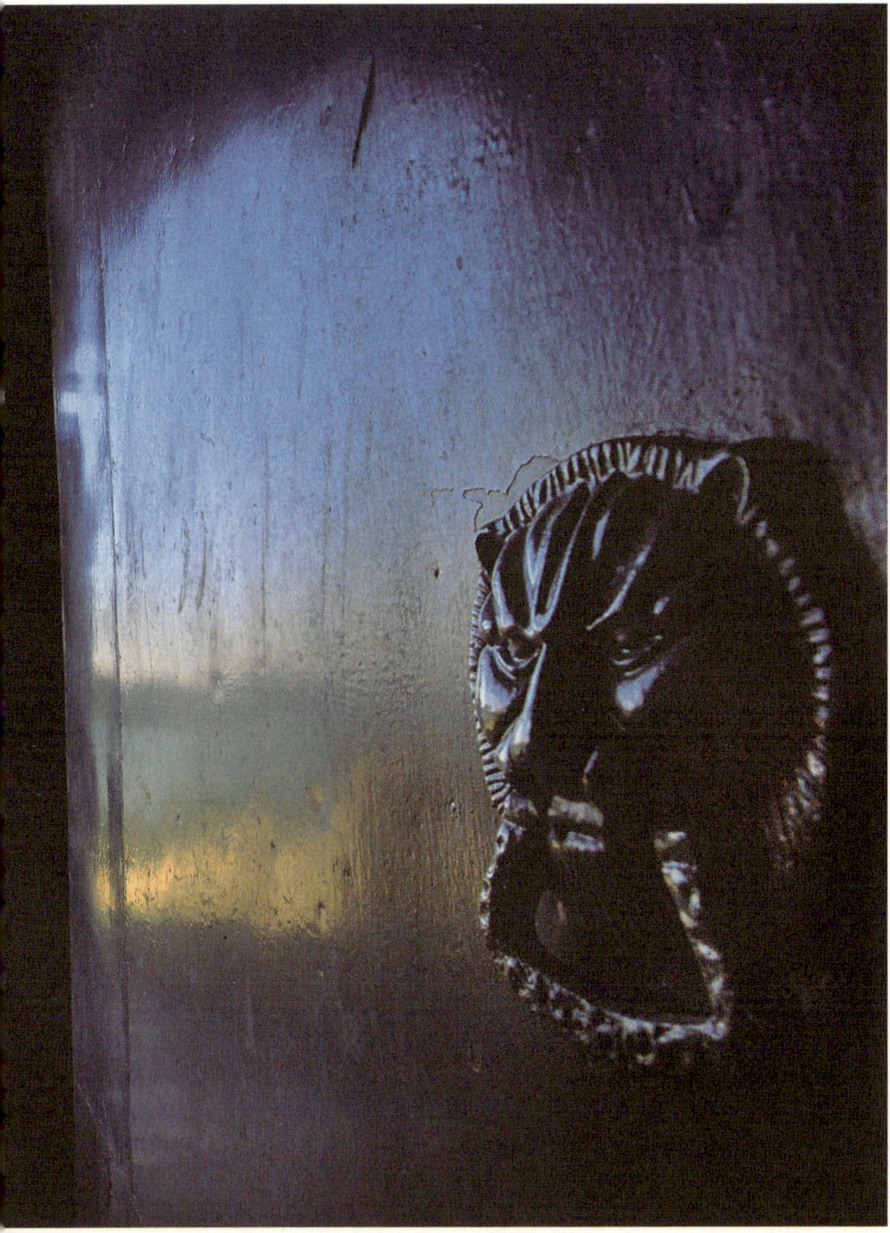

刚从夫子庙回来,既不好看也不时髦,但她脸上挂着笑容,手里还拿着一枝绒花。杨筱艳说:"我觉得这是非常感人的瞬间,也是南京人的生命力,即便经历了大屠杀这样的浩劫。"

这种韧性也是南京的包容。南京自古以来就以"都城"的身份存在,南北交界之地,无形之中塑造了它包容博爱的城市性格,比如全国的美食在这里汇聚,越剧、昆曲、淮剧在这里共生,还有四面八方来安家落户的新南京人。

杨筱艳给学生上课

这种包容，令杨筱艳感触良多。一方面是家庭的融合，杨筱艳说："我爱人是东北人，热衷于东北炖菜，所以我家餐桌就会被东北乱炖'侵占'，我慢慢接受了土豆炖茄子，我爱人也慢慢爱上了烤鸭。"另一方面她做教师职业，这些年也让她见证了新一代南京孩子的成长。在她所教的学生中，很大一部分都是来自周边地区、在南京安家落户的新南京人。杨筱艳很开心大家都把南京当作自己的第二故乡，同时也感慨："很多孩子都不会讲南京话了，老南京的味道已经不在，虽说这是城市化进程中必定的，也提醒我们做些什么来保存南京的文化。"

这些都是她持续书写南京的动力，比如那些不那么高端的东西，比如一餐一食，独属南京人的"七头八脑"[27]，比如曾经抬头就能见到的南京民居朴素的清水瓦，比如走几步就会看见的历史遗迹。江南的柔美和古都的大气都在这里。

这种感觉就像新年夜前后的南京城，空空荡荡几天之后又涌进人潮，又是热闹炽烈的感情。这就是南京。

---

[27] 南京人春天吃的野菜："香椿头、豌豆头、荠菜头、枸杞头、马兰头、小蒜头、苜蓿头，菊花脑"。

南京老城南年货"风鸡"

毗卢寺

玄武区汉府街4号（近长江路）

推荐理由

毗卢寺，金陵名刹之一，是我国重要的佛教宣传之寺。因庙中供养毗卢遮那佛，初名毗卢庵。民国时期，毗卢寺成为全国佛教中心，秉金光明精神，庄严国土，弘宣圣教，于金陵佛都独具特色。这里曾成立中国中医院，遂成为中国佛教研究和中医学研究的中心，对中国佛、医及文化有着不可估量的影响，是中国佛教从传统走向现代的标志性道场。

杨廷宝故居

玄武区成贤街104号

推荐理由

著名建筑大师杨廷宝先生的故居，又名"成贤小筑"，占地面积约一千平方米，是由杨廷宝先生在1946年10月自行设计建造而成。作为中国近现代建筑设计开拓者，杨廷宝先生曾长期在南京工作。他参加设计的各类工程项目有一百多项，作品遍及全国各大城市。紫金山天文台、中山陵音乐台、南京雨花台烈士陵园纪念馆、南京长江大桥桥头堡、五台山体育馆皆出自他手。同时他也为国家培养了一大批建筑人才，堪称近代建筑史上的一代宗师。

三七八巷

秦淮区长乐路三七八巷

推荐理由

南京的美食街有很多，三七八巷可以说是极具代表性的一个。全长不过200米的三七八巷几乎藏了城南一半的好吃的，有数一数二的蜜汁藕、熏鱼和蛋饺。三七八巷南起饮虹园，北至长乐路，在清朝时叫"官沟"，因巷子下方是官方用砖砌的大型排水沟而得名。年代一久，"官沟"渐渐讹变为"干沟"。后来编长乐路门牌时，编为378号，人们干脆将"干沟"称为"三七八巷"。多年来，三七八巷留下了老城南的一方烟火气。

1912 街区

玄武区长江路 288 号 1912 附近

推荐理由

如果喜欢怀旧,对民国历史感兴趣,南京 1912 一定不容错过。1912 又称 1912 街区,是南京地区以民国文化为建筑特点的商业建筑群,也是南京民国建筑和城市旧建筑保护与开发的成功案例。它是由 19 幢民国风格建筑及共和、博爱、新世纪、太平洋 4 个街心广场组成的时尚商业休闲街区。

1912 街区是为纪念 1912 年 1 月 1 日孙中山先生于南京就任中华民国临时大总统,中国千年帝制终结,清王朝覆亡,挽救民族危亡之际而得名。当时的南京城聚集着诸多政要名流和学术大家,是中西文化交会之地,是当时中国政治文化中心。这样的历史经验和怀旧情怀,成为总统府毗邻的民国建筑群承载时尚消费的最佳背景。

小粉桥与拉贝故居

鼓楼区小粉桥1号

推荐理由

相传，明朝时此处有一座跨河的小桥，名为小粉桥，路以桥命名。岁月变迁、沧海桑田，小桥与河流均已不存，只留下这条既不宽、又不长的小巷。

让小粉巷真正出名的是巷头的拉贝故居。在抗日战争时期，日本在南京进行了骇人听闻的"南京大屠杀"，拉贝与其他国际人士还共同设立了国际安全区，在南京的安全区内设立了25个难民收容所，保护了近三十万的南京市民。南京人民一直没有忘记他，在他去世后将其居住的地方设为拉贝旧居和国际安全区纪念馆。

小郑酥烧饼

秦淮区老门东三条营 49 号

推荐理由

老门东是南京人常去的美食街，来此的不仅有当地人还吸引着许多外地的游客。小郑酥烧饼铺是南京的一家老字号店铺，提供夫子庙小吃"秦淮八绝"之一鸭油酥烧饼，品种有葱油、黑芝麻糖、鲜肉、肉松、豆沙、萝卜丝等。老门东店是这家店于 2013 年开的第二家店，第一家店铺在夫子庙内。这家位于老门东"南京味道"巷内。小郑酥烧饼口味极佳、馅料丰富，食客们常常需要排队半个多小时才可能买到烧饼。相信喜欢小吃的食客来此一定不会失望而归。

评事街

秦淮区建邺路评事街小区

推荐理由

评事街位于南京市秦淮区，是古都南京有着千余年历史的一条老街，曾是南京历史上最繁华的地区之一。它位于南京老城南，北至笪桥市，南至升州路。评事街以其深厚的底蕴，在南京文化地理历史上占据着一定的位置。

小西湖

秦淮区小西湖小区

推荐理由

小西湖串联着夫子庙和老门东，是南京22个历史风貌区之一。经历岁月沧桑后的小西湖早已面目全非。如今经过改造的小西湖保留了传统老城空间格局和肌理的同时，实现"共生院落"——新潮极简的"网红"店铺和白墙黑瓦的古建筑，隔街相望。这样的改造，不仅解决了原居民"房屋年久失修""公共配套设施缺乏""违章搭建侵占"等困扰多年的问题，也为小西湖带来了新的生机。小西湖的规格虽不及老门东、夫子庙，但这里传统与现代并具，饮食游玩应有尽有，是不错的游玩场所。

甘熙故居

秦淮区中山南路南捕厅16号、17号、19号,大板巷42号

推荐理由

甘熙宅第位于江苏省南京市秦淮区中山南路南捕厅15号、17号、19号和大板巷42号,又称甘熙故居、甘家大院,始建于清朝嘉庆年间(1796年—1820年),俗称"九十九间半",是中国大城市中现存规模最大、形制最完整的古民居建筑。甘熙宅第由毗邻的四组多进穿堂式古建筑群构成。古建筑占地面积9500多平方米,建筑面积5400多平方米。宅第建筑群中建筑均坐南朝北。甘熙宅第建筑特色南北交融,既有"青砖小瓦马头墙,回廊挂落花格窗"的江南民居的娟秀雅致,又有北方"跑马楼"的浑厚大气。甘熙宅第具有极高的历史、科学和旅游价值,是南京面积最大、保存最完整的私人宅第。

南京博物院

玄武区中山东路 321 号

推荐理由

南京博物院是中国三大博物馆之一，简称南院或南博。其前身是民国二十二年（1933年）蔡元培等倡建的国立中央博物院，是中国创建最早的博物馆、中国第一座由国家投资兴建的大型综合类博物馆。

南京博物院藏品众多，珍贵文物数量居中国第二，仅次于故宫博物院。藏品横跨时代，上至旧石器时代，下迄当代；既有全国性的，又有地域性的；既有宫廷传世品，又有考古发掘品，还有一部分来自于社会征集及捐赠，均为历朝历代的珍品佳作和备受国内外学术界瞩目的珍品。所有文物品类一应俱有，每一品种又自成历史系列，是数千年中华文明历史发展最为直接的见证。

南京博物院的藏品可以说是中华文化魅力的体现，也是这块土地历史的见证，是所有文物爱好者的福地。

东南大学四牌楼校区

人物档案

赵清，国际平面设计联盟（AGI）会员，中国出版协会书籍设计艺术工作委员会副主任，江苏凤凰科技出版社编审，瀚清堂设计有限公司设计总监，南京艺术学院设计学院硕士生导师。

一条南京长江路载了我的五十年风雨

设计师

赵清

南京秘境推荐

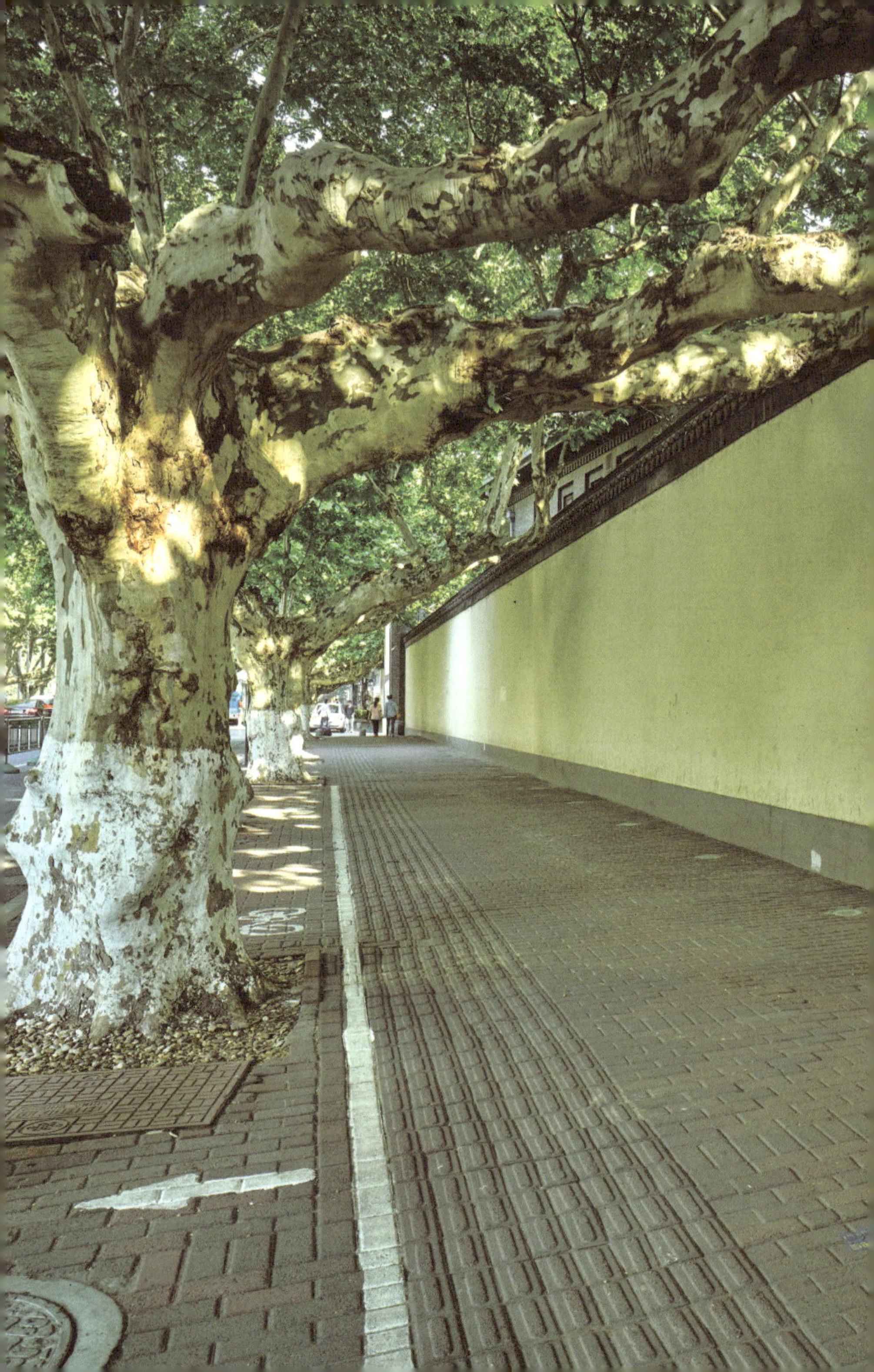

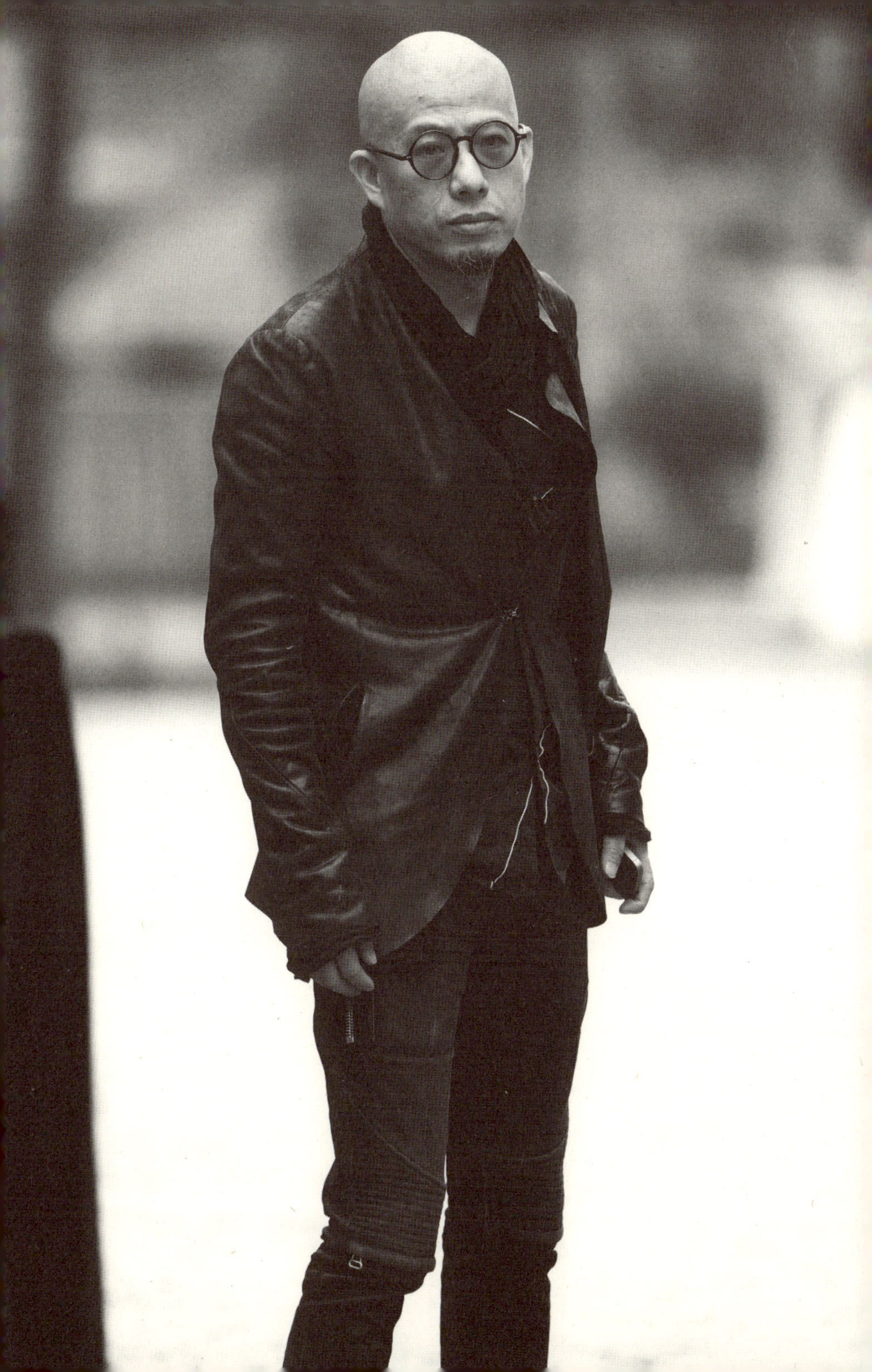

作为土生土长的南京人,山水城林的环境影响着赵清,自然而然也影响到他的设计,他没有非常刻意地去挖掘这些文化印记,但这些文化符号潜移默化呈现于他的设计中。

五十多年过去了，赵清依然在长江路[28]。低矮的老建筑，安静的街道，偶尔传来卖酒酿的吆喝声，仿佛时光走得很慢，慢得让人可以不管外界如何车水马龙，自岿然不动。

赵清人生中重要的阶段基本都是在南京，准确说就是在长江路。小学是长江路小学，中学是南京长江路、碑亭巷路口的26中（南京市第二十六中学，简称南京26中，现为南京外国语学校）；结婚时因妻子也在珠江路出生长大，他俩选择了南京珍珠饭店举办婚宴，正好也位于长江路与珠江路之间，有时候赵清戏称，两人婚姻的像是两条路的结合。后来生子工作也在这条路上。

早些年，赵清也想过离开南京，到其他城市闯荡，在北京苹果社区他也曾做过一个工作室，来来回回三年左右，但始终觉得城市气息与最舒适的状态不相容，就又撤回南京了。城市浸润人文，人文氛围影响着居住在这里的人们，而他们将所感所闻反哺于城市。人有时像风筝，可以飞得很高很远，但是根还是在南京。现在他大部分时间都在瀚清堂[29]，沉下心做设计。

---

28 长江路位于南京市玄武区西南部，原名为国府路，是著名的民国文化一条街，古都南京的一条文化特色街区。

29 位于南京市玄武区梅园新村大悲巷7-3号，创始人赵清。

赵清于长江路上的记忆深深浅浅,很多事随着年月过去,却越加清晰。对于儿时在这条路上发生的趣事,赵清的印象极为深刻。

1976年7月,唐山大地震的余波给全国人民都带来了恐慌,那年赵清11岁,调皮的年纪,新奇大过惊惧,搭建防震棚住在路边倒像办家家的游戏。

下午四五点钟,各家各户开始朝棚外泼凉水,消散白天的暑气,孩子们也下课了,嬉戏玩闹,看着路上步履匆匆的行人,玩笑似的捡起地上的小石子,用弹弓朝行人打去,打中时行人痛了,四处张望,要把"坏蛋"找出来,而他们早已四散躲在防震棚里,偶尔掀开帘缝偷偷向外看,待上一个行人走了,又开始窸窸窣窣讨论,开启下一场"战役"。

在小孩子概念里,任何东西都有可能成为玩具,现在建筑没有变化,但在人们看来却庄严肃穆了。

现代化城市建设常常会让熟悉它的人感到陌生,而赵清对长江路的熟悉感,多年来并不觉得有很大的不同,昔日的国民大会堂[30]与国立美术陈列馆[31]几乎没有任何变化,而其他地方也是随着时代的走向流淌,而不是被时代吞噬。

---

30 南京人民大会堂位于南京市玄武区长江路264号(原国府路),原名国民大会堂。

31 国立美术陈列馆旧址位于南京市玄武区长江路266号,是全国重点文物保护单位,今江苏省美术馆的前身。

上图：国立美术陈列馆（今江苏省美术馆）正门入口处
下图：长江路秋日街景

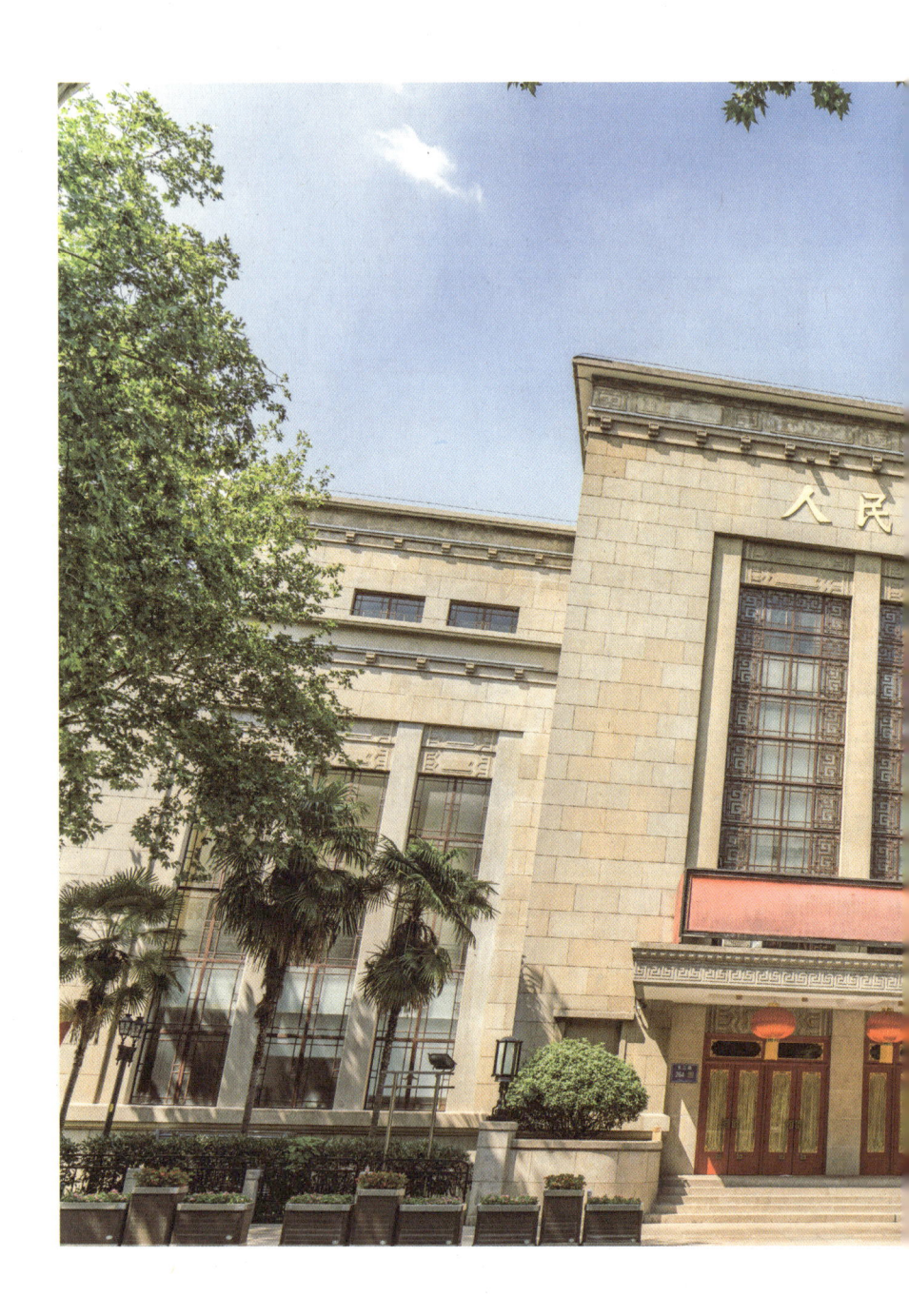

南京人民大会堂原名国民大会堂、国立戏剧音乐院

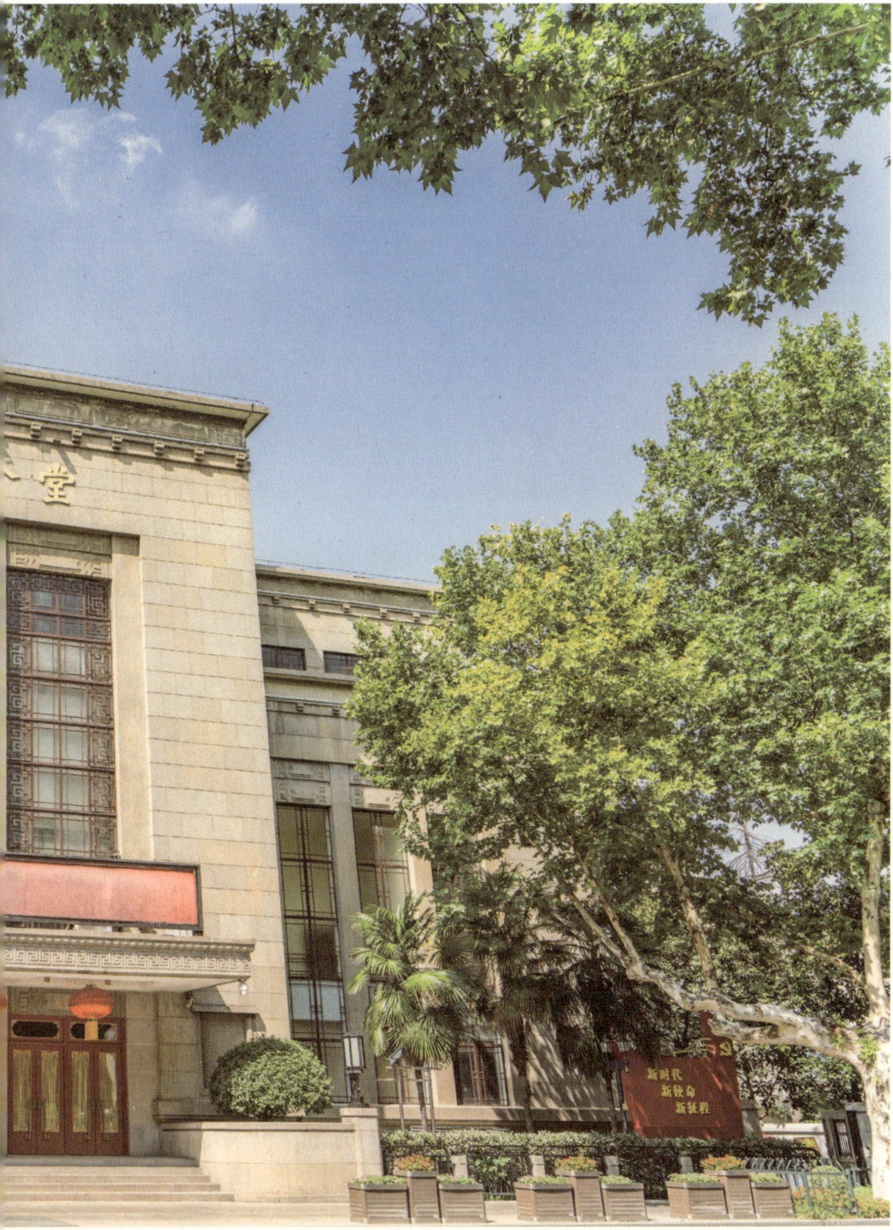
堂
新时代
新使命
新征程

这或许与南京的城市性格有关,所有事物在慢慢渐变,平和、朴实。但也正是如此,容易被忽视,失去。赵清自认这种气息也投注在他的设计理念中,不会过度强调国际感,但并不妨碍他与世界一流设计师交流。民族性与世界性相融合,这也是许多南京设计师、艺术家的状态。在自己的浩瀚中思考,沉下心做自己的事,不与他人争长短,但往往拿出的成果惊艳世人。

赵清对书籍设计极富热情,他的设计曾三十多次获得"中国最美的书"[32]称号,设计作品更是获奖或入选于世界范围内几乎所有重要的平面设计竞赛和展览,正朝着各项比赛的最高奖大满贯进发。在他看来,南京有许多老中青三代优秀的书籍设计师,是全国书籍设计的高地。当谈论起书籍设计的可能性,他兴致高昂,讲述着书籍设计的细节,视觉、嗅觉、听觉、厚度、纸张,甚至翻阅时的触感,这也就为他打造"莱比锡世界最美的书"阅读空间[33]找到了缘由。

---

32 "中国最美的书"是由上海市新闻出版局主办的评选活动,以书籍设计的整体艺术效果和制作工艺与技术的完美统一为标准,邀请海内外顶尖的书籍设计师担任评委,评选出中国大陆出版的优秀图书20本,授予年度"中国最美的书"称号并送往德国莱比锡参加"世界最美的书"的评选。

33 位于梅园新村大悲巷7-3号。收藏着赵清这几年从国内外淘来的数百本在莱比锡"世界最美的书"评选中获奖的图书。

瀚清堂 赵清工作室

2018年，赵清和他的工作室团队搬进了南京梅园的民国小楼里，历经数年的筹备终于打造出中国第一家"世界最美的书"阅读空间，建立了属于莱比锡的最初雏形。一年以后，所有收藏而来的书被渐次转移到平面上，形成了一座可移动的纸上艺术馆——《翻阅莱比锡》《莱比锡的选择》。这两本书收录了从1991年至今三十多年间，三百多本"世界最美的书"的作者与设计师、获得奖项、开本重量等详细资料，收录了获奖书的英文原版评语和中英对照的内容提要和设计亮点，以及每本书的精彩书影和重要版式展现。

许多人认为，这个空间为到南京又找到了一个理由。这件事赵清依然持续做着，如今在这个空间中已有近400本图书，数量不多，但分量极重。这里应该是除了德国莱比锡官方外，收藏获"世界最美图书奖"的图书最完整的地方了。

收集莱比锡图书起始只是赵清一个收集素材的念头，一开始还做了限定，图书价格在1000元以内，他与团队一起天天在不同的网站上淘购，之后单本书籍的价格越来越高，从一千元到两千元，再到三千元、四千元……最后对价格也就麻木了，只要是好的，不惜重本也要买回去，最贵的一本达到三万多元。

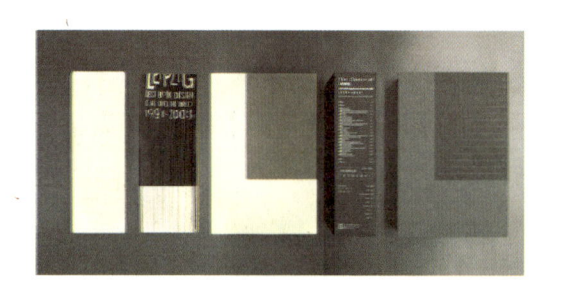

美是一种分享，南京城市中自有一份包容与大气，这或许与南京做过都城有关，也造就了南京人大萝卜[34]的性格。既然有了那么多好的书籍设计作品，赵清希望有更多的人看见，这个阅读空间也就自然而然形成了。

2019年南京入选世界"文学之都"[35]，赵清创作了一件作品，取了汉字南京二字和"文"字相结合并和南京的山水城林融合在一起，完成了既有江南之美又富有现代感的视觉创作设计。同时最近也启动了再造南京历史上的文学名著工作，把《文心雕龙》[36]《诗品》[37]《千字文》[38]《桃花扇》[39]等拿来重新做书籍设计，面对传统经典重新解构融入新的书籍概念，让读者可以轻松柔软阅读时也体会到纸本书的无限可能。作为土生土长的南京人，山水城林的环境影响着赵清，自然而然也影响到他的设计，他没有非常刻意地去挖掘这些文化印记，但这些文化符号潜移默化呈现于他的"南京周""南京创意设计周""南京城墙博物馆""六朝博物馆"等设计中。

34　南京人因为性格里的敦厚、老实、中庸等特点，一直以来都有着"大萝卜"的称号，实际上，这指的是南京人普遍"实心眼"，就像"大萝卜"一样。这并不是一个贬义词，连很多南京人自己都会说自己是"大萝卜"。

35　2019年10月31日，南京成功加入联合国教科文组织（UNESCO）创办的全球创意城市网络，成为中国首个世界"文学之都"。

36　《文心雕龙》是南朝文学理论家刘勰创作的文学理论著作。

37　《诗品》是古代诗歌美学著作。钟嵘著。它是在刘勰《文心雕龙》以后出现的一部品评诗歌的文学批评名著。

38　《千字文》由南北朝时期梁朝散骑侍郎、给事中周兴嗣编纂，是由一千个汉字组成的韵文。

39　《桃花扇》是清代文学家孔尚任创作的传奇剧本，所写的是明代末年发生在南京的故事。

南京城市航拍（长江路）

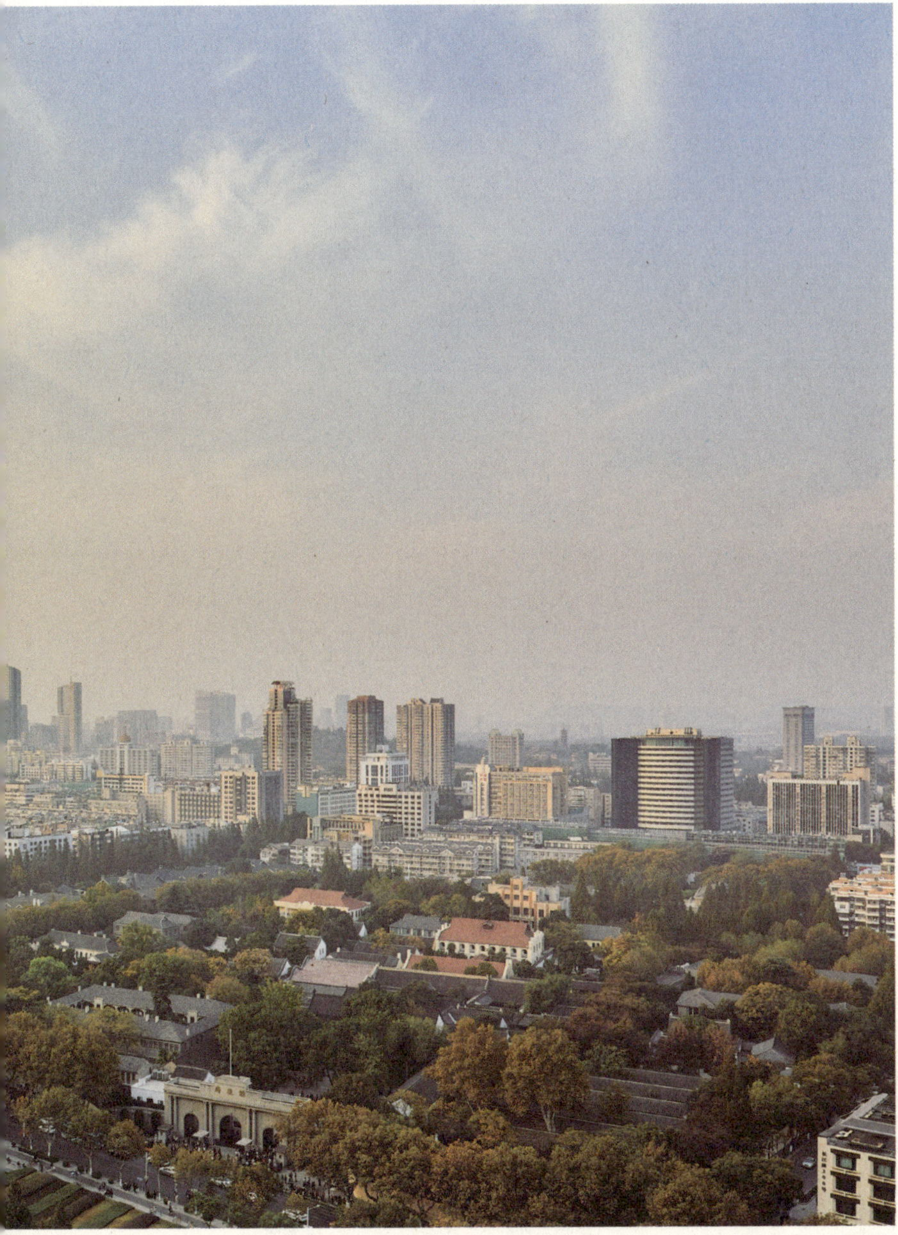

中山陵航拍("紫金山"龙脖子路")

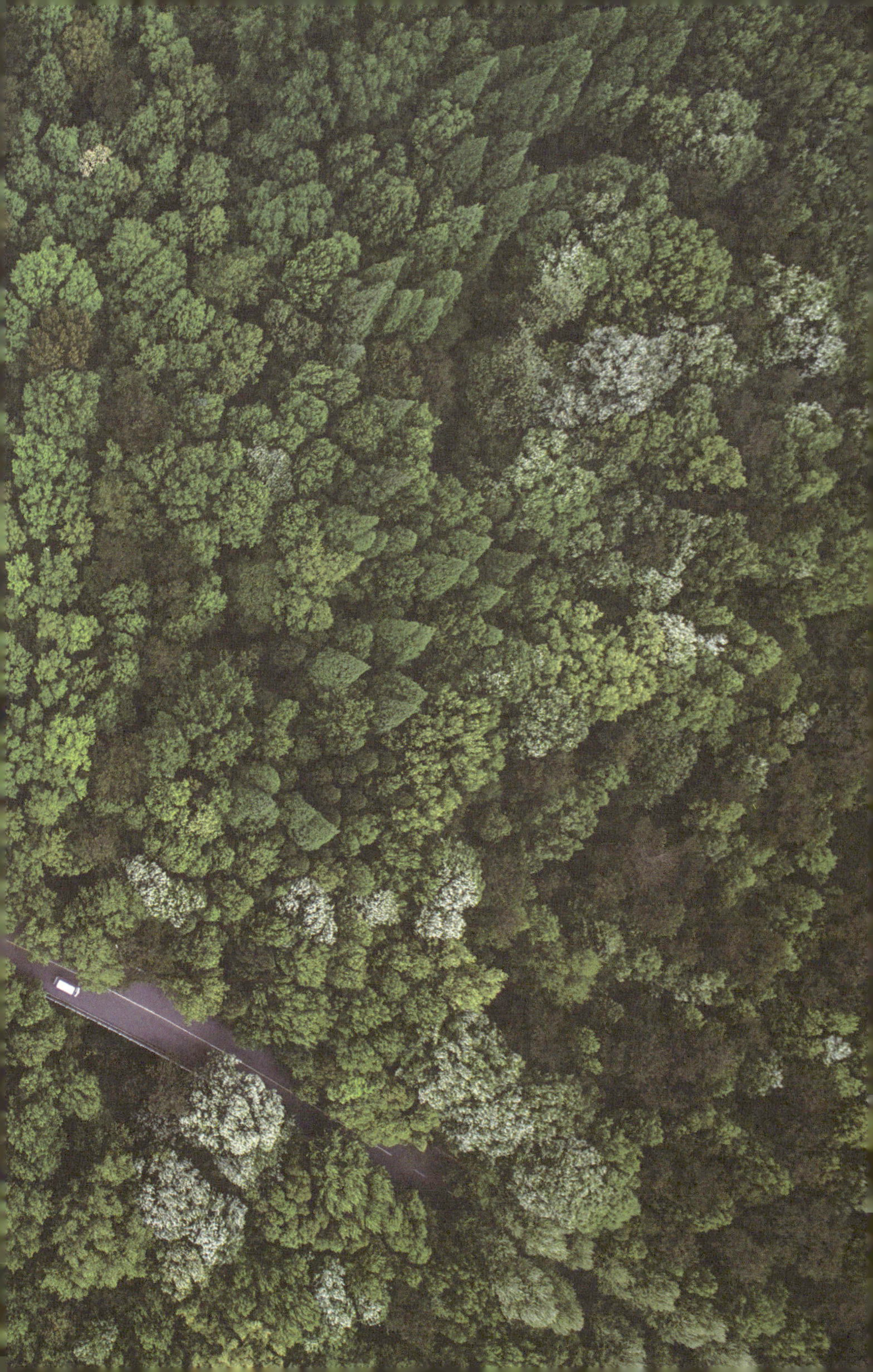

"城"是南京很重要的元素,这里有全世界城市城墙最长的明城墙,包括明朝京师应天府的宫城、皇城、京城和外郭城四重城墙,城墙南以外秦淮河为天然护城河;东有钟山为依托;北有后湖作屏障;西纳山丘入城内。20世纪60年代前后拆除部分城墙,城墙仍完整存25.091千米,遗址部分10.176千米。赵清也曾创作了两张一套的海报作品"南京印象"取用两块老城砖组成首字母"nj",画面密布着上到鲁迅、周而复,下到叶兆言、苏童等文学名家对南京的描写文字,像一张老报纸在默默述说着南京。

　　当外地朋友来时,赵清定会带他们到城墙上走走,他喜欢从台城的解放门入城口登上城墙,往东走,沿着玄武湖[40]南岸,绕过九华山北麓[41],由太平门[42]向南,是明城墙保存最完好的一段。路上可以看到紫峰大厦[43]、新街口[44]等现代都市繁华地段,亦有城墙上设置的明城垣史博物馆[45],宜古宜今。

40　玄武湖位于南京市玄武区,是江南地区最大的城内公园,也是中国最大的皇家园林湖泊、仅存的江南皇家园林,被誉为"金陵明珠",又称后湖、北湖。玄武湖的人文历史最早可追溯至先秦时期;六朝时,成为皇帝操阅水师的场所,并被辟为皇家园林,南岸建有华林园、乐游苑等皇家宫苑;北宋时,江宁府尹王安石"废湖还田",玄武湖因此消失二百多年;元朝时,经过两次疏浚,玄武湖重新出现;明朝时,设为后湖黄册库,系皇家禁地;清末举办南洋劝业会时,开辟丰润门(今玄武门),玄武湖成为游览区。

41　南京九华山历史上曾数易其名,因临湖一侧陡峻如削,像一只倾覆的行船,古称覆舟山。九华山因山南建有小九华寺,以寺名中"九华"二字得名。

42　太平门是南京明城墙十三座明代京城城门之一,位于南京市玄武区龙蟠路南端,坐南朝北,是明朝京师应天府京城的正北门,门外为三法司。

43　南京紫峰大厦,位于江苏省南京市鼓楼区中山北路1号,地处鼓楼中央商务区,东可眺望玄武湖和紫金山、西可望长江和江北新区、南有雨花台和新街口、北可见幕府山。

44　新街口位于南京的中心区域,以新街口广场(孙中山铜像)为标志,是中国著名的商业中心,拥有百年历史,被誉为"中华第一商圈"。

45　南京市明城垣史博物馆坐落在南京市玄武区解放门8号、南京明城墙原址——台城段城墙。

长江路文旅集聚区

赵清的女儿继承了他设计的才华，考取帕森斯设计学院在读中，愿望是毕业后留在纽约成为一名服装设计师继续锻炼学习。谈起女儿他露出思念的表情，但也鼓励着，一些人要飞出去，一些人在原地坚守。对于一座城市来说，有人来有人走，是常态。他也尝试过到纽约居住过一段时间，找不到在南京时身心俱安的感觉，这座城市中的古韵沉淀、市井烟火，都透露着亲切。

　　南京的秋季很短暂，有时候一觉醒来，寒风冷冽便是冬天来了。如昙花一现，越是短暂的事物，在它来临之时越是绚烂，更值得让人珍惜。最好的时候在 10 月份，长江路两旁栽种的梧桐树叶都呈现金黄色，大片的颜色，像是丰收时的富足。天气不冷不热，搭一件风衣，闲暇时到处走走，也不求目的地，喝杯咖啡或是停在书店阅读一本书，便十分惬意。

　　对赵清来说，南京的十月尤其值得珍惜，带着他的两条爱犬早上到巷口的馄饨摊子要一碗馄饨，和老板要 7 颗，他的幸运数字，不多不少，老板就会说出那句，南京人极为亲近的那句"阿要辣油啊？"[46]，然后从自己设计了馆标的江苏省美术馆（新馆）[47] 门口走过，遛弯散步。

46　南京方言，意为要不要辣油。南京人很喜欢用"阿"这个字替代疑问句，比如：早点摊上吃馄饨时，老板会问一句："阿要辣油啊？"或者邻居散步遇到了，打声招呼："阿吃过啦？"

47　该馆为新馆。江苏省美术馆新馆，其具有国际标准和时代特征，功能设置、设备配置、建筑装饰等标准达到一流水平，为江苏乃至中国的艺术品典藏、研究、展示的重要场所，成为艺术信息传播和海内外文化交流的活动中心。

兜兜转转，赵清还是生活在长江路上，画面拉回到他小学时期，班主任领着学生们排队回家，从学校走完那条路，队里的人越来越少，走完了路，只剩下班主任再回到学校。他觉得总有那么一个人或者一份力量领着他，当他离开之后又带着他回来，走在长江路上。

到点，回家。

国立美术陈列馆内部（"网红"拍照点）

长江路文旅集聚区航拍夜景

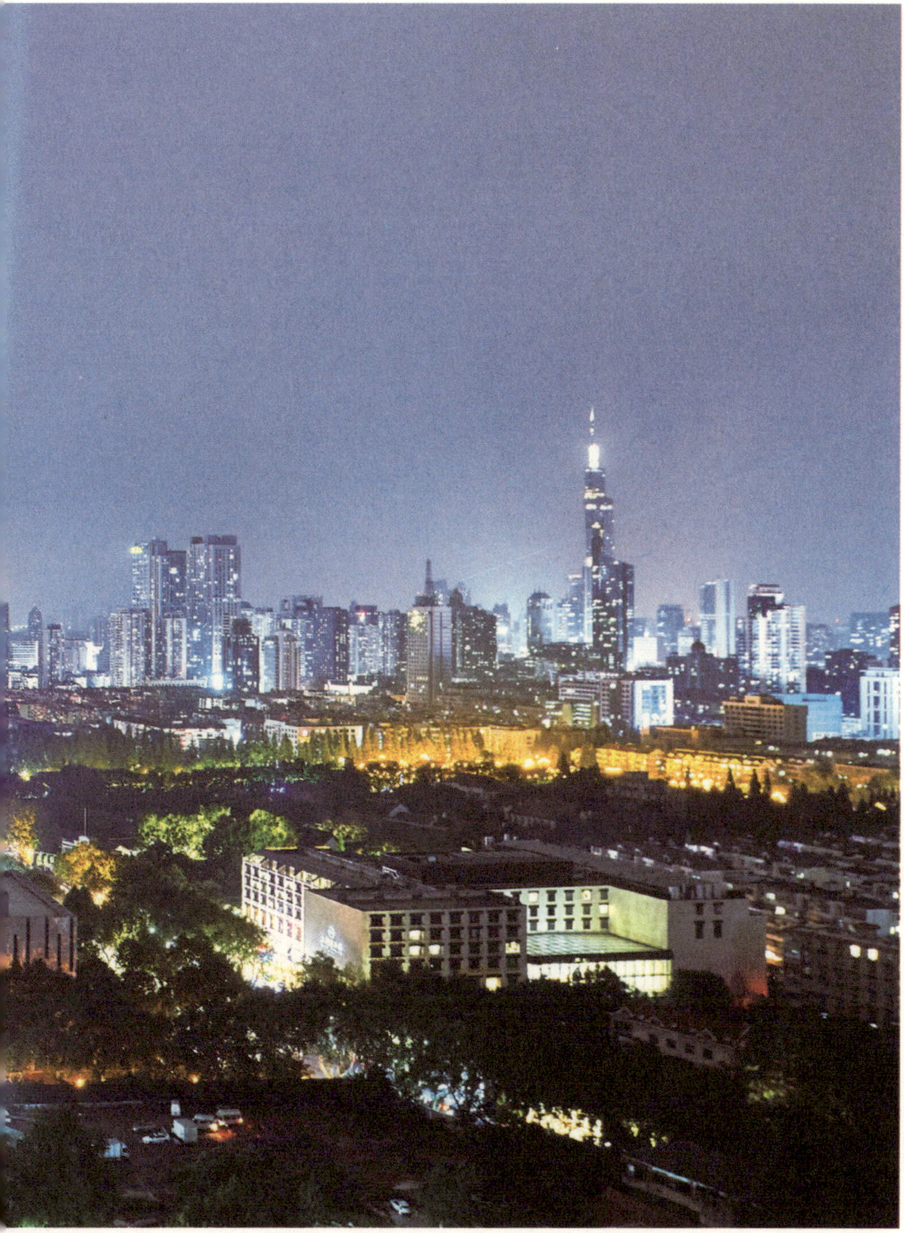

石臼湖夕阳西下

长江路

玄武区西南部

推荐理由

长江路沿线分布着毗卢寺、梅园新村纪念馆、六朝博物馆、总统府、中山广场、南京图书馆、江宁织造府、江苏省美术馆、南京人民大会堂、金陵图书馆、南京群众文化艺术中心等一系列文物古迹和现代文化景点，加上近现代的历史胜地梅园新村中共代表团办事处、钟岚里民国建筑群等景点，可谓三步一个景观、五步一个遗存。

莱比锡"世界最美的书"阅读空间

玄武区梅园新村大悲巷 7-3 号

推荐理由

这间阅览室收藏着赵清这几年从国内外淘来的数百本在莱比锡"世界最美的书"评选中获奖的图书,数量不算多,但却是一番苦心经营的结果。打造一个莱比锡"世界最美的书"阅读空间,并不是个一时兴起的想法,为《莱比锡的选择》一书作序的祝君波先生将其称为:一个设计师的"长征"。

在这个空间里,目前已有 300 多本书籍,数量持续增加中。赵清搜寻这些书,不仅仅是为了自己收藏,而且是希望能把"世界最美的书"和更多读者分享。这个阅读空间,献给所有热爱书籍的人。最开始的时候在费用上他有考量,从 1000 元以上的不考虑,逐渐到单本近 3 万元,他决定在能力范围内,还是应该把这些设计留下来,放在南京。

燕雀湖

玄武区中山门外北侧

推荐理由

燕雀湖又称前湖、梅花湖,在历史上的燕雀湖颇负盛名,为金陵名胜。出中山门沿城墙往北步行半小时左右,就可以见到大片水面了。紫金山是燕雀湖的背景。南面是南京古城墙与城区分隔。有时赵清会怀念这片湖早年未被修整,荒野的状态,就像一个个不受控的灵感,没有拘束自由自在,如今的前湖没有当初缭乱的风景,却也别有一番滋味。

中山陵步道

玄武区紫金山

推荐理由

钟山风景区整体环境优美,树林密集,俨然是天然氧吧。从苜蓿园地铁站沿木栈道一路上行,可经明孝陵、陵园路、美龄宫、博爱路、中山陵等地。既可览名胜,亦可放松身心。

石臼湖（天空之境）

溧水区、高淳区和安徽省马鞍山市交界

推荐理由

石臼湖和秦淮河有着扯不开的关系，属于一条水系，是金陵人家的生存倚靠。因而也有"南京小垦丁,高淳小镰仓"之称。李白畅游这里，还特意题诗一首："湖与元气连，风波浩难止。天外贾客归，云间片帆起。龟游莲叶上，鸟宿芦花里。少女棹轻舟，歌声逐流水。"将一幅渔歌美景描绘在人们的脑海中。

鼓楼公园

鼓楼区北京西路明城墙内中央的鼓楼岗

推荐理由

南京城墙的设计者是刘伯温,他在规划南京城垣时,将南京城垣设计成北斗星与南斗星的聚合形,一条贯穿整个城市的中轴线,将明代的南京城,分为"南斗星""北斗星"两部分。南京城墙的外形不规则,不是古代城墙常见的方形或者矩形,导致了其中轴线也不可能是南北走向。因此形成了南京鼓楼看似怪异的布局和朝向,同时也反映了南京这座明代都城在城市规划上的特殊寓意。

国立美术陈列馆

玄武区长江路 266 号

推荐理由

国立美术陈列馆是全国重点文物保护单位、今江苏省美术馆的前身，于1936年建成。作为中国第一个国家美术馆，它代表着中国美术馆事业正式开始。1960年更名为江苏省美术馆并沿用。国立美术陈列馆曾经举办过很多影响力很大的展览，包括好几届全国美展以及各种国画、油画、版画的大展。

一间很小的书店（老门东）

秦淮区膺福街20号

推荐理由

这是家24小时自助书店，"藏身"于南京市秦淮区膺福街，毗邻老门东，但书店所在的街区要比热闹的老门东更显得幽静一些。书店名副其实，不仅仅门头小不起眼，店铺也很小，店内约10平方米，一条狭长的通道，一侧是书架，另外一侧则摆了几张桌子，供大家休息阅读。这里没有店员，只有4位"猫掌柜"守店。麻雀虽小，五脏俱全，除了书籍、吉他，还有挂满墙的明信片。

焦记太平洋面馆

南京市玄武区相府营6号－西单元－103室

推荐理由

南京的太平洋面馆是一家老字号店，开了应该有30年了。从洪武北路苏果对面的小巷子穿进去，走不了80米就到了焦记太平洋面馆。赵清的女儿至纽约留学后，每次回到南京就会到那家店大快朵颐，是从小吃到大的味道。赵清聊起女儿小时候吃面的趣事，嘴里吸溜着一根面条，香香地睡着了，他们捕捉到这个瞬间，留下了记忆。

季华老鹅

科巷104号

推荐理由

季华老鹅开在科巷，是一家28年的老店。他们家的鹅肉紧实，鲜嫩醇厚，咸淡适中，回家连汤一起热一下，味道更好。南京人爱吃鸭子，赵清也不例外，盐水鸭吃多了，难免会想换换口味，每周他都会到店里斩一只鹅，大快朵颐。

"一碗白米饭加一个菊叶蛋汤加一盘盐水鹅，我觉得一顿饭有时如此足矣。"菊叶蛋汤是南京的特色菜，将菊叶熬烂，烧出来的汤汁是绿油油的，赵清会使用鸭蛋，夏季喝最是舒服，清热下火。

张真好

金牌导游的直播生涯

张真好——自媒体文旅达人，曾获得「国家金牌导游」「南京十大『网红』导游」称号，是江苏旅游人才专家库成员、「嗨侃苏大强」文旅主播团队发起人。张真好一直在南京接待来自天南海北的游客，他在这座城市工作了十多年，对南京的每一个景点都如数家珍。如今顺应形势发展，摇身一变成了『网红』主播，牵头带领60多名导游伙伴转战『云端』，共创『嗨侃』风格。

中国科举博物馆

南京市秦淮区贡院街 95 号

推荐理由

南京是一座让人来了便不想走的城市，因为这里不仅有美食美景，还有深厚的历史人文底蕴，朱自清说"逛南京像逛古董铺子，到处都有些时代侵蚀的遗痕。"你可以在这里走一走明城墙，感受一下 600 年的历史沧桑；看一看玄武湖的秋波，感受一下江南皇家湖泊园林的气派，读一读总统府的风云巨变，尝一尝老门东的玉食醇香，聊一聊阅江楼下的滚滚东逝之水；在明孝陵的石象路上梦回大明盛世，在紫金山的山林间，感受秋日的层林尽染，夜晚再去一趟夫子庙，感受一下桨声灯影里的十里秦淮。

"如果非要我推荐一个金陵好去处的话，我强烈推荐秦淮河畔的科举博物馆，因为这里是明清时期全国最大的科举考场，可以容纳 20644 个考生同时考试，十年寒窗无人问，一举成名天下知。"

地下四层地面一层的展馆，造型独特，寓意深远，科举相关文物众多，在这里你可以系统地了解到 1300 年的科举制度是如何从诞生到鼎盛，再到最后的没落，古代的读书人是如何通过科举改变人生命运，走上人生巅峰的。今昔对比，叹为观止，值得一逛。

孙宁生

走进大山深处的『播种人』

这位老爷爷在年轻时就有一个支教的梦想，他在南师附中担任地理教师，这一做就是31年。当时为了自己将来能够适应在山区和偏远地区的生活，从2000年起，孙爷爷就每周组织全校老师及家属爬紫金山。如今年近古稀，仍往返于南京、云南之间支教，已10多年。

南京图书馆

玄武区梅园新村街道大行宫社区中山东路189号

推荐理由

南京图书馆位于南京市玄武区,简称南图,是中国第三大图书馆、亚洲第四大图书馆、江苏省省级公共图书馆、首批全国古籍重点保护单位、国家一级图书馆、江苏省文献资源保障中心。

南京图书馆前身为1907年(清光绪三十三年)创办的江南图书馆,是中国第一所公共图书馆;1927年改为国立中央大学国学图书馆;1933年国民政府创建国立中央图书馆;1952年国学图书馆和原来的中央图书馆合并为南京图书馆;2007年南京图书馆新馆建成并全面开放。

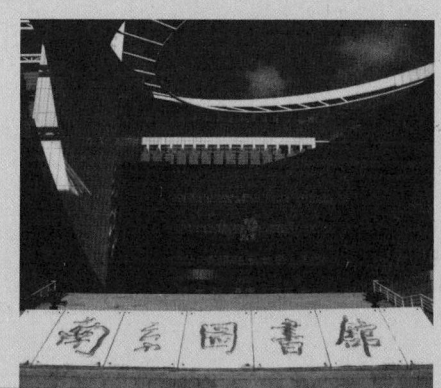

张元杰

每年三百一十三个不在南京的日子

张元杰是南京航空航天大学无人机研究院CK长空靶机西线试验队队长,常年跋涉在外,从东风城到玉门关,从阿尔金山脚到罗布泊,从苍茫的戈壁滩到澎湃的渤海湾……曾先后完成29架次长空靶机供靶保障任务,为国家多个重点型号研制及演练任务提供了有力支撑。2020年创下一年在外长达313天的记录,对家乡南京的了解常常要通过朋友圈实现。

南京航空航天大学

秦淮区御道街 29 号

推荐理由

南航明故宫校区是全国唯一一座建在明代皇宫遗址上的大学校园，当年明故宫的护城河——玉带河从校园中间穿流而过，玉带河在南航明故宫校区南侧，通过御道街上的外五龙桥和南京明御河相连，明御河的河水最终汇入南京的母亲河秦淮河中。

南京紫禁城里，明太祖朱元璋曾君临天下，600 年后，南京航空航天大学在这"皇城重地"谱写中国航空新篇章。

孙清和他的同事们

三个男人与一个书坊

他是诗人,他是书店店员。他出生在偏远的乡村,中专毕业后来到南京这座城,机缘巧合进入先锋书店。独居城市一隅,在茫茫人海中他是如此平凡;因为热爱阅读,在他与人合租的小屋内有七千多册藏书,又是如此让人惊叹。他是先锋书店的『首席导购』,也是店员和书友们口中的『找书教授』。出于对诗歌的喜爱,孙清找到了自己心灵的归宿。他说他不想走别人设定的那些路,希望自己的生命由自己叙述,而不是被动地被叙述。2018年孙清出版第一本诗集《跬步造句》,第二本诗集也在酝酿之中。

五台山先锋书店

鼓楼区广州路 173 号

推荐理由

"我每到一座城市游玩,那些现代化的建筑和商场是无法吸引我的。我总觉得一座城市的灵魂凝聚在他们的博物馆和书店里面。博物馆用文物贯通古今,而书店则用纸媒联系当下。在南京这座城市里有很多各具特色的书店,但是先锋书店肯定是其中最富有人文气息的一家书店。"

位于鼓楼区广州路173号的先锋书店。创立于1996年,三千多平方的空间里,体量大,包容足。人文社科类的书籍非常丰富,集中了国内最好的人文社科出版社的优质资源,商务、三联、中华书局等百年老字号的出版社都有专门的区域。对诗歌类图书尤其重视,品类丰富,大师云集,试图唤醒人们沉睡的诗性!

徜徉在这片空间里,在工作和生活中变得沉重的脚步会变得轻松,会过滤掉那些烦躁不安的心境,书籍的养分等着我们重塑精神的磁场。而当你看到书店满满的一面明信片墙,那些来自五湖四海的读者朋友的留言时,心里也可能不由自主地生出一句话"去先锋书店买一本书写一张明信片"!

叶泓霆

通过『看见』世界

叶泓霆是一名南京中医药大学大二的学生，4岁时被确诊为眼底视网膜色素变性，从此失去光明。在盲校学习时，加入了『朗读者』公益助盲志愿者组织，为盲人制作有声读物。叶泓霆说，书籍是他『看』世界的『眼睛』，阅读带给他的收获可以用高尔基的一句话来表达，『我读的书越多，世界就与我越接近，生活对我而言也变得越来越光明和有意义。』虽然眼睛看不见，但他却在文学的世界里翻山越岭，通过阅读，『看见』世界。

曹雪芹纪念馆

鼓楼区广州路217号乌龙潭公园内

推荐理由

曹雪芹纪念馆位于乌龙潭公园南侧，为随园的前身，是曹雪芹家园的一角，供游人追思纪念。主体陈列分为四部分，一是"曹雪芹生平"，二是"曹雪芹祖籍辽阳"，三是"曹氏望族"，四是"著书黄叶村"。这里陈列的"五庆堂曹氏宗谱"，清宫秘藏的曹家奏折，山西、浙江等地方的官修志书，以及辽阳历年发现的《大金喇嘛法师宝记》《重建玉皇庙碑记》和有曹振彦题名的重要刻石，无不证明曹雪芹祖籍是辽阳。此外，纪念馆内还陈列有《红楼梦》版本以及以《红楼梦》为内容的全国名家书画等。

人物档案

李晓旭,毕业于江苏省戏曲学校,南京市越剧团优秀青年演员,越剧小生,宗毕派(毕春芳)。2015年,拜在昆曲名家石小梅门下,南京首个"二度兰"获得者。2021年,凭借《凤凰台》获得第30届中国戏剧梅花奖。代表作品有《血手印》《唐伯虎点秋香》《玉堂春》《梁祝》《乌衣巷》等。

我的艺术生命是在南京成长起来的

越剧演员
李晓旭

南京秘境推荐

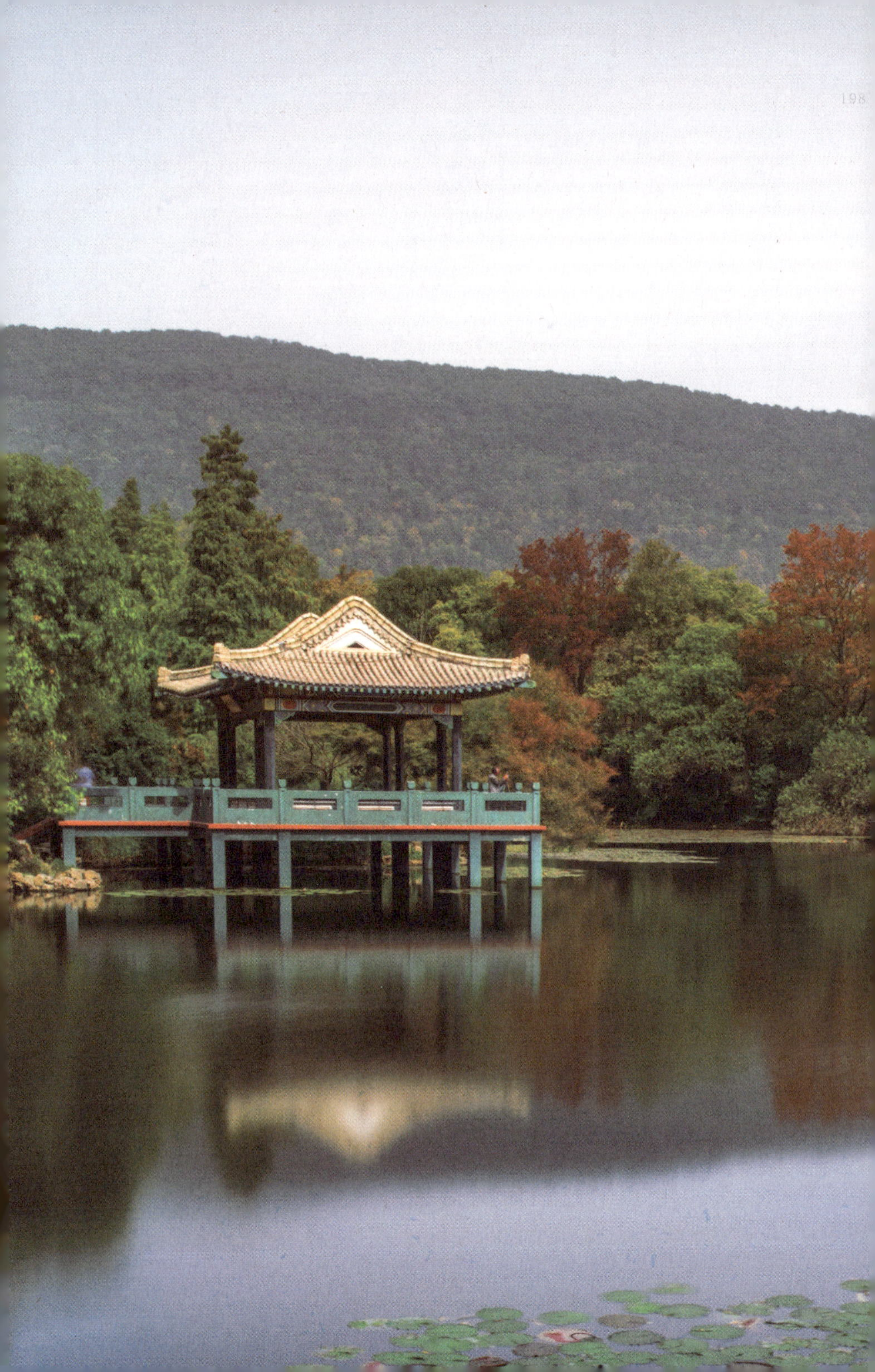

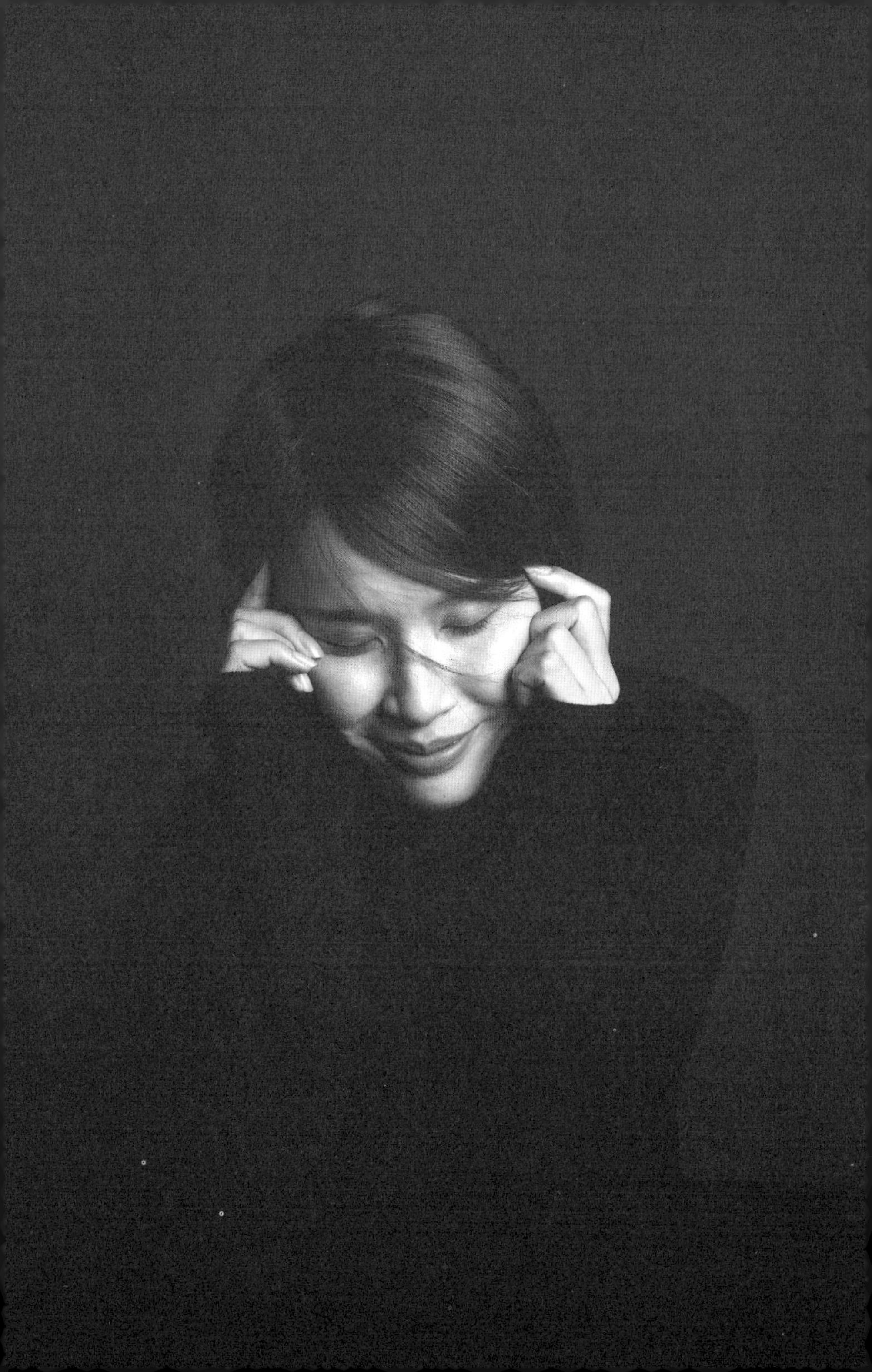

「南京就是一本读不完的万卷书籍。」「我觉得到南京以后,我的艺术生命有了确切的目标,需要我一辈子去努力。」

2021年，李晓旭凭借《凤凰台》获得第30届梅花奖，这一年她34岁。

《凤凰台》是南京市越剧团"诗韵越剧，金陵故事"其中的一部，讲述了诗人李白跌宕起伏的人生与爱情故事。台上的故事从李白在南京留下那首《登金陵凤凰台》[48]开始，而李白的扮演者李晓旭，她的曲艺人生同样在这座城市登台。

13岁的李晓旭从老家宜兴考到江苏省戏剧学校[49]，骤然之间，她开始了一个人在异乡的生活。最熟悉的除了排练场便是从学校到杨公井的道路。彼时杨公井上有家邮局，每个周末父母便会寄一些东西给她。家乡的特产，或新加的衣服，也可能只是一封薄薄的信，不多，却承载了父母对她的爱。

家里寄来东西总会勾起她浅浅的乡愁，但路上的行人，沿街的店家，当目光交错，人们善意的微笑总会荡上嘴角，独在异乡的李晓旭接收到这些暖意，渐渐地，她觉得这是自己的另一个故乡。

---

[48]《登金陵凤凰台》是唐诗中脍炙人口的杰作。

[49] 江苏省戏剧学校创建于1956年，是一所省（部）级重点中等专业学校，是江苏省培养艺术人才的摇篮。

2003年，李晓旭17岁，进入了南京市越剧团[50]，被团部推荐给越剧"毕派"创始人毕春芳。她格外珍惜这个机会，那时交通并不便利，每周她需要独自乘坐绿皮火车去往上海，回来的那趟是开往乌鲁木齐的K字头列车，到南京时已是午夜。这样的旅途持续一年后，毕春芳提出收她为徒。之后在演艺集团和南京市越剧团的大力支持下，2015年她跨界拜师昆曲名家石小梅，成了石小梅老师的第一个女徒弟。

在这座城市生活20多年，李晓旭最熟悉的地方却是艺术大楼的排练场，她是公认的"拼命三郎"，一般来说，除了团里的基本训练，她吃完晚饭都会继续去排练场。几年不断的排演任务，李晓旭至今腿上的伤痕印迹都还在，但她却觉得伤痛每个演员都会有，对她唯一的作用是，时刻提醒自己要开始练功了。

艺术大楼坐落在新街口，四周高楼耸立，李晓旭觉得很有安全感，在快时代中，祖国强盛的经济给了她敢于慢下来的勇气，无后顾之忧地憋着一股劲去弘扬中国传统文化。

越剧作为中国三大剧种之一，受众颇多，每个城市都有当地的越剧团，如何让南京越剧团脱颖而出，跟上时代潮流，李晓旭认为这座城市的滋养无处不在。

50　南京市越剧团是中国主要的越剧演出团体之一，是与上海越剧院、浙江越剧院齐名的全国三大越剧团之一，成立于1956年2月。

艺术大楼（旧址，改建中）

《乌衣巷》演出剧照

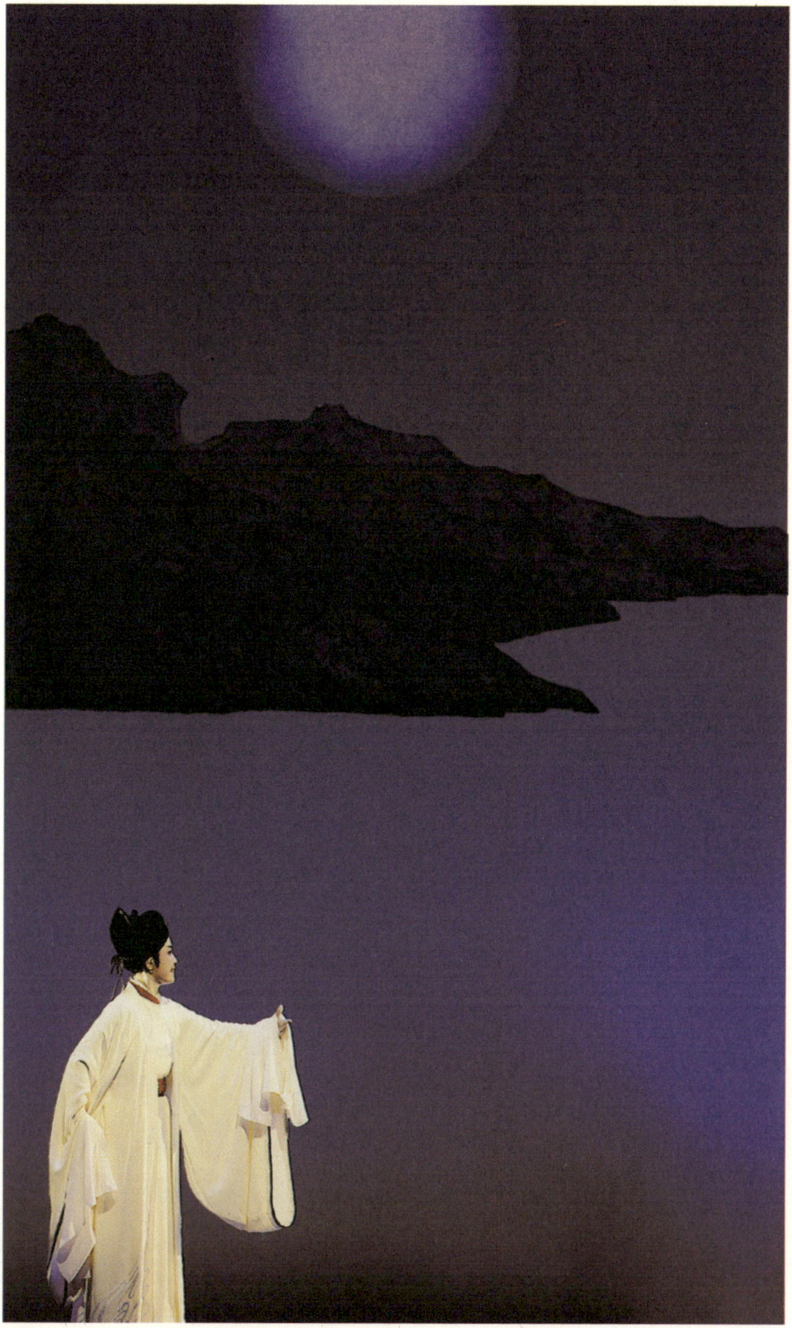

这样的感受在她排《乌衣巷》时极为深刻。剧中她一人分饰两角，王徽之王献之兄弟俩，为了演好这两个角色，她不止一次在乌衣巷里徘徊，在朱雀桥边伫立，也在王谢祠堂斑驳的墙头注视过。当人烟渐少，晚风吹过，她仿佛回到魏晋名士的年代，洒脱风流。

体验城市的风情，人物的性格便慢慢显现，"王徽之、王献之都是魏晋时的文人才子，'魏晋风流'这四个字，我在舞台上该怎么呈现？在剧团领导老师的指点下，我就从剧本里面去'抠'。哎呀，跟你说，王徽之这个人真是太可爱啦，他的率性跟现在很多年轻人如出一辙。你看，'访戴'这个戏就是从《世说新语》'雪夜访戴'嫁接过来的，就是他那种突然劲儿上来了，要去看你，不管外面下多大雪，他都要去，一番跋山涉水到了你家楼下，突然不那么冲动了，劲儿过去了，觉得见不见的也没关系了，就连门都没敲，他又回去了。"

《乌衣巷》演出的成功，为《凤凰台》的表演增加了难度，短时间内需要再演一位文人，两者间皆有风流姿态，如何在专业领域上不让观众感觉有表演上的重叠是很大的挑战，为此李晓旭查看了大量古籍，包括了解唐朝风俗、熟读李白诗词，再从影视剧、话剧、舞剧里去找李白。

说起《凤凰台》的灵感来源恰好是在南京被评为"文学之都"之际，南京越剧团团队一下子就想到了凤凰台，李白多次流连于南京，甚至曾说过："我乃金陵人也。"他的精神世界与南京这座城市达到了共鸣，李晓旭与李白以诗为媒介，在南京邂逅，在凤凰台邂逅。在剧中她感受着李白的诗之光华。

同时这样一位中国史上诗人中的大IP如果仅从才华的部分去阐述，呈现的角色趋于同质，李晓旭找到了另外一个角度："李白其实也是一位有血有肉的普通人。"在她演绎下的李白不再高冷，而是接地气，有温度，她让观众看到了一个不一样的李白。而通过演出，她和李白一同拥抱了南京，为城市增添了色彩，从此她热爱南京的理由又多了一个。

人物理解中下功夫，基本功也不落下，《凤凰台》中有一段"追舟"表演，是在韵律中边舞边唱，这里对台步的要求非常高，李晓旭对自己的要求是——前褶纹丝不动、后褶飘移起来，达到视觉上的"水上漂"效果。所以每次到排练场，她圆场起码走上几十圈。

"诗韵越剧，金陵故事"为三部曲，《乌衣巷》《凤凰台》已上舞台，许多她的戏迷看完戏后，自发收集了剧里的典故、故事，在城市中去寻找历史的蛛丝马迹。巡演后常常有戏迷给她发景点打卡照，每每这时候，她心中感到无比自豪，这就是她生活的城市，她爱的南京。

李晓旭优秀的表演不仅吸引了老剧迷，还让她多了许多"00后"的新戏迷。在文艺进高校的活动里，一位2004年出生的学生告诉她，他们非常喜欢国风音乐，戏曲需要被保护起来，希望可以贡献一份力量去传播戏曲文化。

这让李晓旭十分感动，让她意识到一直以来的坚持和努力是有意义的。对戏剧，南京有许多相关政策支持，文化消费补

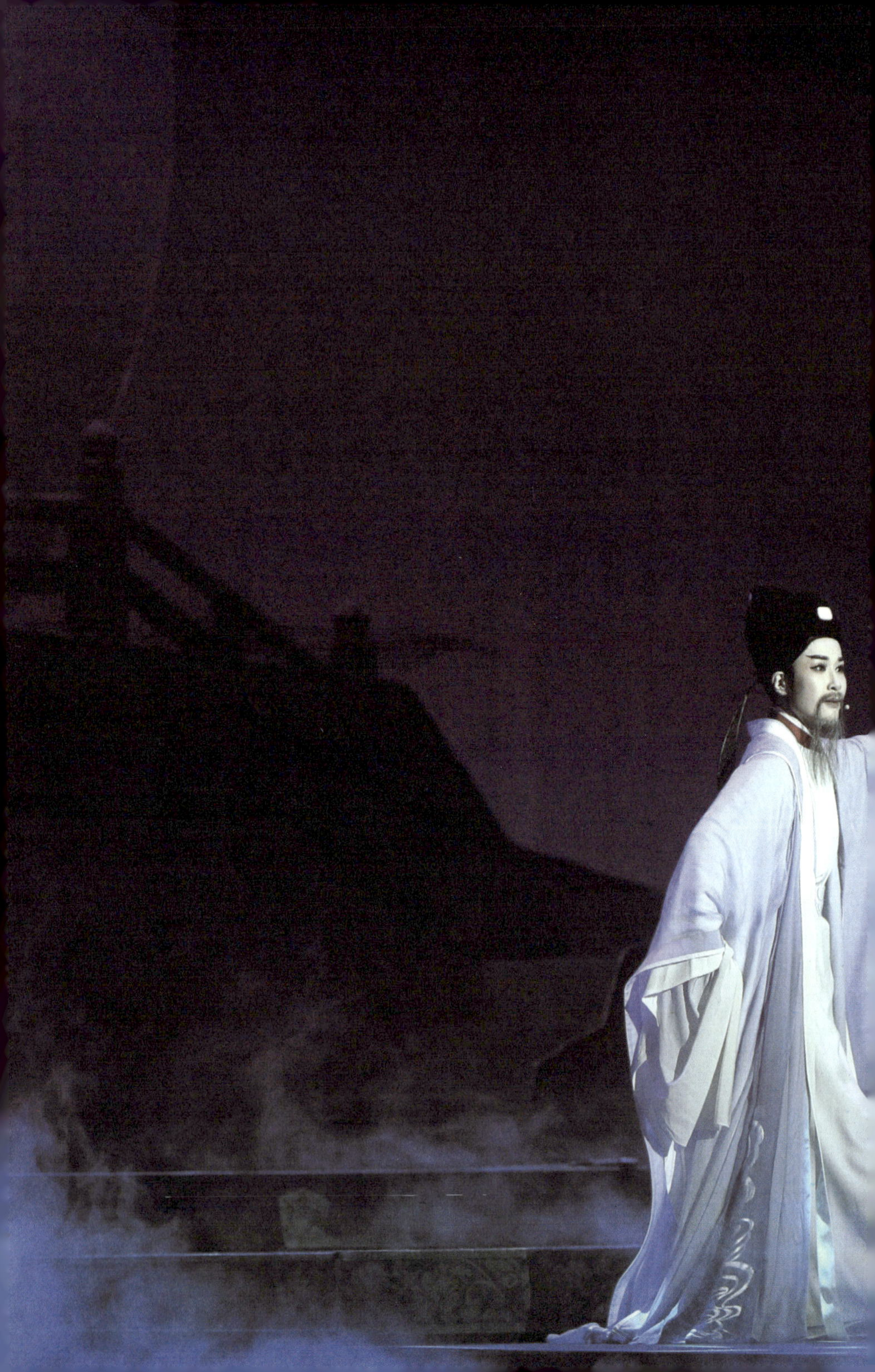

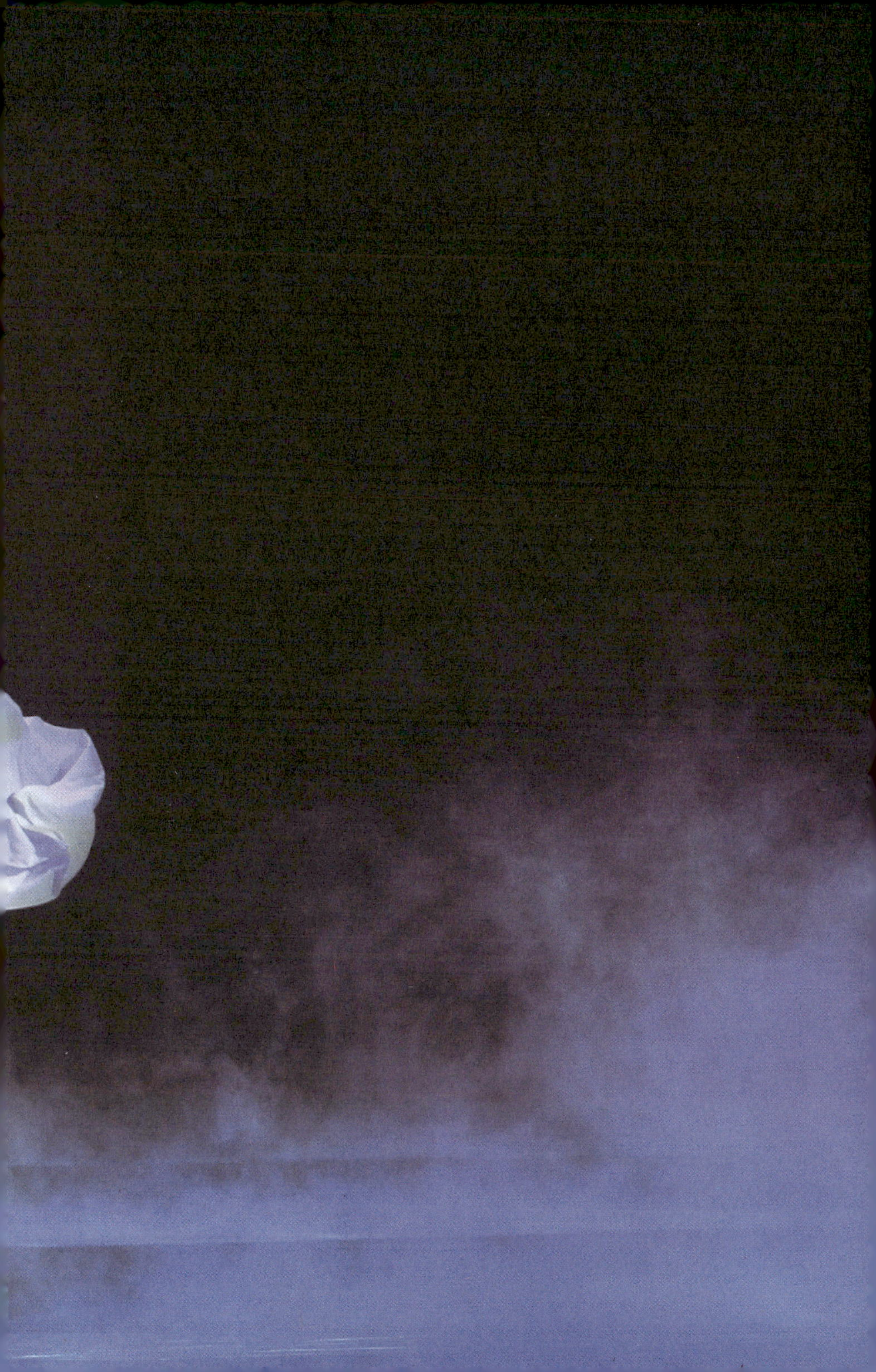

贴剧目让许多市民可以以极低的价格就看到各剧种的经典剧目，并且除了常规剧场外，许多地方都设有戏剧角。

南京不少景区里都留下了她演出的身影，比如南京博物院的小剧场[51]。空间不大，却五脏俱全，演出时她需要提前到场化妆，常常会看见观众已经把位置坐满，这样的热情成为她舞台上的另外一种力量。

2020年初疫情防控期间，南京越剧团里被要求居家，李晓旭毅然报名做志愿者，帮助淮海路社区的工作人员一起排查归宁人员，她工作得有模有样，面对繁杂的事务有条不紊。不少社区工作人员都很惊讶，这不是新手呀。

原来早些年南京越剧团排演过一部现代戏，叫《上邻下舍》，她在剧中出演社区主任的角色，为了演好这部戏，组织领导安排她到秦淮社区跟着社区的周主任工作了半个月，在那十五天里，李晓旭说"可算知道了什么是城市的毛细血管，什么是城市的末梢神经，一个社区主任真的是天上飞的地上跑的，两条腿的，四只脚的……没有不管的。"

那段经历帮助了她理解和塑造社区主任的角色，也塑造了生活中的她。在街头巷尾，左邻右舍的市井风情中，她深切到感受到作为一个南京的普通市民的担当与责任——这是大家的家园，每个人都有责任守护它。

---

51 南博小剧场位于南京市玄武区中山东路321号南京博物院内。

在平凡的生活中，每个人都是自己的英雄，红色文化潜藏在每个南京人的血液里，南京不仅有古香古韵，同样有许多英雄文化，雨花英烈台[52]、中共代表团梅园新村纪念馆[53]……每当有外地的朋友到南京，李晓旭总会说："南京就是一本读不完的万卷书籍。"

比起精神生活的富足，在物质上李晓旭没有过多的要求。每次出差从南京站出发，或是从外地回来，她都会到回味吃一碗鸭血粉丝汤。虽然是连锁品牌，可是南京站那家店的味道总让她感觉特别好吃。

记忆有时候是一件很神奇的事，很多已经忽略的往事都可以通过味道这个线索回忆起来。13岁那年李晓旭初到南京，吃的第一样食物便是鸭血粉丝汤，她见证了价格一路从一元涨到如今的十几元。

恍惚间，她在南京已经生活了20多年，时间比在故乡宜兴多了一倍。"我觉得到南京以后，我的艺术生命有了确切的目标，需要我一辈子去努力。"

52　位于南京市雨花台区，是一座既有传统民族风格且具现代气息的优美建筑。是新民主主义革命时期中国共产党人和爱国志士最集中的殉难地，达10万之多。新中国成立后，党和政府决定在此兴建雨花台烈士陵园，这是新中国成立后建成的规模最大的纪念性陵园，也是中国新民主主义革命的纪念圣地。

53　中共代表团梅园新村纪念馆，由中共代表团办事处旧址、国共南京谈判史料陈列馆、周恩来铜像、周恩来图书馆等组成，属于近现代历史遗迹及革命纪念建筑物。对于历史爱好者而言，这里是观察历史遗迹的好去处，亲近历史，亲近那个时代。

雨花台烈士陵园 航拍

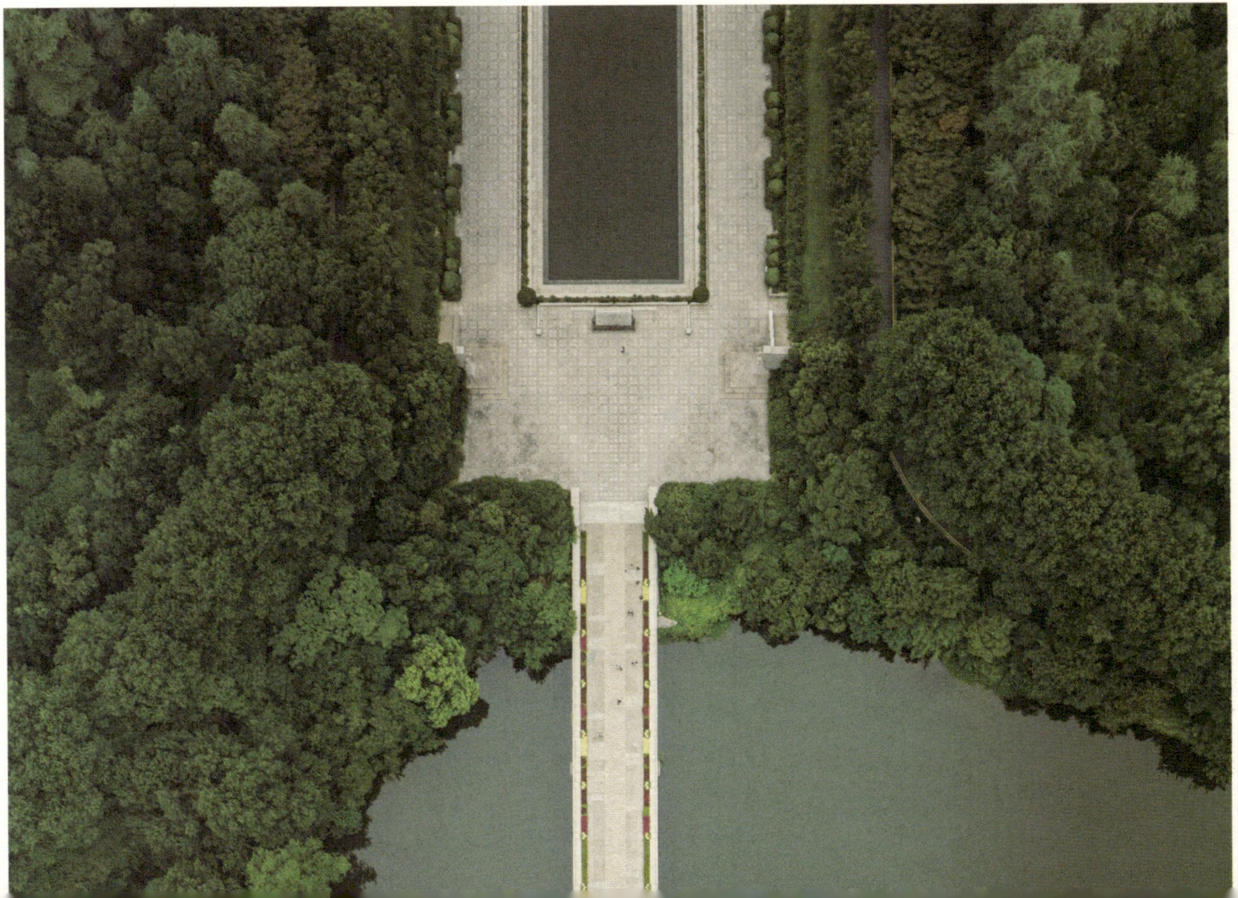

中共代表团梅园新村纪念馆

奇点书集"网红"楼梯

许多在南京生活的人觉得夏天湿热，但夏天是李晓旭最喜欢的季节，这时候路边的树木枝叶繁茂。每天上班，她会路过中山南路，路旁的两排梧桐树在风中摇摆，仿佛在对她招手，阳光从树叶的缝隙洒落，风一过，点点斑驳像是灯光下旋转的水晶球，变化万千，掉落在她的身上，像是生活当中每一天都会出现的不一样的希望。

李晓旭排练照

侵华日军南京大屠杀遇难同胞纪念馆

建邺区水西门大街 418 号

推荐理由

谈及侵华日军南京大屠杀遇难同胞纪念馆大家一定都不会陌生，南京是个多灾多难的城市，近代史上遭受过连年兵燹，这其中又数侵华日军制造的南京大屠杀事件最为严重。南京大屠杀惨案是日军在侵华战争期间制造的无数暴行中最具代表性的一例，是野蛮对文明的扼杀，是人类的一场浩劫。"忘记历史就意味着背叛"，我们纪念遇难同胞不是为了记住仇恨，而是为了不忘历史，牢记和平，南京大屠杀是南京这座城市的沉重标签，也是所有中华儿女不能忘记的灾难。了解一座城市，需要了解她的历史，侵华日军南京大屠杀遇难同胞纪念馆即是很好的窗口。

乌衣巷井

秦淮区大石坝街 146-1

推荐理由

历经千年的沧桑，如今的乌衣巷已不复昔日的繁华，没有豪门士族的觥筹交错，取而代之的是游人探访王谢华堂踪迹。在乌衣巷里，有一口古井，名叫乌衣井，相传是挖掘于东吴时期，供这里的驻军饮水使用。井栏处十二道绳痕展示着它所经历的千年沧桑。乌衣巷井就像乌衣巷之于南京，早已成为乌衣巷的特别印记。

奇点书集

中山路 286 号羲和广场 2 楼

推荐理由

不仅是一个书店，更是一个汇集了书店、艺廊、美学生活馆、咖啡馆、设计师服装、买手店等多元时尚业态的展厅，是都市新生活社群热爱的公共文化空间。在这里不仅可以读书，同时也有进入艺术馆的特别感受。

李香君故居

秦淮区夫子庙钞库街 38 号

推荐理由

如果你没听过李香君，那你一定知道中国四大悲剧，以及"南洪北孔"。孔尚任的《桃花扇》是古典戏剧创作的高峰，这其中即是以李香君为原型。李香君是"秦淮八艳"之首，人们纪念她，不是因为她的美貌，而是被她的高尚情操以及宁折不屈的民族气节折服。

李香君故居，又叫媚香楼，为三进二院的河房河厅式建筑。在这里不仅可以从还原的场景感怀李香君，也可欣赏全院的书法、绘画、楹联、篆刻、假山、塑像和园林小景、石刻砖雕、壁画挂灯等艺术精品，早已是一座既有艺术又有人文气息的纪念馆。

江苏大剧院

建邺区梦都大街 181 号

推荐理由

江苏大剧院由华东建筑设计研究总院负责设计，设计宗旨来自"水"，与南京"山水城林"的地域特色相吻合，因毗邻长江，也表达出"水韵江苏"和"汇流成川"的理念。江苏大剧院总体设计呈"荷叶水滴"造型，4颗"水滴"于顶部向中心倾斜，在建筑屋面呈现出花瓣状的肌理，营造出如同"荷叶"上滚动"水滴"的效果。而4颗水滴就是江苏大剧院的4个功能区，包括歌剧厅、戏剧厅、音乐厅、综艺厅等。为配合南京奥体中心两道醒目的红色拱门带，江苏大剧院"水滴"的颜色呈现为蓝白渐变色，蓝白渐变也代表了南京雨花石的条纹。

越剧博物馆

秦淮区边营 35 号

推荐理由

南京越剧博物馆坐落于南京老门东历史街区的西边一块，离芥子园不远，是江苏首家越剧博物馆。展览面积 600 余平方米，一进门即是展厅，二进门便是天井式小庭院，再一室为小戏台、观众池。南京越剧博物馆的不少珍贵资料是二十世纪五六十年代，竺水招、筱水招、商芳臣等老一辈著名越剧艺术家所留下的，其中有一个头饰是由筱水招亲手制作的，具有很高的收藏价值。馆内展出的实物都弥足珍贵，一张张剧照尽显曾经的辉煌。

雨花台

雨花台区雨花路215号

推荐理由

雨花台是新民主主义革命的纪念圣地，这里建有新中国成立后规模最大的纪念性陵园。过去雨花台因雨花石而出名，但雨花石实际并不产自雨花台，而那些牺牲的烈士确是永远在此，是真的属于雨花，他们成为雨花的精神，与雨花一起为人们所铭记。雨花台烈士陵园是以自然山林为依托，以红色旅游为主体，融和自然风光和人文景观为一体的全国独具特色的纪念性风景名胜区。

熙南里

中山南路、升州路交会处

推荐理由

是依托国家重点文物保护单位,南京现存面积最大、保存最完整的清代私人住宅"甘熙故居"为文化核心而打造的文化街区。街区建筑延续甘熙故居"青砖小瓦马头墙,回廊挂落花格窗"的建筑风格,黛瓦、粉壁、马头墙随处可见,配以砖雕、木雕、石雕装饰,同时还兼有现代元素的意大利仿木纹铝合金门窗,古色古香与现代都市生活完美融合,传承金陵文化,缔造风尚生活。

南京文化艺术中心
玄武区长江路 101 号

推荐理由

南京文化艺术中心是江苏省内规模最大，功能齐全的文化活动场所。坐落在南京市玄武区长江路 101 号，地处新街口繁华地段——洪武路与长江路交会点，交通便利，人流汇集。南京文化艺术中心是 2013 年度中国建筑工程鲁班奖（国家优质工程）获奖工程之一。

小潘记鸭血粉丝汤店（珠江路店）
南京市玄武区珠江路 275-3 号

推荐理由

用爽滑的粉丝、鲜嫩的鸭血和浓厚的老鸭汤烧制而成，在食用时，可搭配鸭肝和鸭肠。小潘记鸭血粉丝汤中碳水化合物和蛋白质的含量丰富，而脂肪含量却很低。汤色乳白，口感鲜美，富有鸭子固有的香气与味道，令舌头享受到了极点。

侵华日军南京大屠杀遇难同胞纪念馆

人物档案

金文,著名云锦艺术家,国家级云锦工艺美术大师,国家非物质文化遗产(云锦)代表性传承人,国家非物质文化遗产南京云锦木机妆花手工织造技艺代表性传承人,被誉为"织造龙袍第一人"。

一千六百年的云锦历史
需要『活的传承』

云锦传承人

金文

南京秘境推荐

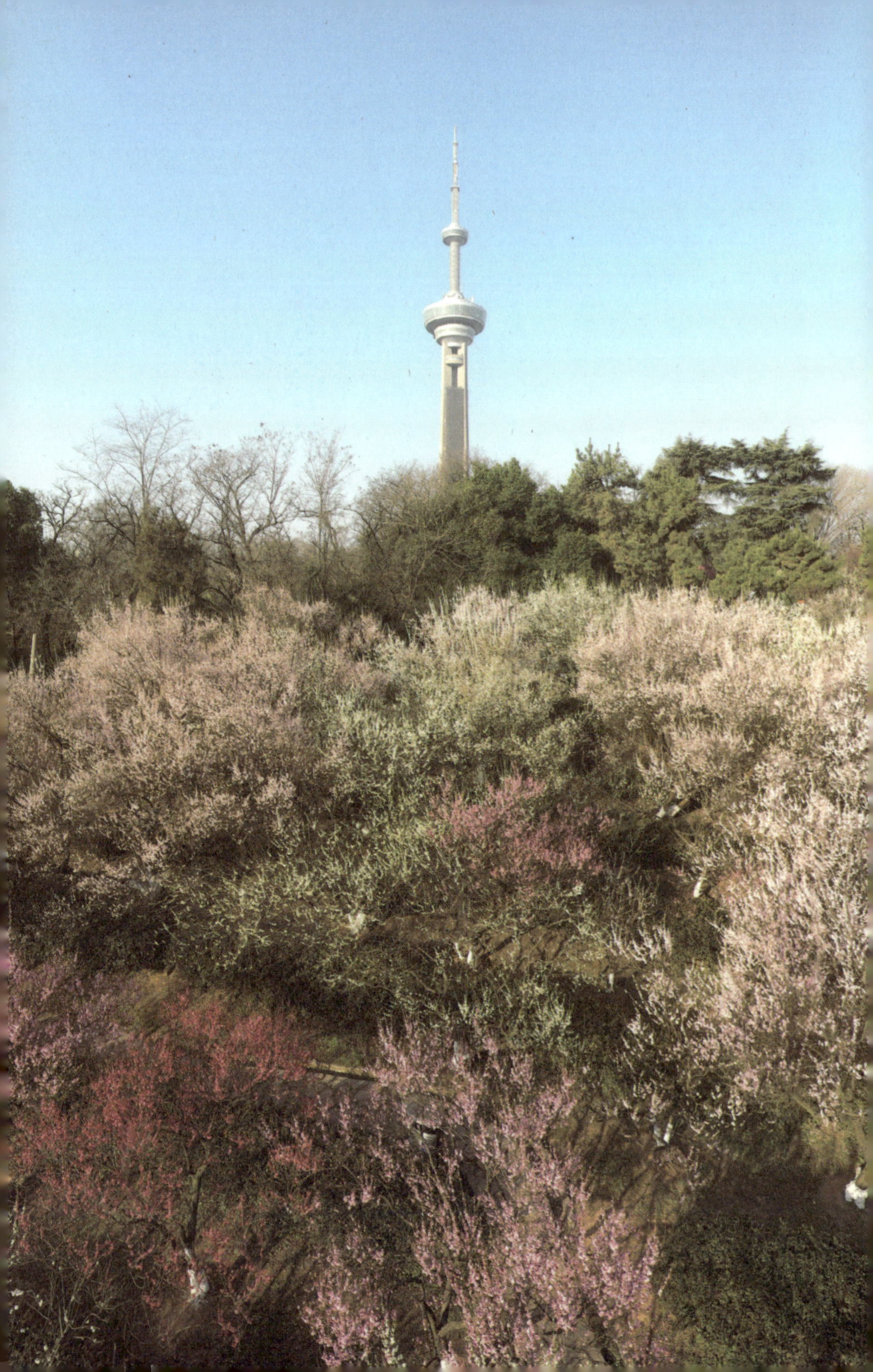

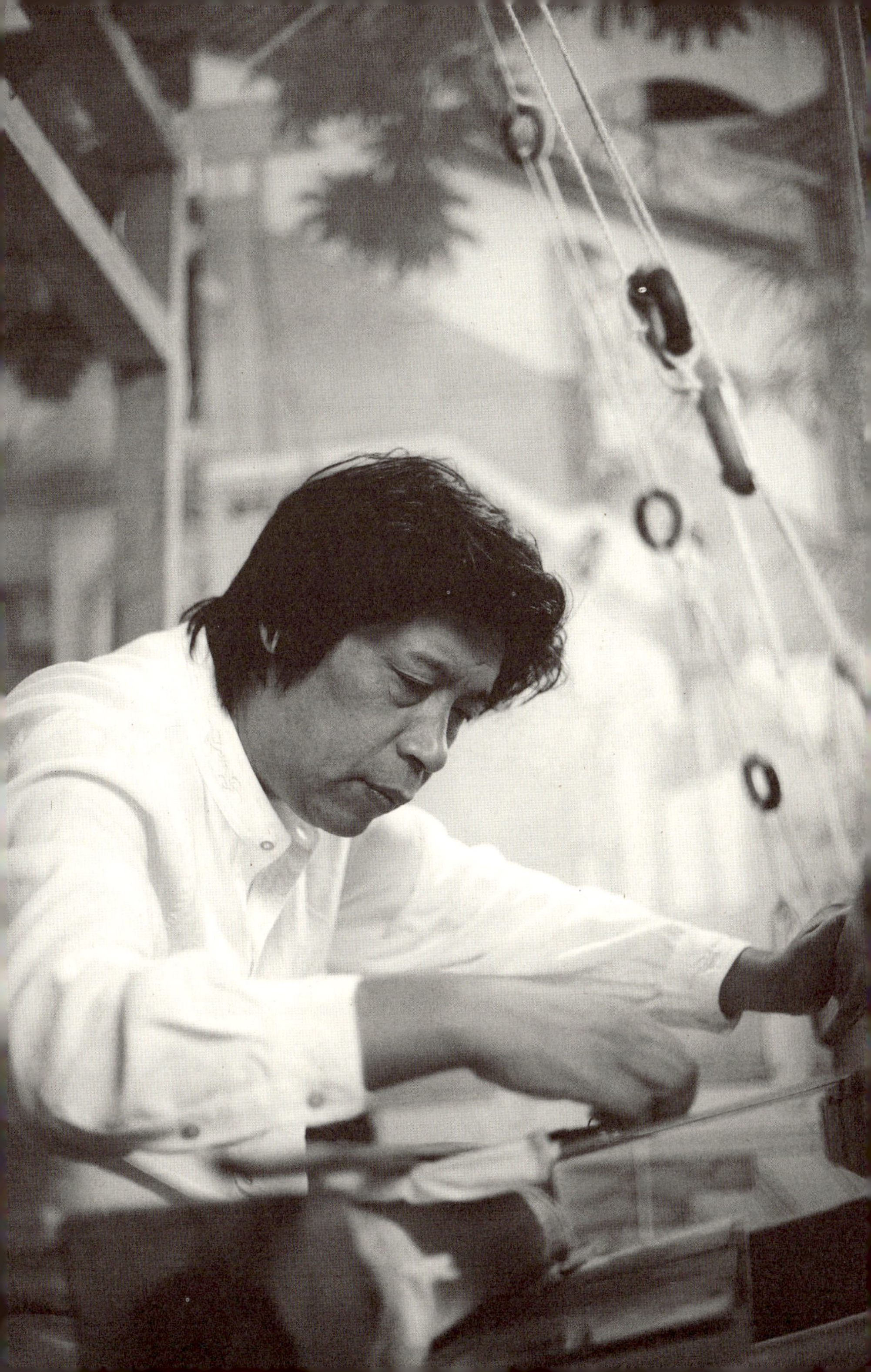

"南京的文化也是云锦的文化,云锦不能只在博物馆里,更应该走进百姓的生活中。"从艺术品再到日常生活,金文也从传统中一次次抽离,用云锦展现着南京的魅力。

金文是一名国家级云锦[54]工艺美术大师，也是国家非物质文化遗产代表性传承人。他在35年的云锦创作及古代丝织工艺研究生涯里屡获大奖。多幅作品被作为国礼赠予外国首脑和国际友人。而以云锦为媒介，他也一直破立双举，以期通过"活的传承"，焕发古老艺术的现代魅力。

"南京的文化也是云锦的文化，云锦不能只在博物馆里，更应该走进百姓的生活中。"从艺术品再到日常生活，金文也从传统中一次次抽离，用云锦展现着南京的魅力。

作为第三代南京人，金文把自己认定为"新南京人"，从小在江北长大的他自觉没了老南京人的味道，调侃道："我说的

---

54 云锦因其色泽光丽灿烂，美如天上云霞而得名。南京云锦是中国传统的丝制工艺品，有"寸锦寸金"之称。

南京话在我小时候都被称为'奶油南京话'。"在他看来，老南京的气质是钟灵毓秀，也是日常的温吞和气，他聊起母亲那一代的生活方式，下粥是每天下午的必选项，几文钱吃一顿"下粥"——莲子羹、糖芋苗，而这些在新南京人身上都找不到了。

但南京人的性格却一直在，"南京人很放得开，做官时积极入世，不做官也能自处，不那么斤斤计较，南京人喜欢说的话是'多大个事'和'无所谓'，也就是我们今天讲的'萝卜干性格'，脆生生的"。

而讲到南京人性格文化来源，金文聊起魏晋风流，他最近在研究竹林七贤，想以此为蓝本设计一幅云锦作品。

南京人的性情与魏晋风流一脉相承，《世说新语》的任诞篇记录了动乱的魏晋时期士人们的废礼使性，"志气宏放，傲然独得，或闭户视书，累月不出，或登临山水，经日忘归"，士人们身处险境，却能够风流潇洒，不滞于物。而这些纵情行迹、放浪形骸的质性也自然沁入千百年的中国文化中，成为南京人的性格来源。

在金文看来，南京人的这种洒脱，显露出的是不那么刚强，一种游刃有余的通透。这一点，他做学徒时深有体会，他形容师傅为"精"，时隔多年，他以此总结学习云锦的匠心精神。

1973年金文通过绘画考进南京工艺美术公司，进了云锦研究所云锦车间，他向老师傅们学艺。师傅们表现出的是一种洒脱的严厉，"从来不盯着我们，鞭策我们的唯一方式就是'明天再努力点'、'稍微努力点还行'"，而这些"不严厉"的鼓励都

云锦十二生肖锦旗

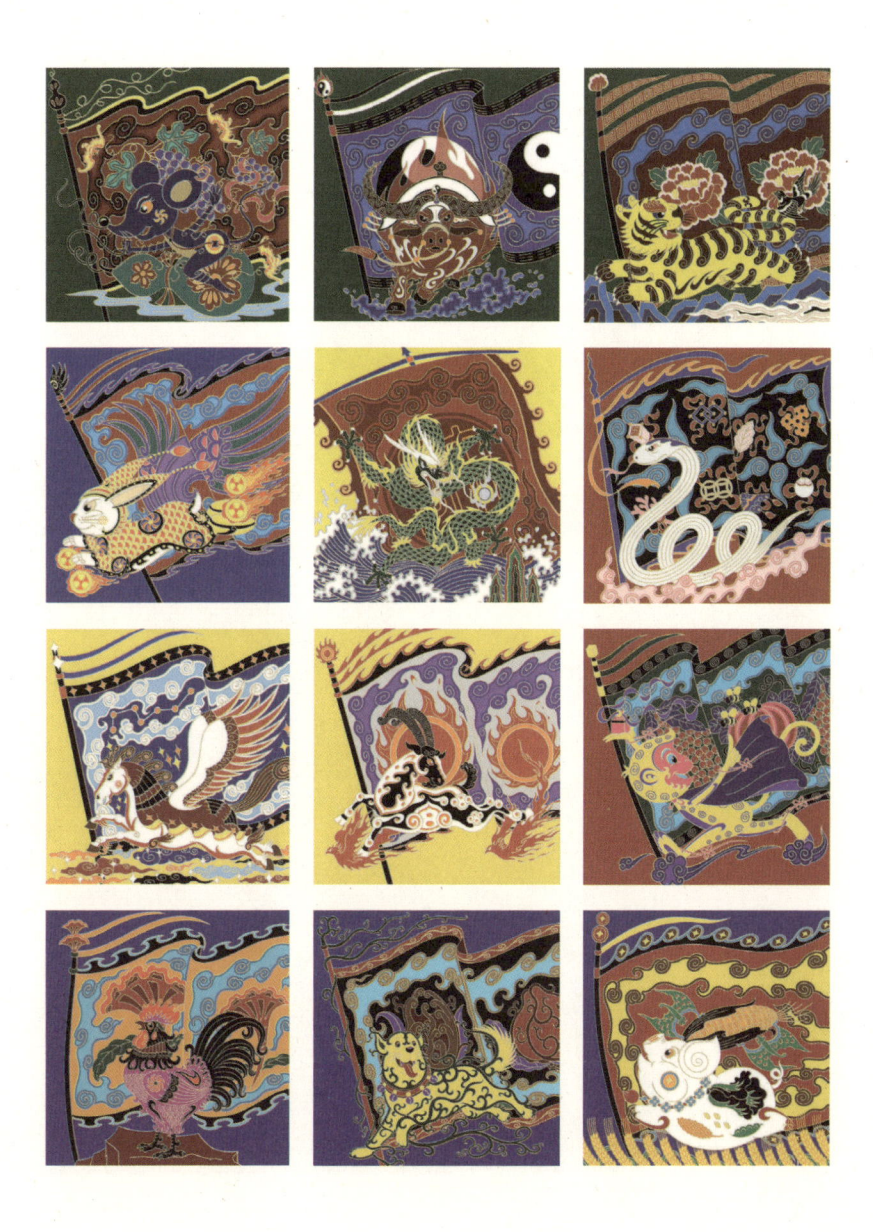

江宁织造府 据史料记载,曹雪芹于康熙五十年(1711年)就诞生在江宁织造府内

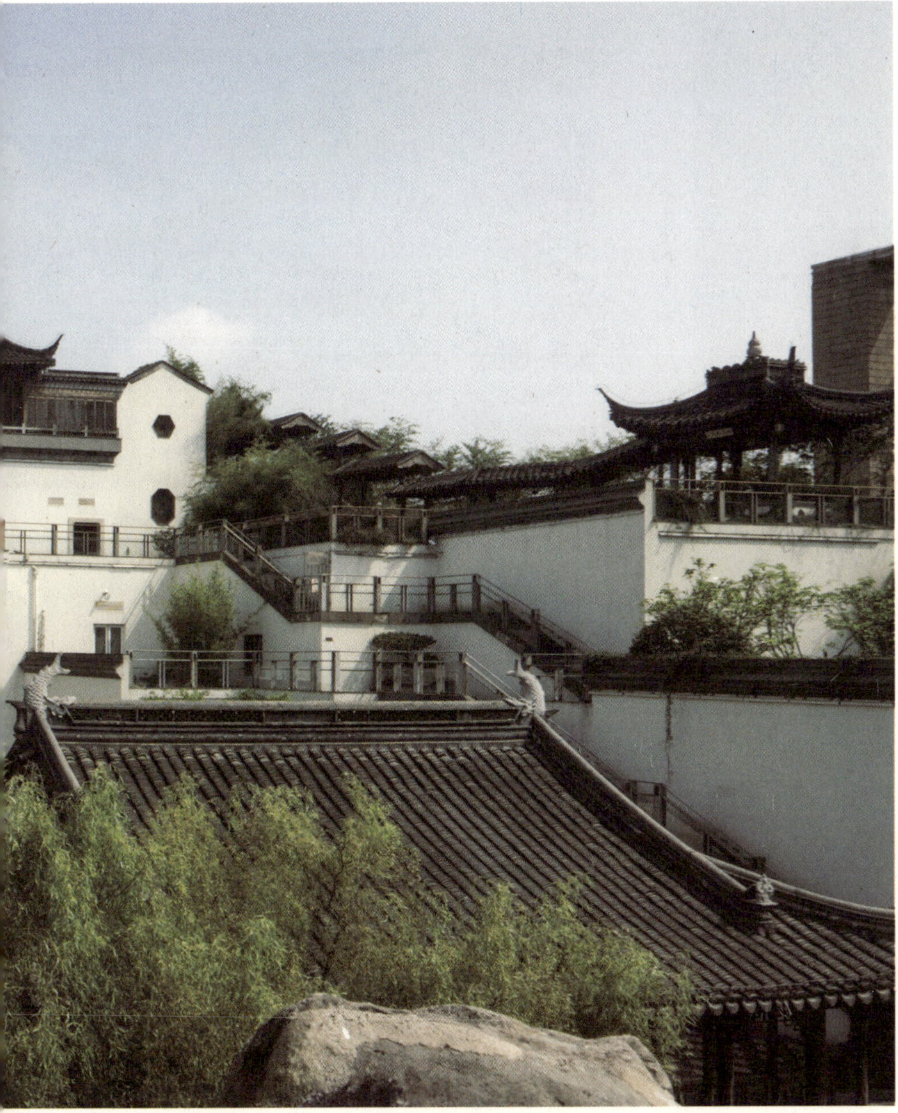

金文作品《三色金秦淮繁华图》
作品运用场景式的透视构图，呈现了包含房屋建筑 670 座，人物 990 位，以及城墙、桥梁、船舫、花木等景物的明代金陵之秦淮地区乃至整个南京城的繁华景象。

自然而然地让金文精益求精，后来每当对作品不满意，他都会无比难受，自发地精进。

"做云锦这一行是无止境的，干到老学到老，还有三行没学到。"而天道酬勤，金文也创造出了一系列古织锦复制方面的辉煌成果，更将南京的文化投射在一幅幅云锦作品中。比如如今在科举博物馆展览的《历代帝王相》，代表南京云锦参加2016年英国伦敦南京周的作品《汤莎会》，还有《红楼梦》《秦淮繁华图》《应天繁华图》。金陵气象主题除风景主题之外，在人物主题方面也填补了云锦在人物肖像题材上的空白。

云锦的历史可以追溯到魏晋时期，东晋建康设立专门管理织锦的官署"锦署"，从元代开始，云锦一直为皇家服饰专用品，明清织锦工艺日臻成熟和完善,成为当时最大的手工产业。"明清开国之时,南京都是投城,所以城内的古迹和文化保留得比较完整,当时全国三大织造府中,南京是最好的。"

而聊到历史上云锦的繁荣,最绕不过去的是《红楼梦》。"曹雪芹讲的是江南的官家的生活方式,是我们研究南京云锦文化中很重要的一环。"

金文工作场景

曹雪芹曾祖父曹玺、祖父曹寅都曾任江宁织造。这一时期的云锦品种繁多，图案庄重，色彩绚丽，也代表了历史上南京云锦织造工艺的最高成就。南京云锦织造鼎盛时拥有3万多台织机，近30万人以此和相关产业为生，是当时南京最大的手工产业。"江宁织造除了为宫中供应织品和绸缎外，另外重要的意义是监理机构，监视南京地方的世风民情，曹寅到南京时在这里修建了'楝亭'。"

曹寅号楝亭，其父亲曹玺在江宁织造任时，曾植楝树于庭，树大成荫，便筑亭其下，曹玺病逝后，后来曹寅来到金陵，见旧亭坍圮，追念旧德，遂为之重修，名曰"楝亭"。

今天，你可以在南京江宁织造博物馆的白墙灰瓦与回廊池塘间见到"楝亭"。1984年，考古专家在南京大行宫发现了江宁织造局的遗址，2003年，在旧址上重建了这座现代的表现南京云锦文化的江宁织造博物馆，设计者是著名的建筑学家吴良镛先生，其中还可以寻觅到红楼梦中大观园的影子，比如著名场景"沁芳桥""萱瑞堂"，也在园中得到了还原。

以云锦大师金文的视角来看，《红楼梦》满书皆云锦，第三回，曹雪芹浓墨重彩地描写了王熙凤的穿戴服饰，"缕金百蝶穿花大红洋缎窄裉袄"是典型的云锦织品。第五十二回有"晴雯补裘"的故事，贾母送给宝玉一件产自俄罗斯国的孔雀毛披衣，被宝玉用炭火烧了个洞，之后晴雯拖着病躯一夜补好了。

金文后来也用孔雀羽毛做过一件《真金孔雀羽大团龙》作品，用蚕丝线、孔雀羽线等珍贵材料，并把云锦的三大品种库缎、

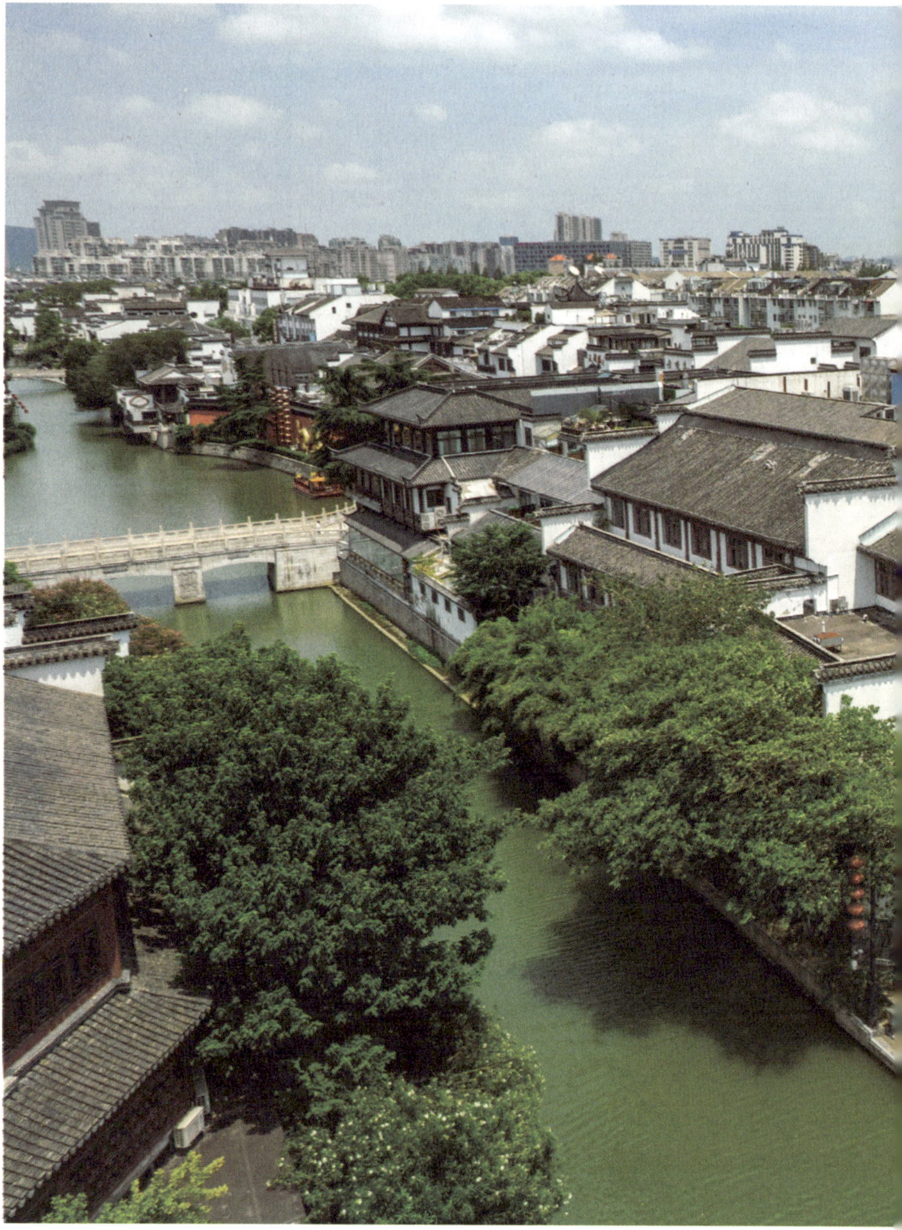

钞库街河房航拍

库锦、妆花都反映在了这匹长达2米的匹料之中。

南京的每一处名胜古迹，金文都熟稔于心。儿时外地亲戚来南京串门，金文都会做导游，夫子庙、明孝陵、石头城、阅江楼、鸡鸣寺、明城墙……

夫子庙[55]是金文去过无数次的地方，从江南贡院[56]出发，经过一座座桥，九龙桥、东水关、文正桥、平江桥、文源桥、文德桥……桥的意义不仅是通行，对于古代学子来说，桥是行万里路的重要途径，"没有电影电视，读了万卷书，更要行万里路，桥是很重要的一个途径，过桥找到文化"。

过了文德桥再到武定桥，有一条沉香街，如今叫作钞库街[57]，明代时候，国家金库——宝钞库就位于这条街上。这条街上还有李香君故居，现在经过修缮对外开放了。这里门曾经很小，顺着台坡上去，在暮春时节，细雨霏霏中，吐纳着几世秦淮，而《桃花扇》中那句"南朝剩有伤心泪，更像胭脂井畔流"，如六朝金粉，在秦淮河畔涤荡着。

---

55 南京夫子庙位于南京秦淮区秦淮河北岸贡院街、江南贡院以西，地处夫子庙秦淮风光带核心区，即南京孔庙、南京文庙、文宣王庙，为供奉祭祀孔子之地，是中国第一所国家最高学府、中国四大文庙之一，中国古代文化枢纽之地、金陵历史人文荟萃之地，不仅是明清时期南京的文教中心，同时也是居东南各省之冠的文教建筑群。

56 江南贡院位于南京市秦淮区夫子庙学宫东侧，又称南京贡院、建康贡院，是中国历史上规模最大、影响最广的科举考场，中国南方地区开科取士之地，也是夫子庙地区三大古建筑群之一，夫子庙秦淮风光带重要组成部分。

57 钞库街位于南京市秦淮区夫子庙秦淮河南岸，东北起文德桥，西南至武定桥。在明代是国家金库——宝钞库的所在，明朝钱币为"大明通行宝钞"，街以库名。

明孝陵的石象路他也走过无数遍，对每对石象都能描摹一二。615米的长路放了12对石兽，狮子、獬豸、骆驼、象、麒麟、马，每种两跪两立，夹道迎侍。

　　"狮子是外来动物，汉朝传入中国，佛教徒将狮子视为庄严吉祥的神灵之兽而倍加崇拜，代表着威严，镇魔辟邪，又是皇权的象征。獬豸是古代神话传说中的神兽，类似麒麟，能辨是非曲直，能识善恶忠奸，代表着司法正大光明。大象表示国家江山的稳固……每种动物都有寓意，非常有意思，我小时候会看这些介绍然后再讲给亲戚们。"

明孝陵石象路（深秋）

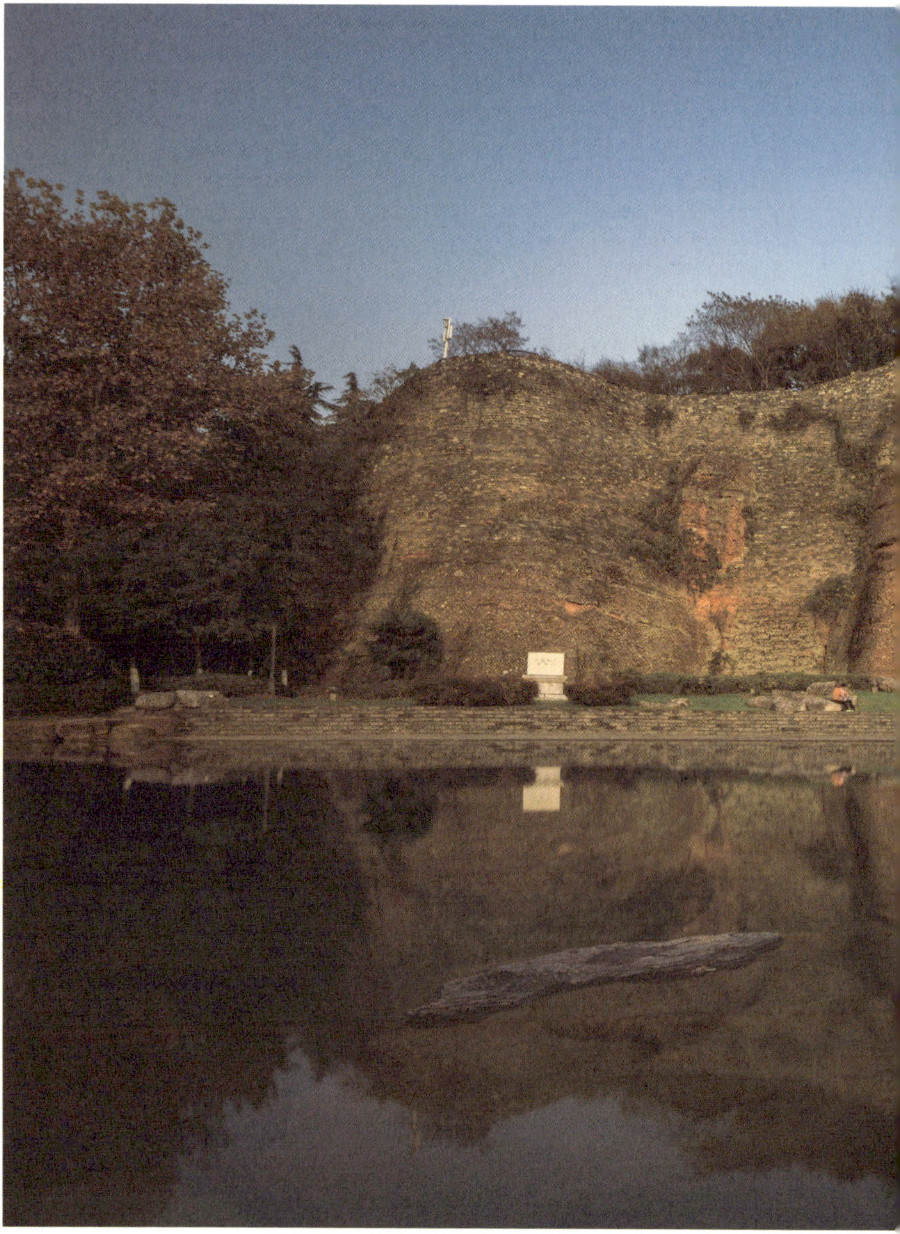

石头城"鬼脸照镜"

而后来，这些名胜都被他织入了一幅幅云锦作品中。《三色金秦淮繁华图》再现了明清两代云锦鼎盛时期的南京城，670座房屋，990个人物，秦淮河、明城墙、夫子庙都一一陈列。三色金在织入的过程通过视错艺术表现，让我们看到不同状态下的秦淮繁华，灯光下，右边看是绿色的绿度母，左边看是银色的白度母，迎面看是白墙黛瓦，银色的瓦片，侧面看楼阁又漂浮在云雾之中了。这种视觉冲击力，也增加了云锦的趣味性和现代感。

《应天繁华图》是金文比较满意的作品，以状元及第跨马游街的故事主线展现了古南京的文化地图。报恩寺琉璃塔、中华门城堡、长干桥、天下文枢、孔子大成殿、秦淮河、文德桥、鼓楼、紫金山通过航拍的视角一一表现。画中的人物不论男女老少，皆循明代衣冠礼乐，穿戴整齐以礼相待；市集上车水马龙，熙熙攘攘，一片繁荣景象。

今年，金文又做了《金陵四季》系列，明城墙下的楼宇、紫峰大厦映衬着紫色的天空、玄武湖的团团荷花……南京的古与新也在一幅幅云锦中。也正如他一直在探索云锦的现代表达，通过传统纹样的使用引发年轻人对云锦文化的兴趣，也一笔笔勾勒着南京的历史文化。

金文说："让云锦艺术古为今用，走进现代人的生活，目前已经有些突破，未来还会有更多的可能。"

金文作品《应天繁华图》(长4.84米,宽2.37米)

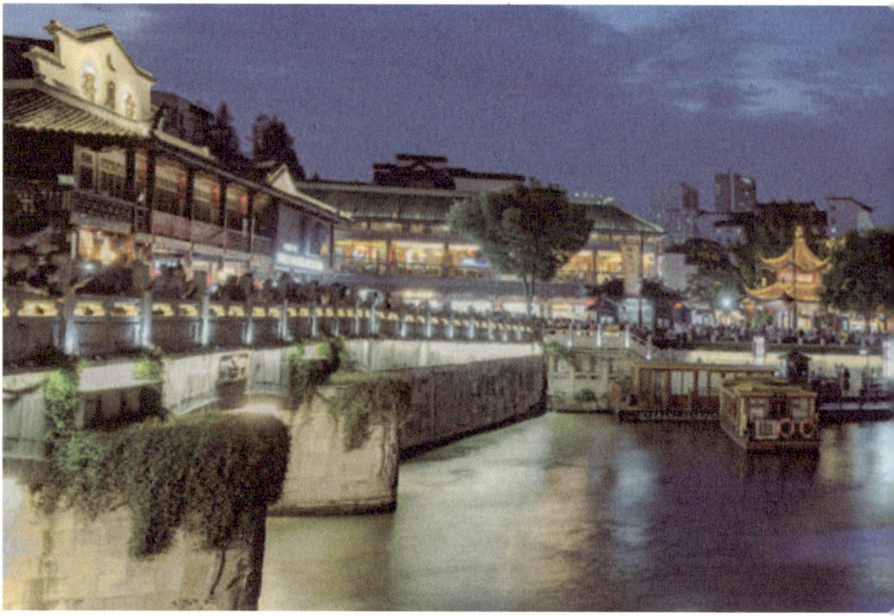

夫子庙夜景全景图

石头城遗址公园

台城书房

玄武区环湖路解放门 8 号

推荐理由

玄武湖畔，城墙之上，有一个可以了解南京文化历史的窗口。它就是别具特色的茶社——台城书房。书房房主叫崔波，从小就在城墙边长大。书房里的书也多是以南京本地作家的作品为主。书吧一角的香案上，摆着古琴、梅瓶，使得整个环境古色古香。在这里，可以边品着茶香边看着书，边抚摸着明城墙砖边倾听着玄武湖水拍打堤岸的声音。茶香伴着书香，这样子待上一天怡情又养性，别有一番情趣。

锦创书城

玄武区珠江路 699 号 A 座

推荐理由

南京新晋"网红"书城。整栋建筑基本都是由玻璃制成，敞亮又通透。锦创书城一共有四层，每一层都有落地大窗户，采光非常好，书城内部也环绕着许多绿植，不论是看书还是看风景，都让人觉得舒服又惬意。

江宁织造府

玄武区长江路123号

推荐理由

在江宁织造旧址上建造的一座现代博物馆,由著名建筑学家、两院院士吴良镛先生担当设计。建筑整体风格是取中国山水画中深远、高远、平远之意境,将北高南低的建筑群尽可能用园林手法加以覆盖。建筑内复建了织造署中原有的西池、栋亭、萱瑞堂、西堂等建筑,从南望北叠叠高起,如同一幅江南山水画,是现代建筑的语言和传统园林建筑结合的经典之作。同时也是展示《红楼梦》历史和文化的新型博物馆。

云锦博物馆

建邺区茶亭东街240号

推荐理由

这是中国唯一的云锦专业博物馆、国家三级博物馆，云锦博物馆展示着云锦织造工艺、明清云锦精品实物、中国古代丝织文物复制品以及中国少数民族织锦等。1500多年手工织造历史的南京云锦，以特殊的浮雕、镶嵌技艺，表达出特殊的审美境界和文化艺术魅力。馆内还有各种织机的模型以及云锦织造工艺的实体展现。云锦研究所经过几代科研人员不懈的努力，搜集、珍藏了可供展示的专业实物资料970件（其中相当一部分是重要的历史文物），云锦图稿资料2000余份（包括过去官办织造局留下的"汉府稿"），专业图书资料58000余册（本），反映出中华民族特有的文化内涵，是"新金陵四十八景"之一。

石头城

鼓楼区石头城71号

推荐理由

石头城位于南京市鼓楼区,有"东吴第一军事要塞"之称,又称"鬼脸城",是三国东吴时期孙权在赤壁之战后,于公元211年将首府由京口(今镇江)迁至秣陵(今南京),利用清凉山的天然石壁建立的军事要塞,地势险要,气势雄伟,也是历史沧桑的实物见证。

古林公园

鼓楼区虎踞北路21号

推荐理由

位于南京市鼓楼区清凉山公园，建在建原古林寺旧址，因寺得名。据史载，古林寺最早称观音庵，为梁代高僧宝志创建。园内各景区景色和钟山龙蟠、石城虎踞之形势尽收眼底，景区内有牡丹亭、天香阁、远香榭、晴云亭及四方八景阁，顺着四季有牡丹、芍药、杜鹃、山茶、月季、梅花、樱花，在碧绿嫩叶映衬下千姿百态，争奇斗艳，让游人领略着南京的盛景。

明孝陵

玄武区钟山风景区明孝陵景区

推荐理由

明孝陵位于紫金山南麓独龙阜玩珠峰下，是明太祖朱元璋与其皇后的合葬陵寝。因皇后马氏谥号"孝慈高皇后"，又因奉行孝治天下，故名"孝陵"。其占地面积达170余万平方米，是中国规模最大的帝王陵寝之一。

作为中国明清皇陵之首，明孝陵代表了明初建筑和石刻艺术的最高成就，直接影响明清两代五百余年20多座帝王陵寝的形制。依历史进程分布于北京、湖北、辽宁、河北等地的明清皇家陵寝，均按南京明孝陵的规制和模式营建。明孝陵在中国帝陵发展史上有着特殊的地位，故而有"明清皇家第一陵"的美誉。

灵谷寺

玄武区钟山风景区灵谷寺

推荐理由

灵谷寺位于南京市玄武区紫金山东南坡下，中山陵以东约 1.5 千米处，始建于南梁天监十四年（515 年），是南京梁武帝为纪念著名僧人宝志禅师而兴建的"开善精舍"，初名开善寺。

明朝时朱元璋亲自赐名"灵谷禅寺"，为明代佛教三大寺院之一。《金陵梵刹志》将其与大报恩寺、天界寺并列为大刹。

七家湾牛肉锅贴

秦淮区长乐路160-1号

推荐理由

金陵的锅贴，兴起于七家湾地区。七家湾本来是做牛羊肉生意的，以牛羊肉屠宰行业为主。也不知何时起，七家湾兴起了牛羊肉加工行业，出现了一系列的以牛肉为原材料的小吃。七家湾也凭借着牛羊肉加工厂的身份走了出去。店家以纯正牛羊肉为卖点，以色香味俱全来吸引顾客。七家湾牛肉锅贴的名声传遍了南京城的大街小巷，而"七家湾"，也成了纯正牛肉、最美味锅贴的代名词。

丰富路小吃

东至明瓦廊，南到建邺路，西达秣陵路，北至新街口

推荐理由

从新街口地铁站15号口出来，从环亚广场好利来那边进去，走200米即可到达丰富路。几乎是三步一小吃店，其中不乏老牌"网红"店何家鸭子店、张记灌饼、老头爱马仕酸豇豆炒饭、阿财菜饼等；新晋"网红"店冯三孃跷脚牛肉等人流如织，新老"网红"店共同撑起了丰富路的流量。而三分市井，七分温情，这里也聚着金陵城的人间烟火气。

吕宏伟

南京长江大桥上的『生命守卫者』

吕宏伟是南京市公安局水上分局下关派出所长江大桥应急救生屯兵点民警。2022年1月4日下午，53岁的他在长江边上再救一名轻生女子，这是他驻守长江8年来救下的第21人。为了救人，吕宏伟一直苦练救生本领，只用6年多的时间，就完成了从只会狗刨到游泳横渡长江的壮举。他和同事们一起打破了南京长江大桥跳江轻生者零生还的历史。他是名副其实的长江大桥上的『生命守护者』。

长江大桥

鼓楼区下关和浦口区桥北之间

推荐理由

南京长江大桥是长江上第一座由中国自行设计和建造的双层式铁路、公路两用桥梁，在中国桥梁史和世界桥梁史上都具有重要意义，是中国经济建设的重要成就、中国桥梁建设的重要里程碑，具有极大的经济意义、政治意义和战略意义，有"争气桥"之称。它不仅是新中国技术成就与现代化的象征，更承载了中国几代人的特殊情感与记忆。长江大桥是南京的标志性建筑、江苏的文化符号、中国的辉煌象征，是中国对外开放的重要窗口和景点，也是江苏和南京地区的著名旅游景点之一，被列为新金陵四十八景。

阳光

书写南京的跨界理工男

从IT跨界到新媒体,阳光写下众多有影响力的文章,关于南京的城市、楼市和教育,关于南京历史文化、吃喝玩乐的『隐秘地图』。作为一家新媒体公司的创始人,他对南京的城市文化、经济发展有更为客观、系统的观察和理解。作为新媒体理事会副秘书长,他责无旁贷,多次写出『爆文』,为维护南京城市形象『发声』。

『喜欢一个人,便想为他停留,眷恋一座城,便想为它书写。』这样一个山水城林、自然风物的南京,在他笔下,极富层次感,有市井烟火、有繁华摩登、有历史文脉、有科技创新……那是南京的味道,也是阳光的味道。

前湖公园

玄武区石象路7号中山陵园风景区

推荐理由

"我认为南京值得去的小众景点,当属深秋的前湖。"不到前湖,不知南京秋色几何。

从中山植物园南园门口,拐个弯往热带植物园的路上,远离人群的喧嚣,猝不及防,就走进了南京秋日最美的闭环。

百米乌桕小径,一树树的五彩斑斓,橘黄、金黄,绯红、赤红……一层层渐变着,点缀尚未全部退场的青翠、柠檬黄、鹅黄,就像莫奈手中的调色盘。

一湾浅水,树影斑驳,各色的落叶飘落在清澈的湖面,一幅浓墨重彩的横轴油画在眼前铺陈开来。

迎面的每一帧场景,都有梦境之感。

蔡加翠　机缝女工的校服情缘

蔡加翠是一名南京的机缝女工,从业过程中见证了30年南京校服的变迁。她说,在路上看到有孩子穿着我们做的校服,内心会充满幸福感,"一针一线,心情就像是给自己家孩子做衣服一样。"在针尖上,以慈母之心,致孩子们的青春年华,这是南京这座城市的另一种温度。

葛塘四角菱

六合区葛塘接街道

推荐理由

"我想向大家推荐我们葛塘这里的农村土特产——四角菱。与常见的两角菱相比,它的口味更紧实,我从小到大都很喜欢吃。"

小时候,每到夏末时节,家里人带蔡加翠到池塘边玩的时候,总能看到农民们坐在"腰子盆"中,弯着身子采摘菱角的景象。他们每年都会拎上满满的一袋回家煮着吃。后来蔡加翠成了家,有了自己的孩子,菱角成熟时,也会带着孩子一起去买。

"对我来说,四角菱不仅仅是特产美食,还贯穿了我的成长岁月,串联了温暖的家庭回忆,吃起来有一种幸福的味道。待菱角上市的季节,非常欢迎大家来葛塘尝一尝好吃的四角菱。"

Ian Ross

" I haven't drank alcohol for almost 30 years. I just wanted something to occupy me in the evenings. Every big city has an Irish bar so I thought it would be a good idea to introduce one to Nanjing. Nanjing is a traditional Chinese city that's developing into a modern city. I have been living in Nanjing for almost twenty years and have witnessed a lot of big changes. It's a pleasure to live here."

苏格兰人生活在南京

我几乎有30年没有喝酒了,开酒吧的初衷只是想在晚上找些事情来打发时间。其实在每个大城市都会有一家爱尔兰酒吧,所以我就想把爱尔兰酒吧引荐到这座城市来,事实证明这是个很好的注意。南京是一座快速发展的现代化城市,极具中国文化代表性,在这里生活近二十年,见证了这座城市许多巨大的变化,能住在这里我感到很高兴。

Finnegans Wake 芬尼根守灵夜

秦淮区中山南路 400 号

推荐理由

芬尼根守灵夜是南京首屈一指的爱尔兰酒吧，成立于 2008 年，一直为南京提供高质量的食品和服务。酒吧位于城市古老的位置，靠近南京最大、保存最完好的清朝住宅——甘熙宅邸。啤酒、威士忌和鸡尾酒酒廊位于二楼，装饰温馨，与建筑的古老清朝风格相得益彰。在这独特而私密的环境中，远离南京街头的喧嚣，可以在此享受您最喜爱的生啤、麦芽苏格兰威士忌和经典鸡尾酒。

王宣淇

女诗人与哈雷骑手

她是智慧、温暖，让人安心的朋友；她是悖论、超越、建设自我的现代诗诗人；她还是不定期骑行的哈雷机车手，踩下油门，冲破一切，灵动如鹿，一如她的诗行『张望一眼＼就消失不见』……

她就是王宣淇，一位来自文学之都南京的女作家。长发长裙，总是一派自在、清新的她，写诗、专研现代戏剧和喜欢哈雷机车，她的笔下有南京，文字里藏着岁月的认知和对生命的内视。写作是她的『人生出口』，概述现代都市女性的诗篇。

紫金山

玄武区钟山风景区

推荐理由

"我推荐的紫金山,似乎已不是物理层面的了,住城东往城里去时,哪怕路再堵,也会因经过此处而觉得生活在南京是幸运的。不管什么时节、心情,只要与那片区沾边,心境就会瞬间转变,一草、一石、梧桐树间的路……都能放松、缝合、治愈身心。

时间充裕的时候在体育公园发呆,看人家放风筝,小孩子吹泡泡、斜坡上的树……惬意间无需感悟,自有一种幸福感,无惧岁月悠长还是苦短。

白鸽飞舞的音乐台、夏天的无梁殿、秋天的石象路、冬天的山顶……每一年都不能错过。南京的博爱除了南京人"大萝卜"般的朴实,更有紫金山知己般的心神。

人物档案

朱祺，南京师范大学对外汉语博士，"斜杠青年"，江苏省射箭运动协会秘书长，射箭一级运动员、裁判。2019年初创立南京大牛射箭俱乐部。

南京潘西的铁骨柔情

女博士·射箭手

朱祺

南京秘境推荐

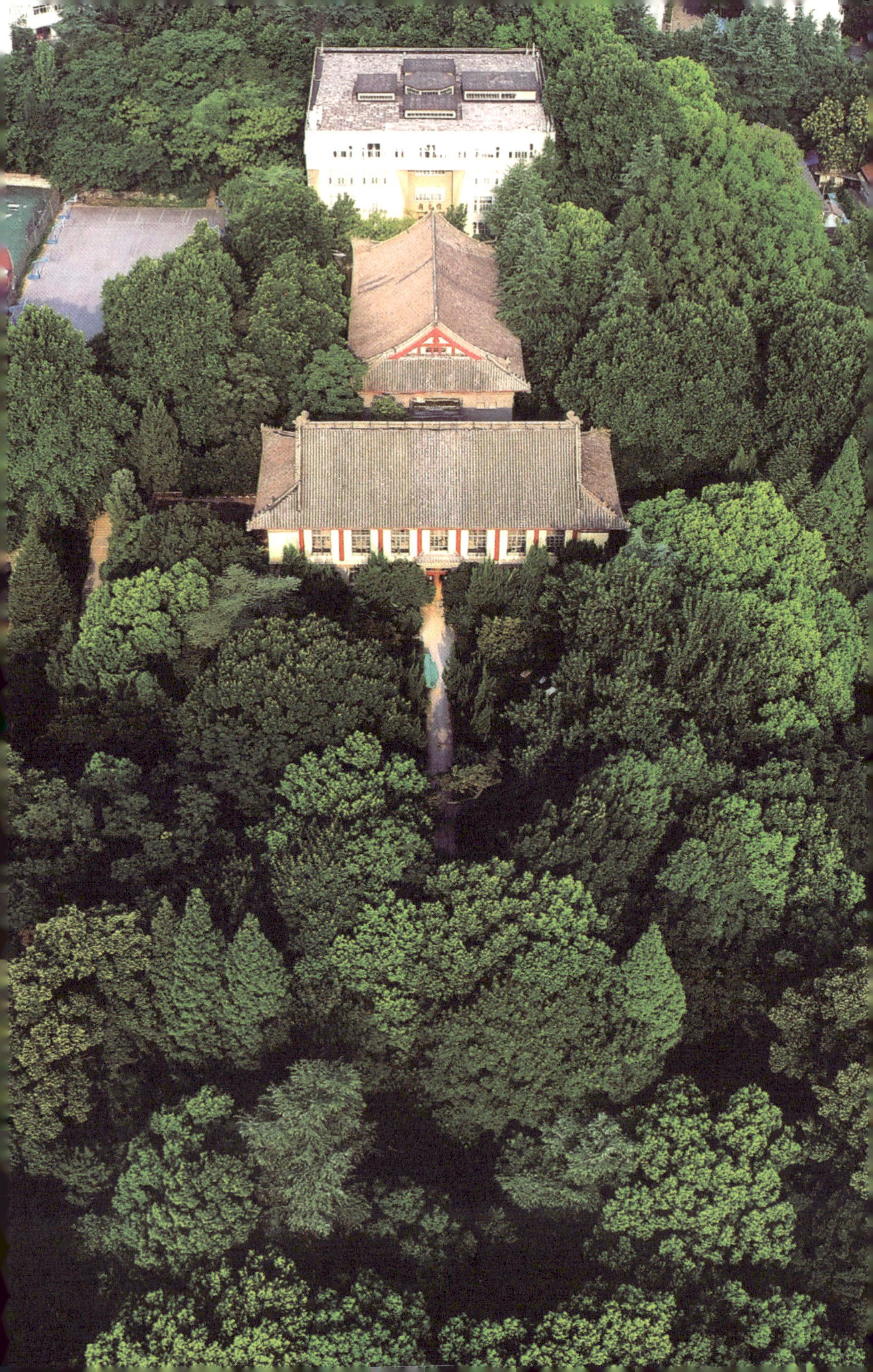

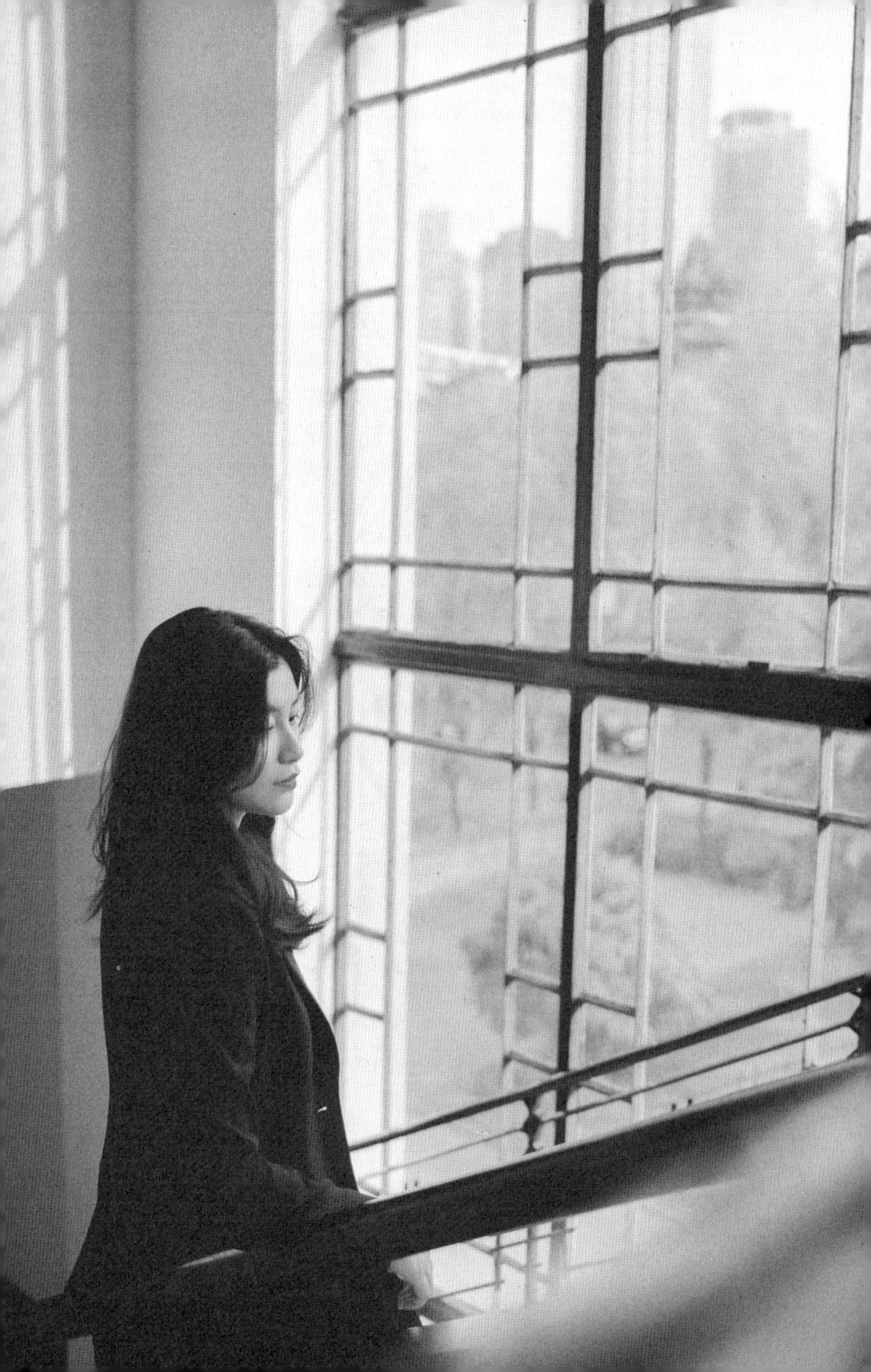

南京对朱祺来说像是母亲的角色，比起希望城市成为什么样子，她觉得应该是自己成为什么样子去回馈于它。有时候她也会嫌弃，觉得南京有不好的地方，但仅限于自己，别人说的话，她非得跳起来与他人争论一番。

有人戏称，没有一只鸭子能游过长江，南京人对鸭子的喜爱可见一斑，外斩盐水鸭，内炖鸭血粉丝汤，啃鸭头，吃鸭脖，从头到脚，由内而外，一点也不浪费。

对许多南京人来说，那一碗鸭血粉丝便是家乡的味道，许久不吃便会想念，朱祺便是如此。自小在南京读书生活的她曾短暂在异地生活两年，一年在贵州，一年在美国。直到现在她依然清晰记得从美国回来的那天，15小时航程后，落地南京的第一件事便是到家楼下的南京大排档里点了活珠子和鸭血粉丝汤，一碗汤下肚，她才清晰地感觉自己回到了熟悉的土地上。

从有记忆开始朱祺便住在宁海路上，这条路有着与众不同的气质，市井文化、学院文化、政商文化在这里纠葛了半个多世纪，这条路上的灰瓦白墙、绿邮筒完好如初，路边是样式各异的小洋楼，江南水乡的婉约与西洋建筑的摩登水乳交融。

读书也没有让朱祺离开鼓楼，小学是在力学小学，中学是在树人中学，到了大学本科去了南京师范大学，读研时在南京师范大学的随园[58]校区。二十多年，宁海路的一点一滴，朱祺如数家珍，没有惊心动魄，岁月的浸润让这片土地的气息渗透在她的身体里，剥离不去。

南京师范大学的随园校区被誉为"东方最美校园"，原是清末诗人袁枚的住址，除园林外，校园中还有着众多民国复古建筑。因为家住在附近，小时候朱祺常去随园校区里的假山附近玩耍。

年幼的她在假山前显得矮小，有时候调皮想要爬上那座山，觉得很困难；而随着年岁渐长，假山还是那座假山，长大的她要登上假山已不再是挑战。但这座山成了她心中值得纪念的一处地方，像是一位知心的朋友，陪伴着她度过了人生中许多值得记录的日子。中学毕业照，大学毕业照，硕士毕业照……近些年，朱祺每年都会到那拍张照片，见证自己的岁月变迁，也见证着城市的物换星移。有时心情不好，她也会到那儿，静静待会儿，偶尔会想起小时候曾觉得假山难以攀登，到如今觉得轻而易举，念及此，也就没有什么坎是过不去的了。

---

58 之前袁枚建这个园子，是随着山势的高低来建江楼、溪亭、舟桥，随心所为，随自然而为。

宁海路

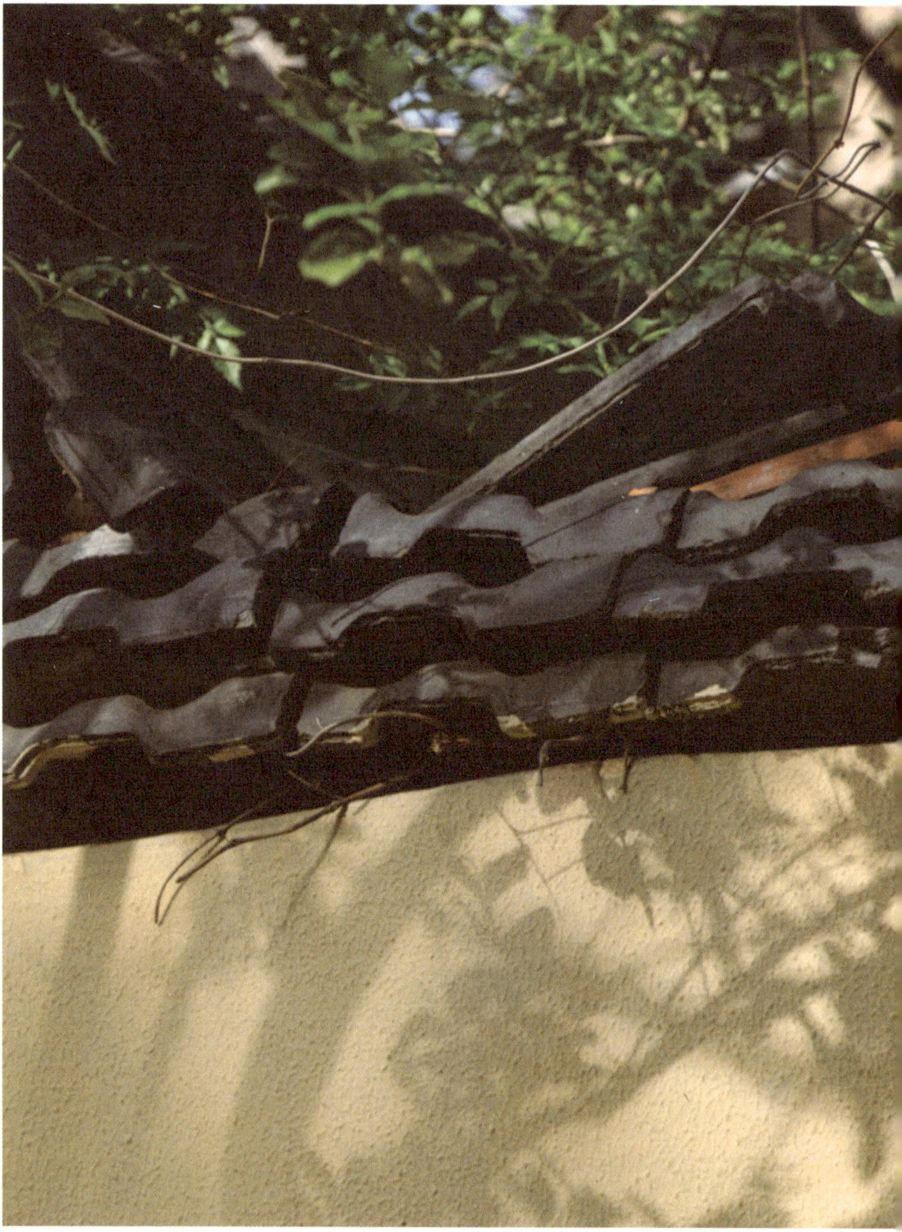

宁海路街角一隅

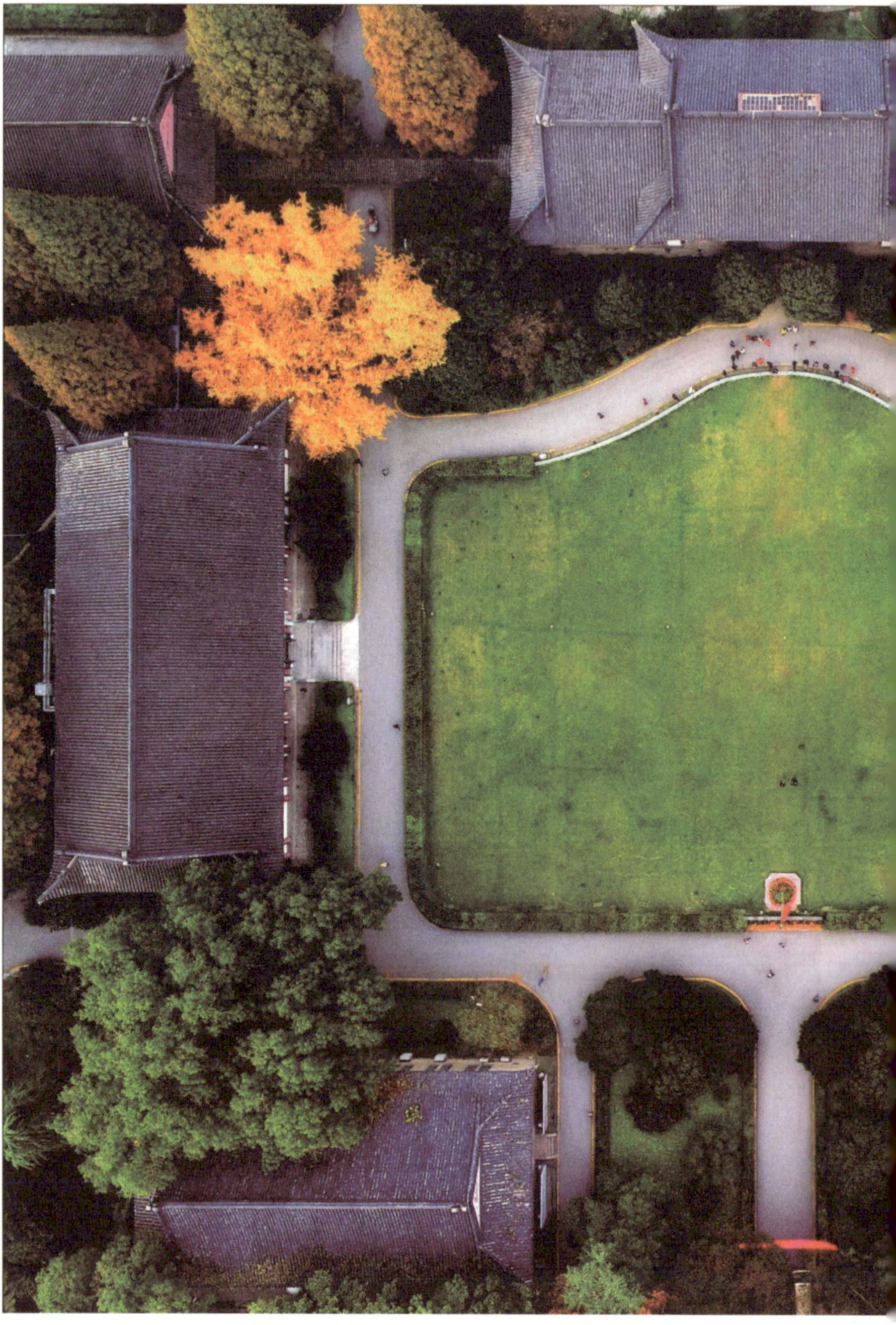

南京师范大学随园校区航拍

朱祺是典型的南京潘西[59]，大刺刺的性格，有点大飒蜜[60]的味道。

一般女孩大都会有个浪漫公主梦，而朱祺的浪漫想法却是"骑马射箭喝酒闯天涯"的武侠梦——骑在马背上，在辽阔草原上奔驰，弯弓搭箭，箭出弦响，刺入空气的声音从耳畔划过，就像武侠书里不爱红装爱闯荡的少女侠客。

很多年前，朱祺还在读高中，跟着父母去青海，在茫茫戈壁和草原上穿行，突然听到牧民射箭时箭支穿破空气的声音，声如裂帛，瞬间就被吸引了。

正好旅行途中有射箭体验项目，她去体验之后感到浑身有种说不出的飒爽和自由，高中生活的压抑随着一支支箭离弦而出，那一刻她轻松得像生在草原上的牧民女儿一样可以如鹰雁般翱翔。直到现在，她脑海里还清晰地留存着身穿民族服装在草原上骑马射箭的画面。

那是她第一次射箭，从此就爱上了。

"始信须眉等巾帼，谁言儿女不英雄"，清代著名女科学家王贞仪的这句诗用在朱祺身上毫不违和。王贞仪也是位南京女孩，在国内鲜为人知，直到 2000 年国际天文学联合会以她的名字命名了金星上的一个陨石坑，之后在知名科研刊物 *Nature*（《自然》）中，她入选了"为科学发展奠定基础的女性科学家"才渐渐为

59　潘西，实作"盼兮"，为南京地方方言，源于先秦时期。可供记载的为诗经《诗·卫风·硕人》中巧笑倩兮，美目"盼兮"。也有学者认为和潘安有关。

60　大飒蜜，属于北京特有的地域词汇，指面容好、气质佳、开朗大方、冰雪聪明、言谈得体的女性。

人知晓。

她们身上都有着南京女孩的特质，可能会承受偏见，但心里并不那么在意，找到属于自己的圈子就完事了，不会去执着于成功与失败，外界的标准也不是支撑行进下去的力量。朱祺觉得这部分底气来源于自小环境的熏陶，南京这座城市孕育出来的人们有着这样的专注，认准的路，就朝着那个方向去走，人生的起落皆是经历。

有些人会觉得这样的女孩身上多了份坚毅，少了份女性的柔软，尤其南京话的语调比较平，不像吴侬软语，会让人觉得南京女孩"硬"，但她却希望能解除这样的误会，南京女孩脾气虽直但也有小女人的部分。当她们认定一个人也许不会想着每天黏在一起，却会有长远的考虑，希望未来的日子能一直走下去，这或许是属于南京女孩的另一份浪漫。

作为对外汉语博士，朱祺有一个学术的圈子，而另外一个让她觉得自在的圈子是射箭的同好们。许多到她箭馆的会员都不是南京人，逢年过节朋友们没有回家，就会到她那儿一起度过。朋友们来自各个城市，聚在一起却没有隔阂。生活久了，他们将南京当成自己的家，甚至朱祺能感受到有些朋友把南京当作第一故乡。这座城市总是温润的，让生活在其中的人自洽。

可能是因为喜欢射箭的缘故，朱祺对六朝博物馆三楼的漫天箭镞极为推崇，如果有同样爱好射箭的外地朋友到南京，便会带去感受一下万箭来袭的震撼。南京六朝博物馆是著名建筑设计大师贝聿铭之子贝建中带领团队设计而成的，建在具有1700

六朝人傑

六朝博物馆三楼的箭镞

中华门城墙航拍

多年历史的原六朝建康城的一部分遗址之上。箭簇的设计灵感来源于"草船借箭"的典故，在做射箭馆时她曾有意借鉴这一思路，但后来考虑到在店中出现这样的墙面显得过于杂乱而放弃了。

南京的底蕴自不用多说，而拥有导游证的朱祺比许多人对这里的了解又多一份熟稔。

同为"朱"姓的明朝开国皇帝朱元璋让她有种亲切感。她说："用现在的话来讲，朱元璋草根起家，创立了偌大家业，是一位实干家。"

朱祺觉得朱元璋身上最显著的特点是能纳谏言，放得下面子。她讲了一个南京不打五更天的逸闻。据传，建造南京城墙时，多次传出倒塌的信息，刘伯温就向朱元璋谏言，向沈万三借聚宝盆埋于城墙之下可加固城墙。朱元璋信以为真，便同意了，借时称五更天亮时即予归还。沈万三不敢违抗，只好悻悻捧借出。可埋在城墙下无盆可还，身为天子又不能言而无信，他就想出一计，下令南京城所有的更夫都不准打五更报时。自此南京城，不打五更天就成了惯例。

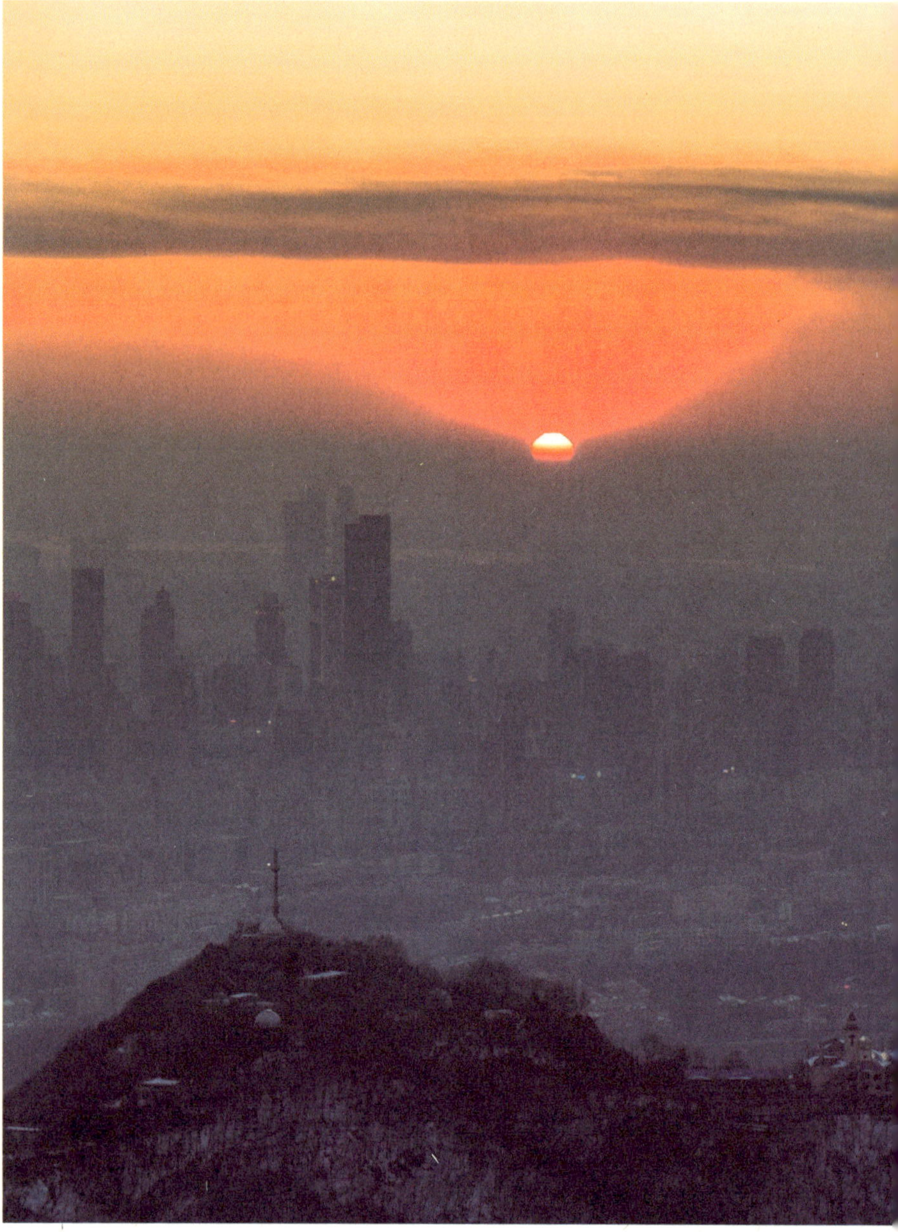

鸟瞰紫金山头陀岭

故事中的城墙有传指的是中华门，也就是如今世界上保存最完好、规模最大、结构最复杂的堡垒瓮城，有个成语"瓮中捉鳖"，正是说古人军队进入瓮城之后应该如何进攻——这又回到她的爱好上。射箭，或许这份爱好是流淌在骨子里的。

十月份的南京是朱祺最喜欢的季节，这时南京短暂的秋季来临，梧桐不再飘絮，空气中飘散着淡淡的桂花香，尤其是颐和路、北京西路一段，梧桐树龄已有几十年，长得高大，映衬着民国风情的建筑，美不胜收。

南京对朱祺来说像是母亲的角色，比起希望城市成为什么样子，她觉得应该是自己成为什么样子去回馈于它。有时候她也会嫌弃，觉得南京有不好的地方，但仅限于自己说，若别人说的话，她非得跳起来与人争论一番。

Jony J是朱祺很喜欢的一位歌手，福建人，在南京生活了许久，曾为南京写下一首歌《my city》。朱祺说她对南京的情感和这首歌中有许多共鸣：

有一个地方没人比你更加熟悉，

在它的每个角落，

都曾留下你的足迹。

有一个地方你始终想要为它努力，

因为它是你的荣耀，

它代表着你的根蒂。

朱祺近照

魁星阁·夫子庙秦淮风光带

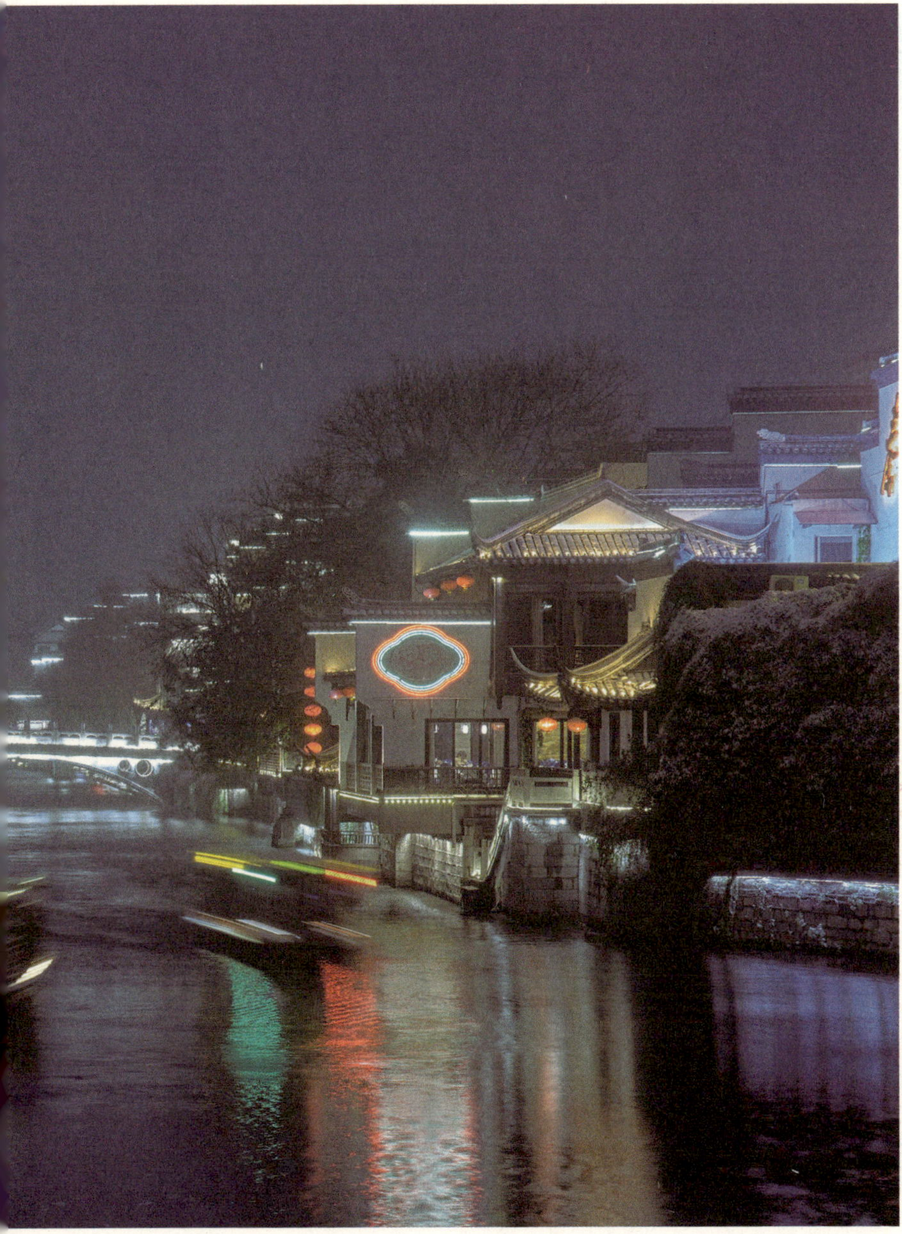

南京除了包容还给了朱祺许多底气,当她在外遇到挫折时,家会给她很多力量,这座城市会召唤着她,告诉她时间荏苒,沧海一粟。因为对外汉语专业需要去海外教学,她很有可能要到国外工作,对这片热爱的土地她有许多不舍,但脑海中总有个声音会告诉她:没关系,你可以走,可以去想去的地方发展,而这座城市会是你坚强的后盾。

文德桥

秦淮区夫子庙泮池西侧

推荐理由

文德桥地处夫子庙秦淮风光带，始建于明朝万历年间，后历代均有修葺，相传为李白醉酒捞月之地，后世为以示纪念，在桥旁辟建得月台。"文德桥"的"文德"二字取自儒家思想"文章道德天下第一"。由于这座桥正处在地球的子午线上，所以每逢农历十一月十五日子时，皓月当空，水中月亮正好被这座桥分为东西两边各一半，这一奇观被称为"文德分月"又称为"文德桥半边月"。

南京大牌档

鼓楼区湖南路狮子桥2号

推荐理由

南京大牌档富含浓厚的古都底蕴，店面从里到外一派古旧的装修，秦淮风貌尽显。以清末民初茶楼酒肆之旧貌为装修风格；各款江南小阁、随处可见的楹联灯幌、青砖、木栏、雕梁画栋的屏风、木质圆桌、小方凳，穿梭于桌台间的古装堂倌；老宅深院食肆摊档，拙朴雅致相映成趣，恍如清末民初之酒楼茶馆、街巷市井；充溢着中华传统民俗风情。在这个古色古香风格的餐厅里，可供选择的特色美食还真不少，菜单上的菜色也是古朴又意味悠长，香喷喷的老味糍粑、古法糖芋苗、萝卜丝端子、石婆婆麻团……

钟山体育运动公园

玄武区中山门外石象路7号中山陵园风景区

推荐理由

钟山体育公园紧邻南京体育学院，体现了体育运动与自然景观、历史文化的融合传承。公园面积广阔、绿草如茵，远眺林木层峦，山水掩映，如此独特的地理条件让它成为城市
居民开展运动、健身、
休闲的户外场所。

中华门城墙

秦淮区边营1号

推荐理由

中华门是南京明城墙十三座明代京城城门之一，原名聚宝门，位于南京市秦淮区中华路南端，坐北朝南，是中国现存规模最大的城门，古代防御性建筑的杰出代表，在世界城垣建筑史上占有重要地位，也是世界上保存最完好、结构最复杂、规模最大的堡垒瓮城，有"天下第一瓮城"之称。中华门布局严整、构造独特，是研究中国古代军事设施的重要实物资料，不论是在军事上、历史上、还是在文化上、城建史上，都占有重要的地位。同时这里是也是每年观览元宵灯会的好去处。

魁星阁

秦淮区贡院街 121 号

推荐理由

魁星阁位于南京市秦淮区夫子庙泮池旁，地处夫子庙秦淮风光带核心区，是南京夫子庙的核心景观和标志性建筑之一，也是夫子庙古建筑组群中著名的古迹，又称奎星阁、文星阁。始建于清乾隆年间，道光时期曾重修，咸丰时毁于战火，同治年间再度重建，抗战期间日军侵占南京时再次被毁，后又重新复建。过去古老的南京城无高楼大厦，因此方圆数十里内外都可远望到这一秦淮名胜。

魁星阁内塑有一个鬼形的神像，一脚向后翘起，形如"魁"字的大弯钩；一手捧斗，象征"魁"字中的小斗字；一手执笔如点状，以示点中了中举的士子。这就是传说的"魁星点斗"。

南师大随园校区

鼓楼区宁海路 122 号

推荐理由

现在南师大随园校区的前身是金陵女子大学，由亨利·墨菲主持设计，梁思成、吕彦直等著名设计师参与设计。校园前半部整体为中国古典宫殿式建筑群，既有中西合璧，飞檐斗角，又有小桥流水，曲径通幽。随园按东西向的轴线对称布局，入口采用林荫道加强空间的纵深感。建筑物之间以中国古典式外廊相连接。两棵百年银杏现在成了深秋南京著名的打卡地。

六朝博物馆

玄武区长江路 302 号

推荐理由

六朝博物馆位于南京市玄武区汉府街、东箭道以东、长江路以北,是中国展示六朝文物最全面的遗址博物馆,也是反映六朝文化最系统的专题博物馆。展出青瓷器、陶俑、墓志、建筑构件、石刻、书画等大量珍贵文物以及六朝建康城城墙和大型排水设施遗迹,并介绍六朝名人故事,分四个篇章阐述公元3至6世纪的东方大都会主题,设有"六朝帝都""回望六朝""六朝风采""六朝人杰"四大展厅。六朝博物馆馆址是原六朝建康城的一部分,建筑面积为2.3万多平方米。其中,地下建筑面积为1.1万多平方米,地上建筑面积为1.2万平方米。六朝博物馆由世界著名建筑大师贝聿铭之子——贝建中先生领衔的贝氏资深设计团队担纲设计,体系化地将贝氏建筑模数、贝式建筑几何、贝氏建筑光影运用于此。

凤凰云书坊

鼓楼区中央路凤凰广场 C 座 2 楼

推荐理由

南京凤凰云书坊是国内为数不多的一家 24 小时营业的阅读空间，能够满足南京人不论什么时间、不管多晚，只要想读书就能够有地方阅读的需求。整个书店分为阅读区、休闲区、文学交流区、活动区、零展厅五个区域。在阅读区包含各种各样的书籍可供挑选，你可以选一本自己喜爱的书来到阅读区的沙发上坐下，静心品读，暖黄色的灯光让人能够沉浸在书的世界。

先锋颐和书馆

鼓楼区江苏路与四位头交会处南

推荐理由

在江苏路和颐和路的交界处，有一座静谧的"孤岛"，其实就是交叉路口的大转盘，一不小心，你有可能会错过"它"，仔细点看，先锋书店就在这里等着你。书馆呈半圆形，高四层，书馆本身就是一座民国建筑，是南京特别市第六区区公所的旧址，建于二十世纪三十年代中期，在日本侵略南京期间，曾作为侵华日军宪兵司令部。这里现在也作为民国文化展示中心。

叶新小吃

秦淮区来凤小区仓顶44号101

推荐理由

最早的叶新小吃，只是一个开在苏果超市旁的小摊子，卖着两块钱一碗的鸭血粉丝汤，没篷没顶甚至连个招牌都没有。提到他家只会说："走，我们去苏果旁边吃鸭血粉丝汤。"这是南京冬天里的一碗慰藉。直到作出名气后，老叶夫妻俩才在小区里盘了家门店，还用孩子的名字做了店名，因为这是父母心里最美好的词汇。

门头狭小，藏在巷子的深处，虽然名为"小吃"，店里却只卖粉丝汤和凉皮凉面，并没有太多繁复的花样。窄小的操作台就在店铺里长年累月积着烟火气，有客人点单的时候，老板娘就会微微地觑着眼睛，从氤氲的热气里伸进漏勺，涮煮着粉丝。

北京西路（春节）

人物档案

华沙，1958年3月出生于南京，2001年至今在南京市文联工作，现为中国摄影家协会会员，南京市文联委员，南京对外文化交流中心创作基地月牙湖书画院摄影艺术专委会主任，栖霞区文联摄影家协会名誉主席，江苏省收藏家协会特聘摄影师，南京市锁金村街道文联副主席。

串联南京城四十年间的文艺与烟火

摄影家 | 华沙

南京秘境推荐

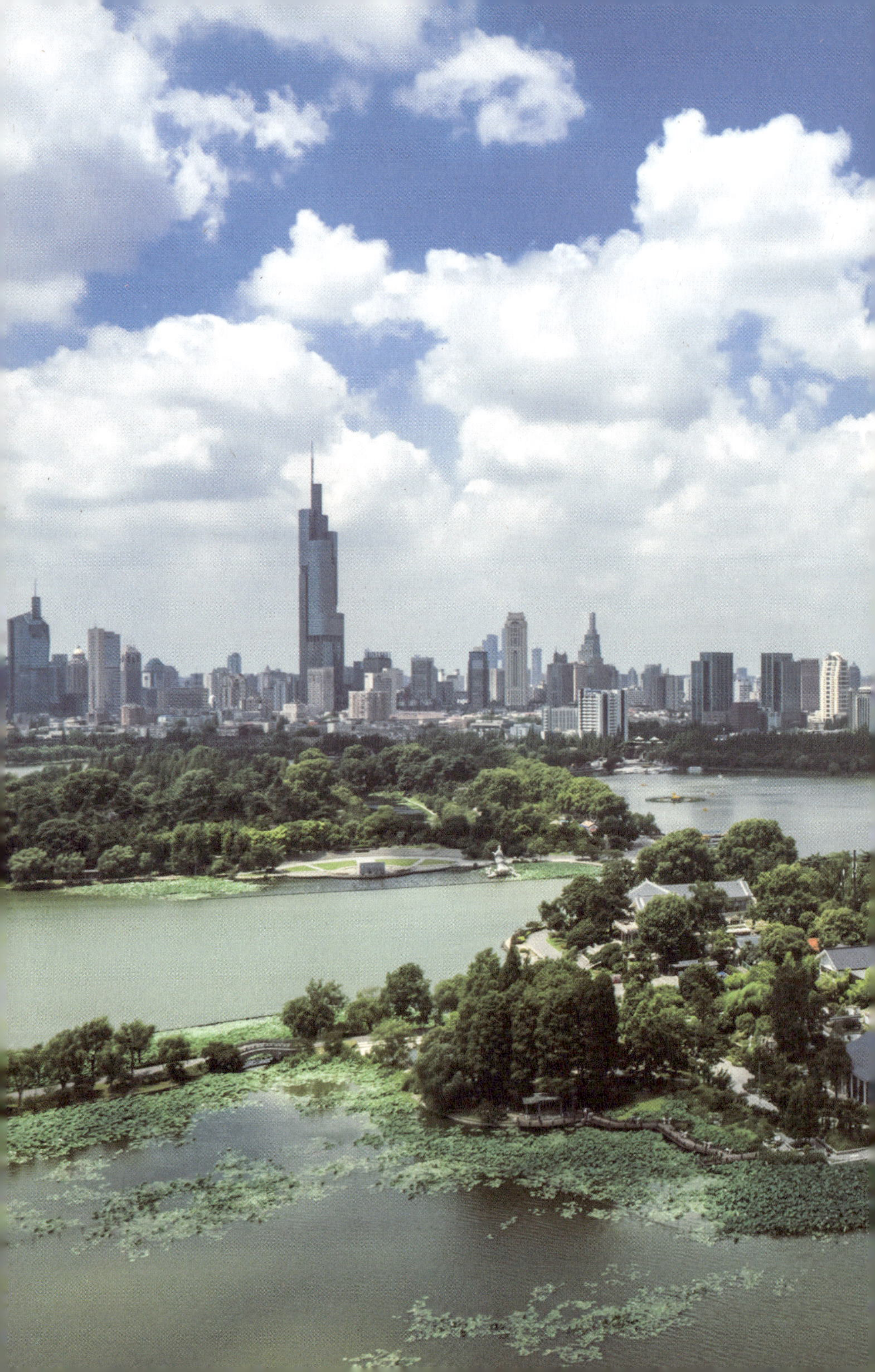

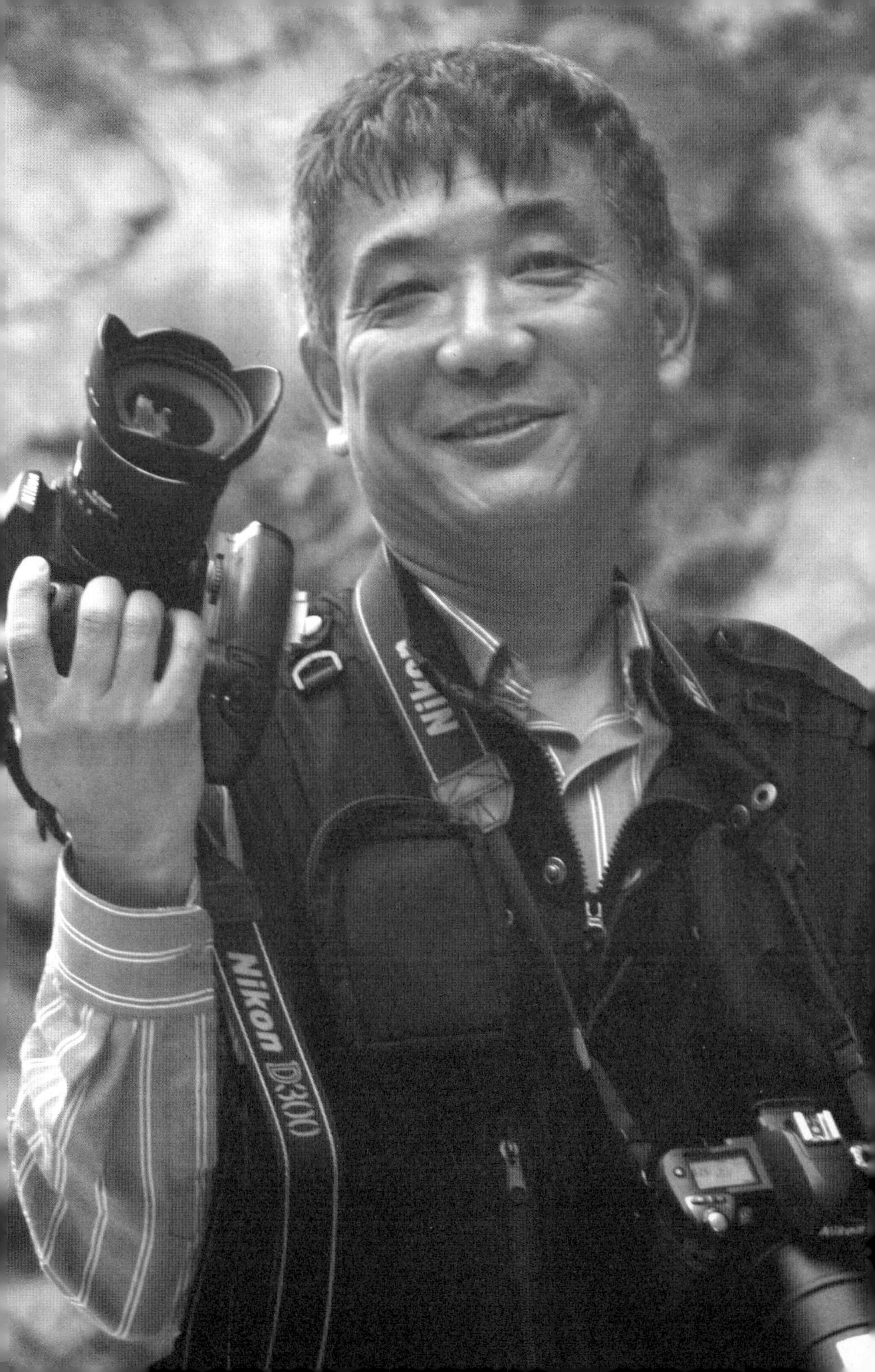
Nikon
Nikon D3000

舞台上，从样板戏到丰富多元的现代戏剧，生活中，从千篇一律的黑白灰装束到色彩纷呈的新潮打扮。还有那些渐渐淡出人们视野的场景和人，修锁铺、修鞋摊、豆浆坊、理发店……华沙希望照片定格后，观众能通过注视获得些什么，『文艺就是生活嘛』。

64岁的华沙已经拍照快四十年了，其中18年专注拍摄工人，18年专注拍摄舞台，退休后又开始拍起街头巷尾普通南京人的生活，他的摄影历程，串联起南京城四十年间的文艺与烟火。

　　退休前，华沙在南京市文联工作，是中国摄影家协会会员。回顾四十年的摄影历程，他一方面感慨时代的巨大变革，另一方面也感慨具体生活方式的变化。舞台上，从样板戏到丰富多元的现代戏剧；生活中，从千篇一律的黑白灰装束到色彩纷呈的新潮打扮，还有那些渐渐淡出人们视野的场景和人，修锁铺、修鞋摊、豆浆坊、理发店……华沙希望照片定格后，观众能通过注视获得些什么，"文艺就是生活嘛"。

　　从流动的生活中截取那些温柔的光影，也让我们看到了这座古城最具生活气息的瞬间。

早上六点上街头转转，是华沙退休后每周几日的惯例。具体哪天不固定，经常是老伴喊他去买菜，他就会乐呵呵地早起，逛几个小时才回家。若换作是几年前还没退休的他，那肯定会速战速决。

"六点正好，他们刚开始做一天的准备工作，画面也干净。"华沙口中的"他们"是街头巷尾的一家家商户，卖豆浆、切面、烧饼的小店在有条不紊地准备当日的材料。华沙会一家接一家转一圈，决定拍摄哪家，会上前沟通好，甚至花上一周的时间，足够了解了再按下快门。

迷上黑白摄影后，华沙才真正看到了这些在南京生活的人，干净的明暗对比，只需要光，就可以收入一个家庭的生活，"太震撼了"，这也是日常生活的魅力。

华沙的父亲是摄影家，在解放之初就任《新华日报》摄影组组长，华沙从小就喜欢摆弄父亲的照相机。但彼时比起摄影，他更迷恋话剧，母亲是三十年代重庆话剧界三姐妹之一的戏剧指导。华沙从小耳濡目染，并且先后在南京艺术学院话剧班、江苏省歌舞团歌剧队专攻戏剧男中音。后来因为大环境的变化，华沙被分配到了金陵石化公司化工二厂工会从事新闻摄影报道工作。无论是初期拍摄工人还是后来拍摄舞台，也都间接帮他实现了艺术梦想。

从1981年到2001年，华沙在金陵石化公司里度过了快二十年的时光。金陵石化的前身是南京炼油厂，来自祖国各地的老一辈石化人经过艰苦的打拼在1982年建立了金陵石化，经

《泥塑匠心》 华沙/摄

《修鞋老工匠》华沙 / 摄

《工厂》华沙/摄

过四十多年改革发展，已成为中国石化第三大原油加工基地和亚洲重要的洗涤剂原料生产基地。"

华沙主要负责厂内的宣传工作，每天都和工人生活在一起的他也因此拍摄了大量反映石油工人生产生活的照片，也直接记录了南京石化工业二十年的变革。回忆起每年厂内的大修、职工体育活动、竞赛演出、职工摄影展览等工作和文艺活动，华沙感慨万分，科技飞速发展之下，工人们的工作方式也发生了很大的变化。

2001年，华沙进入南京市文联，从企业宣传转型舞台宣传，也开始了他热爱的文艺舞台的拍摄。十八年间，他用镜头拍摄了大量反映南京文艺生活的纪实作品，涵盖了话剧、歌舞剧、京剧、越剧、舞蹈、曲艺、杂技和小品等多种艺术形式，留下了雷建功、陶琪、范乐新、有德乡等众多艺术家的图像资料。这些都成为表现新时代南京文艺繁荣和记录南京市文联联系文艺家进行文艺创作和文化惠民的珍贵图像素材。

曾经专攻戏剧表演拍摄的华沙对一场场精彩的剧目如数家珍：红色题材话剧《雨花颂·信仰》、越剧《八女投江》《丁香》；以"中国梦"为主题的小品、曲艺、舞蹈比赛节目；以"幸福南京，快乐青奥"为主题的《"留念南京 喝彩青奥"卞留念2014作品音乐会》以及《牡丹亭》等经典剧目。

在具体的拍摄过程中，过往积累的曾经在金陵石化化工二厂拍摄工人的经验给了他很多帮助。每一场演出前，华沙都尽可能地了解充分，主题思想、演员角色、台词剧本等情况，越细

《茶园春色》华沙 / 摄 拍摄地点：南京市高淳茶场

越好,"有时也会拜托周围的朋友介绍,和艺术家们交朋友,提前知晓戏内戏外的方方面面",具体的拍摄位置,也会提前踩好点。在人物、情景、光线最佳时进行。

南京市工人文化宫、南京国民小剧场、南京歌舞剧院……这些见证了南京戏剧文化发展的场域也留下了华沙的足迹。聊起这些年的变化,华沙觉得最直观的是市民对于文化的态度变化,从阳春白雪到成为日常生活的一部分。在南京市摄影家协会驻会副秘书长期间,华沙把摄影家协会变成了会员之家,时常准备茶水招待远近的会员们,和他们聊天,所以大家遇到什么问题都愿意和他交流。他开玩笑讲起当时有些会员的家属不支持爱人摄影,这也让摄影爱好常常升级为"夫妻矛盾"。"遇到这些问题协会就会去做工作,开导双方,前些年大家都觉得文艺离我们太远了,要先吃饱肚子嘛,现在普遍都很支持,生活也越来越有滋味。"

2018年退休后,离开文艺舞台,华沙又迷上了黑白摄影。起初是在家门口锁金村拍摄小区居民的日常,慢慢也开始去老城南,记录起老南京人的生活。

1998年华沙和爱人在锁金村安家,也见证了这里二十年的发展,"最早搬到锁金村,周围都是菜园,之后楼房越建越多,配套也慢慢发展完善。"现在锁金村是南京人口密度最高的小区之一,也因为美食多、老人多、退伍军人多,成为一处生活气息浓郁的城市烟火地带。

记录普通人的日常让华沙有种幸福感,来自注视生活的力量。拍摄也常常随着家长里短展开，问候下彼此最近的近况，也让华沙体验到了摄影的松弛。

他坦言退休后，才开始真正和这里融合。曾经工作忙碌，即使是买菜买油，更多的是把自己当做过客，匆匆打个招呼，"现在不一样了"，拍摄的过程让华沙更加体会到深入群众中的意义。

比如和一位修鞋大爷的结识，这位大爷比华沙大十多岁，技术好，但脾气倔。即使答应了华沙拍摄，在拍的过程中也不太配合。照片出来后，华沙专门扩印了一张12寸的照片裱在相框里送给对方，"他开心得不得了"。后来华沙家里出了些事，大爷每次见到华沙都会问长问短，说有什么困难就说。这也是老南京人的"脾气"和品性。

水果摊有个小女孩疫情期间不能上学陪妈妈卖水果，华沙立马构思好主题，前后沟通了几次开始拍摄。照片出来后华沙再次拜访，本打算发到小女孩妈妈的手机上，却被拒绝了。"我当时也很生气，后来一想觉得不对，她以为接收照片后就要收费。"第二天华沙又找上门，诚恳表明自己的态度，化解了误会。

这些拍摄的图片都被收录在华沙于2021年办的"百姓生活——华沙人文黑白摄影作品展中"，其中不少照片都登上了新闻媒体。《泥塑匠心》《街边个体缝纫铺》《故乡的记忆——老手艺磨豆腐》，快递员、手艺人、环卫工……一个个普通的人都成了照片的主角，也让我们看到人民的力量。

由于展出的图片贴近群众、贴近生活得到了大家的喜欢，所

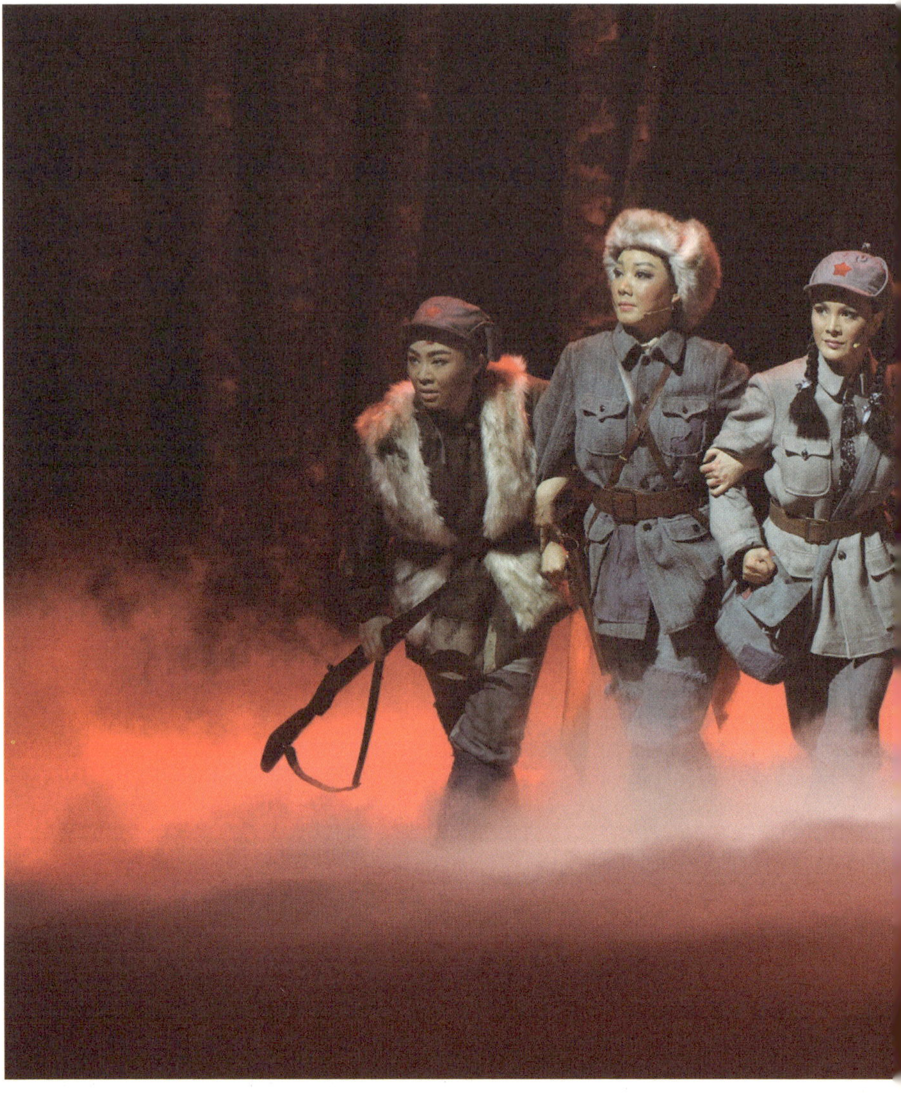

越剧《八女投江》 华沙/摄

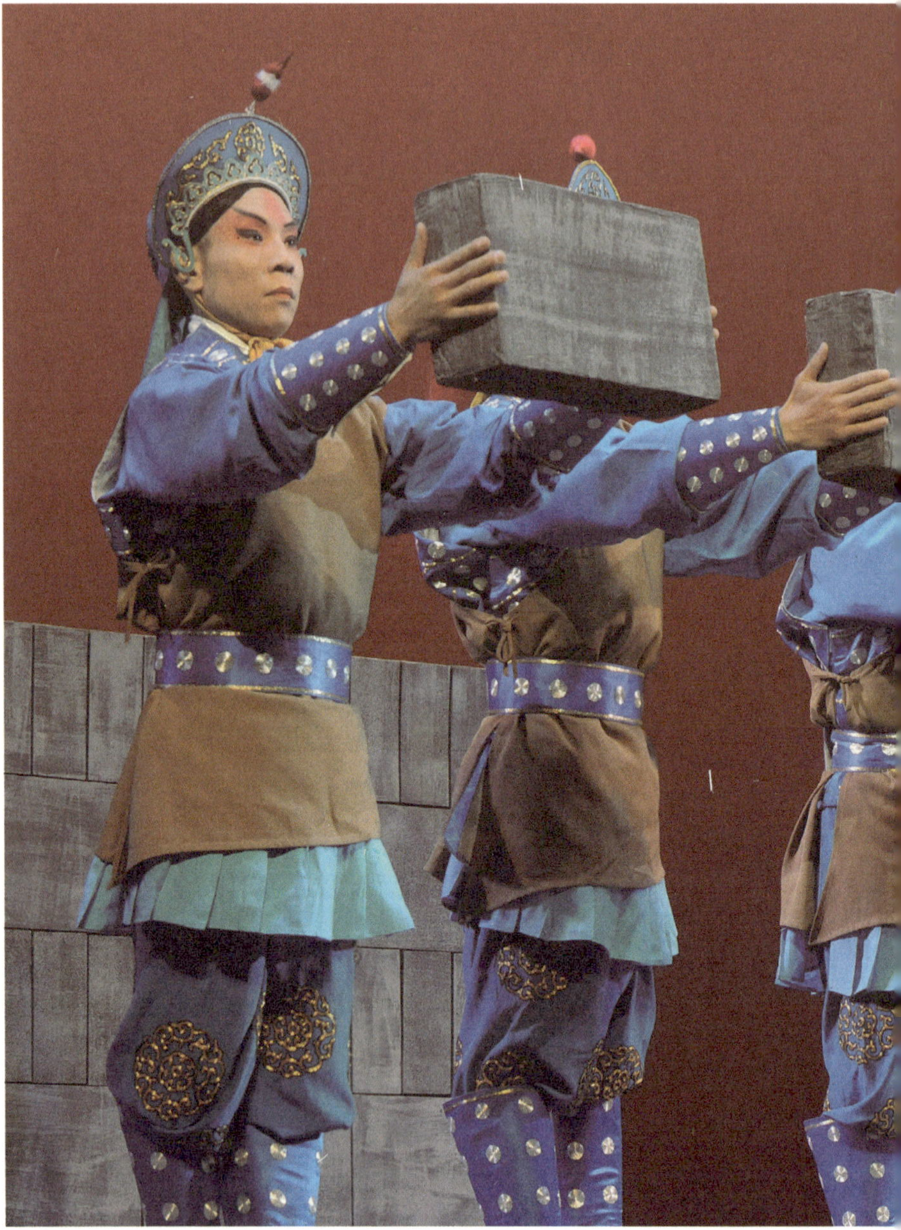

京剧《大明城墙》 华沙/摄

以再次走上街头，华沙总会被认出来。买菜、吃馄饨，对方都有说有笑，坚持不收华沙的钱，作为老南京人的华沙也一分都不少给。这些深入百姓生活的细节也让他感慨"心与心的距离拉近了"。

每次拍摄，华沙都会提前做好预案，把场景和环节都过一遍，与曾经拍摄方式不同的是生活原本场景的意义感。比如之前想拍一组以"奋斗·幸福"为主题的作品，也找到了锁金村兴亚切面店的一对夫妻，构想中是两口子切面劳动的场景——面粉蹭到了面颊，然后用手机自拍将画面定格。

真实接触后华沙发现这种设想太形式化了，于是他每天早上六点钟到切面店，看夫妻俩备货、调试机器，连着去了八天，直到了解具体的程序后才连着按下快门。这个主题最后被他用六张照片表现，每一张都是两个人的主图形式。最后一张是两个人忙碌间露出的笑容。

华沙还记得当时自己问夫妻俩怎么理解幸福，两个人的回答也让华沙动容——"幸福不会从天降，唯有奋斗方能创造美好生活"，这也成了这组人文作品的题目。

"有时在抓拍的过程中没想那么多，但过些年后再看，就有

《奋斗创造美好生活》华沙／摄

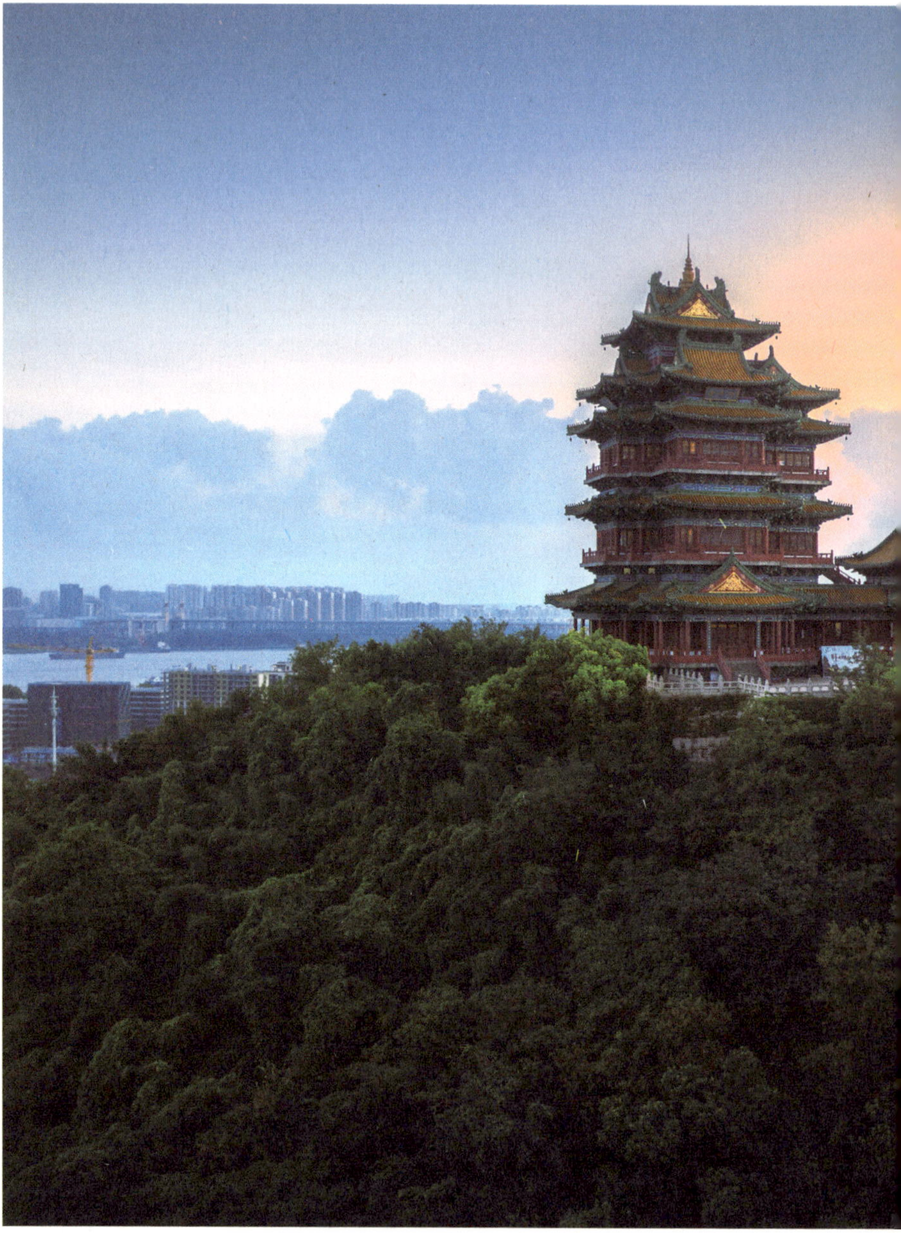

阅江楼航拍

别样的意义。"在华沙的镜头下,工人们带着时代的印迹在劳动,演员艺术家们将青春定格,南京的文艺与烟火流入生活的河。从2016年开始,华沙也见证了南京申报"世界文学之都"的全过程,联合国教科文组织最后来南京调研的场景,也被华沙收入镜头,"身为一个见证者,太骄傲了"。

在华沙看来,能注视这些瞬间,也是配的幸福。聚焦社会、聚焦百姓、聚焦生活、聚焦民生,做百姓喜爱的摄影家,这些都将是华沙源源不断的动力,他也将继续记录着南京城这些流动的人间烟火。

《人间烟火气最抚凡人心》华沙 / 摄

锁金村

玄武区锁金村

推荐理由

西临玄武湖，南依紫金山，是个建设于八十年代的老小区，核心区域仅2平方公里左右。作为紫金山麓的国家级文明小区，这些年锁金村办事处更把"幸福锁金"作为指引，从住到吃，再到各种学校周边，安逸生活里该有的温馨这里都有。到锁金村，一眼便能看见超大的"幸福锁金欢迎您"标语，给人安稳而踏实的幸福感。这里美食多，金原鸭血粉丝汤，正宗六合腰肚面、京华汤包、赵明鸡蛋馅饼、小夏酥烧饼、欣雨早点、兴亚切面店。活动多，丰富多彩的养老助老活动、红色主题教育活动，今年夏天还成立了"锁金有戏"教育工作室，并举办了"走进社区的莎士比亚"为主题的夏令营活动，深受孩子们的喜爱。

左师傅梅花糕

秦淮区贡院西街 12 号

推荐理由

梅花糕是江南地区的一种著名的风味特色小吃。源于明朝，发展到清朝时就成为江南地区最著名的传统特色糕类小吃。相传乾隆皇帝下江南时见其形如梅花，色泽诱人，故作品尝，入口甜而不腻、软糯适中、回味无穷，胜过宫廷御点，拍手称快，因其形如梅花，便赐名梅花糕。如果来夫子庙，一定要来尝试一下大名鼎鼎的左师傅梅花糕，大概寻着香味就能找到了。

金原鸭血粉丝汤

锁金村医院东

推荐理由

开遍南京城的金原鸭血粉丝汤的总店就在锁金村，也是南京鸭血粉丝汤界榜上有名的店。作为锁金村人吃了 20 多年的经典老店，金原的鸭血粉丝汤，整体鲜而不咸，老鸭的汤头吃过不会有嘴干感。鸭血十分绵密，粉丝劲道，鸭杂分量比较多，贪心的就点一份全套。辣油是店里自制，有芝麻增香。加上一块锅巴，又是一个完美组合。

南京对外文化交流中心创作基地
月牙湖书画院

秦淮区苜蓿园大街 59 号

推荐理由

位于南京城东标营门外月牙湖公园内。月牙湖公园依月牙湖而修建，西临明城墙，东望紫金山麓，因湖面呈月牙形而得名。公园内有湖光和山色，每天都吸引不少周边居民来散步休闲。月牙湖书画院就在园中，2020年创立，是一处从事艺术收藏、展览及交流的民办美术馆，旨在弘扬交流书画文化。在林散之弟子、书坛前辈大家范培开之孙范以晨的悉心运筹下，两年来组织展出了20多项书画摄影艺术展览，引起社会各界瞩目，受到民众热烈欢迎。

龙潭水一方
生态休闲度假村

栖霞区陈店路与水八鲜路交叉路口往南约 220 米

推荐理由

度假村位于龙潭街道陈店村，因万亩荷塘生态风光而出名。园内有700多个荷花品种，并且有完善的基础设施和游乐项目。游客可以搭乘小火车赏荷、坐上直升机瞰荷、划船进入水荡观荷，仅是"赏荷"，就有多重花样；农家乐、家庭农场、钓鱼摸虾、水八鲜采摘等一个个农事体验项目，也引来不少客流；更别致的是，景区还打造了温馨的船民宿，方便游客静赏荷塘月色……游玩之后，还可以在村上买到村民们自种的茭白、菱角、水芹、荸荠，让你不虚此行。

金陵美术馆

秦淮区剪子巷46、50号

推荐理由

金陵美术馆是集展示、收藏、研究于一体的市级美术馆，隶属南京市文化和旅游局，是南京市政府为推进城南历史文化保护与复兴，迎接2014年青奥会而投资新建的市级公益性文化事业单位。建筑面积约为16000平方米，目前已成功举办近200场展览，不乏"历史的温度——中央美术美院与中国具象油画""实践的力量——中国当代版画文献展"等学术性强、影响力大、观众效应广泛的展览。馆内收藏了千余件艺术作品，涉及国画、书法、版画、油画、雕塑等多种艺术门类，接待国内外事务性访问近百场，真正做到了"引进来，走出去"。

玄武湖梁洲

玄武区玄武巷1号玄武湖公园内

推荐理由

1984年,建造了玄武门城楼,经数次修缮保留至今。该门是玄武湖五大门中最主要的一个。进入玄武门经翠红堤到环洲,再左拐便是梁洲。梁洲是五洲中开辟最早、风景最佳的所在,又名老洲、美洲,面积8.81公顷。梁洲与南京火车站隔湖相望,曾为梁代昭明太子编《文选》的读书处,故有"梁园"之称。这里有一条安静、美丽的银杏大道,待深秋时节,满地金黄,踩上去沙沙作响,这里有秋天独有的美丽,落叶渲染着大地。想要寻觅金陵的秋意,梁洲是一定要来感受一下的。

国民小剧场

玄武区洪武北路 129 号街区 3 栋

推荐理由

国民小剧场坐落在新街口,是南京第一座拥有专业化镜框式舞台的小剧场,它的前身为国民政府时期著名的"公余联欢社",是国民政府时期高级将领举办私人舞会和社交活动的重要场所,梅兰芳、甘贡三等名家也常年于此驻足献艺,成为当年重要的一处文化地标。国民小剧场通过对原有建筑及装修风格的修缮出新,使其那特有的民国文化特质与充满现代感的新式建筑融为了一体,成为既具传统风貌,又具现代化功能设施的标准化专业小剧场,成为长江路文化历史大街上的一颗明珠。

中山书院

玄武区石象路 7 号钟山风景名胜区中山陵园风景区内

推荐理由

中山书院位于南京市玄武区紫金山钟山风景名胜区内,于 1994 年 11 月建成,主要用于纪念孙中山先生的学术研究和文化交流。书院是二层宫殿式建筑,坐北朝南,重檐飞角,红柱白墙绿瓦,四周辅以草坪,植有桂花、茶花、梅花、龙柏、广玉兰、雪松等各类植物,环境清静、幽雅。

阅江楼

鼓楼区建宁路202号

推荐理由

明洪武七年（1374年），明太祖朱元璋欲修未成，现建筑为2001年9月竣工景观；因明初文学家宋濂所撰《阅江楼记》而闻名，是江南四大名楼和中国十大历史文化名楼之一，有"江南第一楼"之称。阅江楼隐喻阅江揽胜之意，主楼通高52米，外观4层暗有3层，共7层，碧瓦朱楹、彤扉彩盈，具有鲜明的古典皇家气派，是典型的明代皇家建筑风格。来到这里，就仿佛置身于画卷中，神游其中，体验美轮美奂的视觉享受。

吴丽花

用匠心传承非遗文化

溧水有这样一位非遗传承人，她追求以针代笔、以线代墨的布艺事业，26年来，凭借着匠心精神，不断挖掘传承溧水传统民俗，以刺绣和布艺再现溧水风土人情。她就是溧水区非物质文化遗产虎头鞋代表性传承人——吴丽花。在她看来，手工工艺不仅承载着物件的温度，更是一种情感的纽带。创业之路虽然艰辛，但每当自己设计的产品让客户感到满意时，内心就会油然而生一种幸福和快乐，自己也会在创业的这条道路上持之以恒、不断奋斗。

凉篷下村

溧水区永阳街道

推荐理由

村庄拥有着700多年历史,被百亩山栀花海环绕,环境清幽,交通便利,这里是为家庭聚会、亲子活动、旅游度假、休闲娱乐、研学体验为一体的综合性旅游景区。如针对亲子游客户,村内提供布艺手工扎染体验、手工缝制体验、主题住宿院落;针对商务客户,村内提供会议中心、商务酒店;针对康养度假的客群,村内提供完备的住宿餐饮配套设施、丰富的休闲娱乐活动项目。

袁颖

方言说唱金陵

刚满二十岁的袁颖，已经在这个院子里唱了五年南京白局[61]。她和许多年轻人一起，为这项国家级非物质文化遗产增添了新的活力。学习白局的这五年，袁颖基本每个节假日都会参与白局的排练与演出，几乎没有请过假，哪怕是阖家团聚的春节，她也赶最早一班地铁，从六合老家赶到老城南演出，这让她的师父许茹和师奶黄玲玲都赞不绝口。袁颖说，『白局传唱的就是南京本土的生活，很能代表南京，我觉得我作为南京人有传承的使命感。』

61　南京白局作为南京唯一的方言说唱艺术，用原汁原味的南京话说唱故事，被称为老南京的"方言仓库"，至今已有数百年历史。

南京市民俗博物馆

秦淮区中山南路南捕厅甘熙宅第内

推荐理由

我想推荐的是南京市民俗博物馆，也是甘熙故居。甘熙故居，俗称九十九间半，是目前南京保存最完整，面积最大的私人住宅，既有"青砖小瓦马头墙，回廊挂落花格窗"的江南民居的娟秀雅致，又有北方"跑马楼"的浑厚大气。现在这里也是南京市民俗博物馆，在这里您也可以欣赏体验传统非遗文化，是带着孩童一起寓教于乐游玩的不二之地。在非遗展内，您可以看到绒花、剪纸、风筝、花灯，等等，还可以在茶馆内观赏非物质文化遗产代表性传承人的展演哦。

丁劼

城市的记录者

南京报业传媒集团融媒体记者丁劼是位90后记者、摄影师，南京城市摄影队队员。他是《潮起南京》视频拍摄者，南京长江大保护报道者也是见证者。曾经用730个日夜拍摄了一部3分钟的城市短片，长时间的蹲守只为精彩一瞬，这样的经历对丁劼来说已是日常。"作为一个南京人，城市的日新月异，我是亲历者；作为一名融媒体记者，南京的创新发展，我是记录者。"丁劼说。

《跃起》 摄影／陈曙明

南京12处江豚"网红"打卡地

南京长江大桥、浦口码头、四号码头、江豚观赏地、中山码头、潜洲岛、南京五桥、江心洲、河西滨江、绿水湾、浦口三桥、新济洲

推荐理由

江豚俗称江猪，是一种小型齿鲸，为国家一级保护动物，长期生活在长江中下游水域，被誉为"水中大熊猫"。作为长江项目的旗舰物种之一，南京的长江江豚保护工作成效明显。南京作为我国唯一能看到江豚的城市，经江豚观测员统计发现，大约有12处最受江豚喜爱的水域，在这些地方它们频频现身，成为观江豚的"网红"打卡地。春秋季节是南京主城区最容易看到江豚的时期，在上午或者下午临近傍晚时分，漫步于观赏点沿线，都有很大的概率遇见江豚。

从2022年5月起，长江全面禁渔10年。作为这一措施最有力的见证，近年来南京的市民又可以在江面上经常看到"长江的微笑精灵"了！让我们一起保护长江，留住"长江的微笑"吧！

邢庭誉

将青春献给老山

2013年，邢庭誉毕业后来到了老山林场，成为一名森林消防队员。2019年，他转岗成为老山西部林业管理区的一名护林员，被分配到位于林场最南部的罗汉寺护林点，从此，开始守护老山林场。这片山林就是邢庭誉的「办公室」，每天巡山都要走上2万多步。「包括我在内的年轻一辈「林二代」，一定会担起责任，用下一个十年，二十年，将这份「老山」精神传承下去。」

惠济寺

浦口区惠济北路与高华中心路交叉口北150米

推荐理由

惠济寺坐落于汤泉镇上，历史悠久，又称古惠济寺，始建于南朝，初名汤泉禅院。南朝刘宋时，武帝刘裕万乘来游，南朝萧梁时，昭明太子萧统曾在此读书。

寺内三棵古银杏树迄今已有1500多年的树龄，已列入"中国古典园林之景"，为江苏省文物保护单位，乃南朝萧梁昭明太子萧统曾在此亲手种下。千年后的今天，银杏树仍枝繁叶茂传粉挂果，且所结白果无苦心，被誉为"佛缘圣果"。秋风拂过、银杏飘落、遍地金黄、十分美丽。

千年的古树、复建后唐代风格的建筑，值得大家游赏。

陈鑫

服务在一线的『零零后』手语翻译

出生于2001年的陈鑫是南京科技职业学院建筑工程技术专业的学生,也是一名手语持证翻译。2020年9月,陈鑫成立『鑫』火相传工作室,为听障人士开展志愿服务。截至目前,工作室共举办手语培训80余场,开展志愿服务活动100余次、长期志愿服务项目12项,共计服务300余名残障人士,志愿服务时长超1000小时。

吴敬梓纪念馆

秦淮区东头关路 25 号

推荐理由

吴敬梓纪念馆位于南京清溪河与秦淮河交界处，为纪念吴敬梓而成立的，是比较接近历史上吴敬梓住宅"秦淮水亭"的位置。吴敬梓故居占地约八百平方米，坐北朝南，院内有竹林，曲径东北角立文木亭，参天古树与花墙竹篱错落成趣；馆内还原了吴敬梓生平经历，并再现《儒林外史》中一个个脍炙人口的故事。故居正房中间，悬挂着吴敬梓画像，西房内则用书桌、脸盆架、架子床等老家具，还原了吴敬梓故居卧室的场景。

人物档案

吴菲，毕业于南京林业大学环境艺术设计专业，雨花台区铁心桥街道春江社区第四支部党员，拥有180多万粉丝的抖音达人"菲哥一张嘴"，多次获得省市短视频大奖，作品曾上过"学习强国"等平台。

南京的『气质』都在南京话里

自媒体达人

吴菲

南京秘境推荐

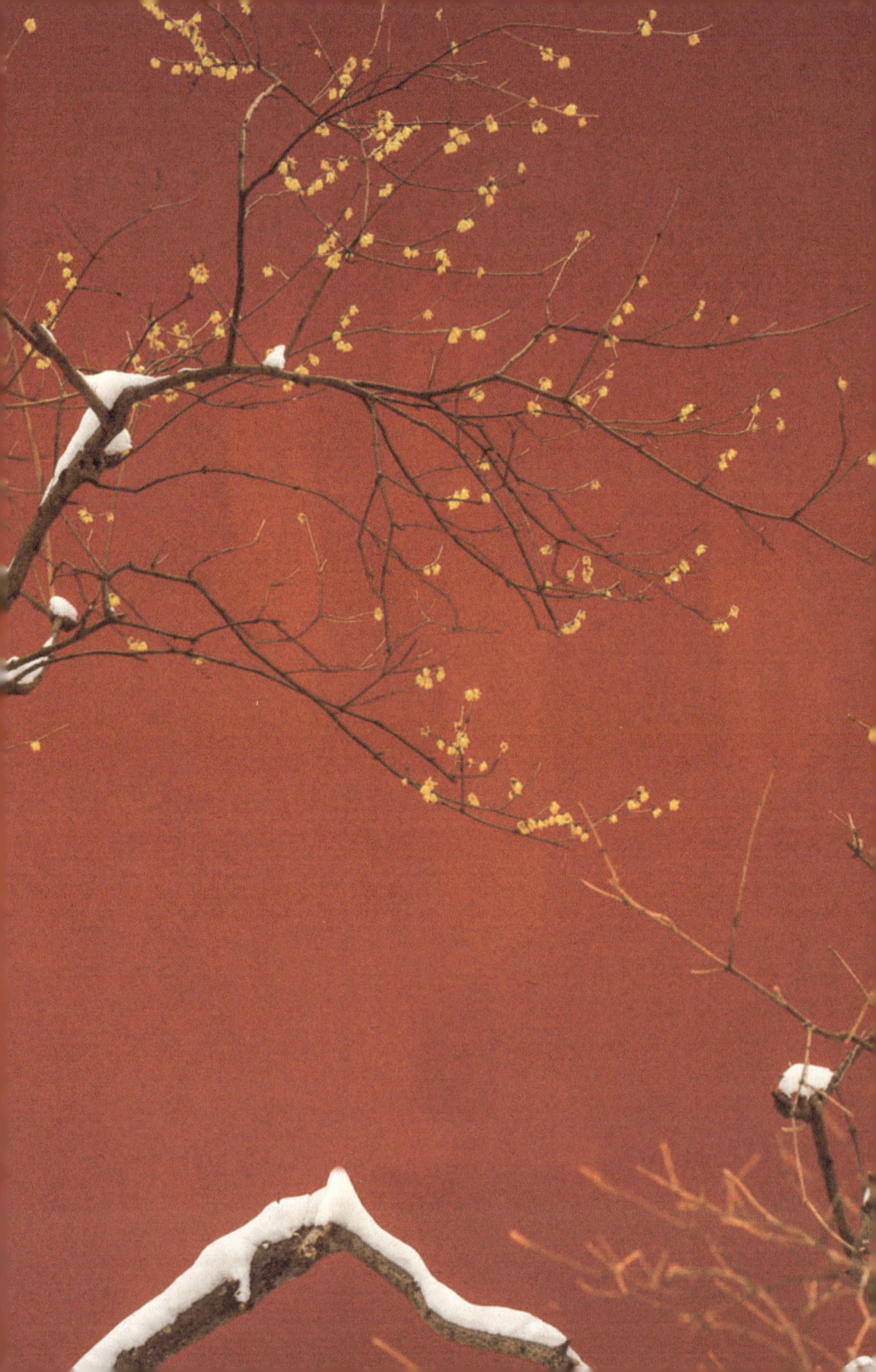

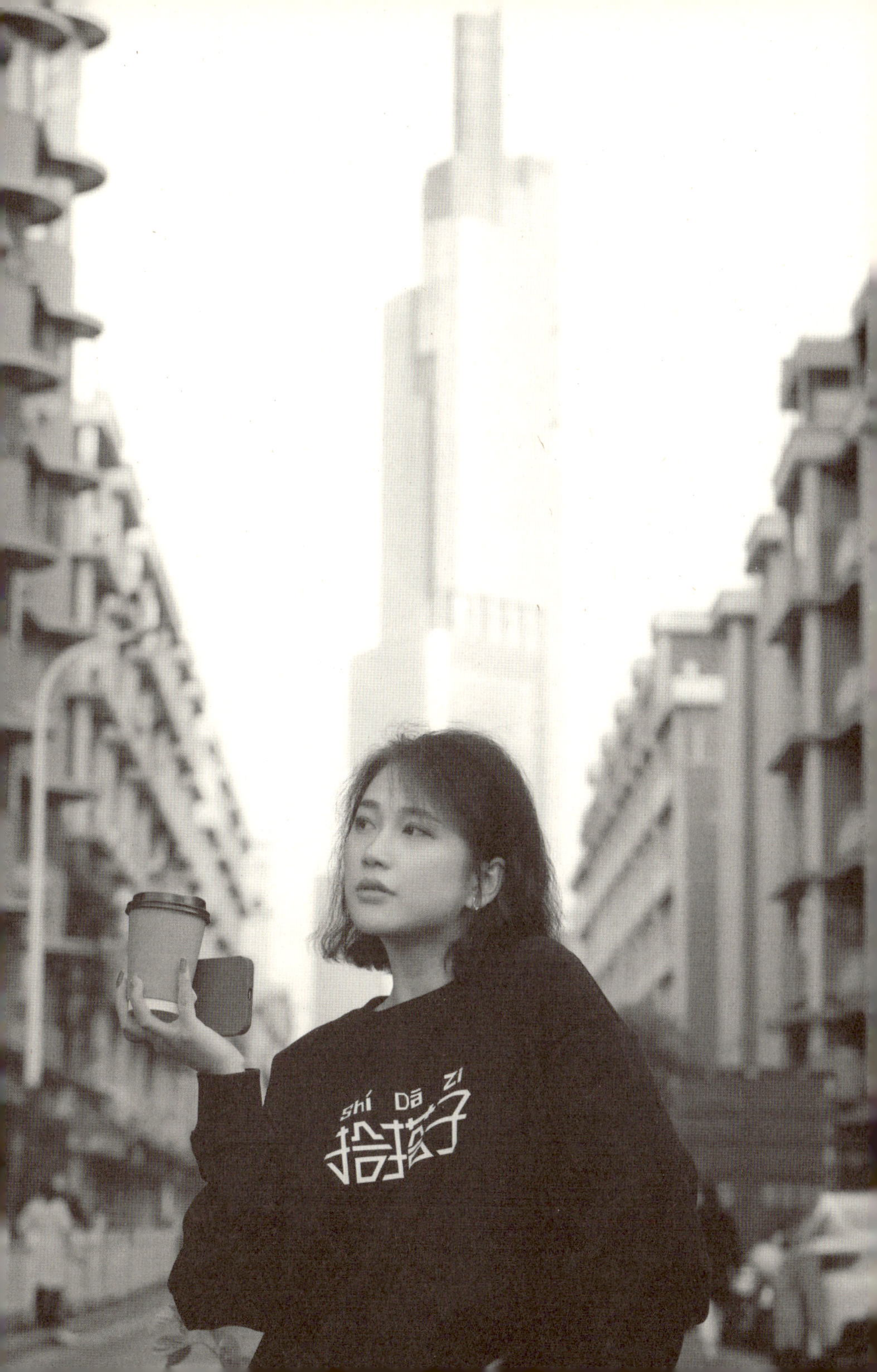
shí Dā zi
拾搭子

吴菲眼中的南京,和她自己一样心气静,心气足。惨痛有过,光辉有过,所以并不十分张扬,是『稳中带甩』。不言语时是秦淮水月、钟山风雨迤逦入画卷。开口,便是市井红尘、烟火白粥……
『斩个鸭子去(ki)!』

吴菲童年照 中山陵

"假如南京的山会讲话，它们会说些什么呢？紫金山一定是绕不开的老大哥。南京历来被形容为虎踞龙盘之地，'龙蟠'指的就是紫金山[62]。栖霞山[63]也有排面得很，中国四大赏枫地之一嘛。还有牛首山[64]、清凉山[65]，等等。紫金山说话的声音沉稳自信，幕府山[66]是个嗫嗫嚅嚅的小弟弟……丘陵起伏、群山环抱的城市，

62　紫金山位于南京市玄武区境内，又称钟山、蒋山、神烈山，是江南四大名山之一，有"金陵毓秀"的美誉，是南京名胜古迹荟萃之地，世界文化遗产——明孝陵所在地，全国首批国家5A级旅游景区——钟山风景名胜区位于紫金山南麓。

63　栖霞山位于南京市栖霞区，古称摄山，被誉为"金陵第一明秀山"，南朝时山中建有"栖霞精舍"，因此得名，是国家AAAA级旅游景区、中国四大赏枫胜地之一。历史上曾有五王十四帝登临栖霞山，其中乾隆六下江南，五次驻跸栖霞山。

64　牛首山，位于南京市江宁区，由牛首山、祖堂山、将军山、东天幕岭、西天幕岭、隐龙山等诸多大小山组成。牛首山属于宁镇丘陵西段南支，山高248米，因东西双峰对峙形似牛角而得名，《金陵览古》曰："遥望两峰争高，如牛角然。"

65　清凉山位于南京市鼓楼区清凉门内，是南京城西的丘陵山岗，山势椭圆，蜿蜒伸展于汉中门至定淮门一带。山高100多米，方圆约4公里，建有清凉山公园。跨虎踞路石头城与之遥相呼应，一雄浑壮阔，一宁静深沉，互为映衬。

66　幕府山横贯于南京市鼓楼区北端和栖霞区西端，是一座位于长江南岸边的丘陵山脉，西起上元门，东至燕子矶，长约5.5公里，宽约800米，劳山主峰高190米。幕府山是南京城区内最古老的山。

给了吴菲做南京的山的拟人的灵感。紫金山着紫衫,栖霞山穿红衣,汤山披浴巾,清凉山是"虎踞",得和紫金山穿情侣衫……"吴菲总是用心准备着每一帧要呈现的视频画面,不愿辜负自己对表演的热忱,以及对南京这座城市的热爱。

吴菲似乎是一个天生的分享者和表演者。在她六七岁时,小伙伴来家里玩耍,她就总爱给大家演一演当时看过的电影。小吴菲自己分饰好几个角色,竟也活灵活现,看得一众小伙伴目不转睛。现如今,吴菲在抖音上创作视频时,镜头里也往往只有自己一个演员。她时而是脾气暴躁的驾校教练,时而是头戴花白假发的大妈,甚至在几十秒内不停切换着身份。但吴菲总能用最正宗的南京方言,最较真的态度,精准地拿捏着各种人

吴菲近照

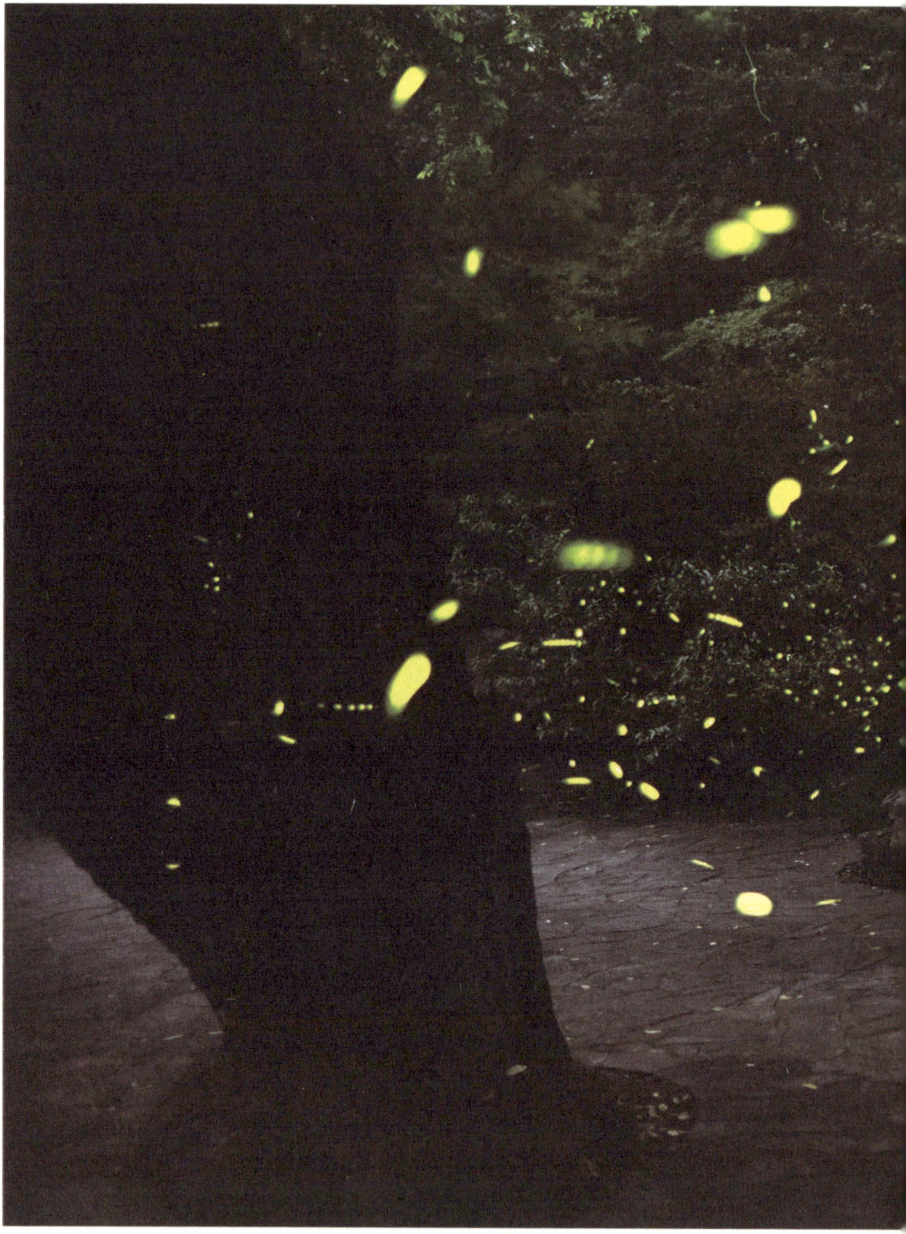

紫金山灵谷寺 萤火虫

物神态，语气之间的分寸。二百多万粉丝的肯定，似乎证明了吴菲幼年时期萌发的表演梦，已经美梦成真。

关于表演，吴菲曾有过很多尝试。从幼时自发的模仿开始，她一直都在努力接近"演员"这个身份。大学时期，吴菲是南京林业大学水杉剧社的成员。2017年，出于对表演的喜爱，她辞去了设计师的工作，成为某电视剧剧组的一名跟组演员，也就是龙套。身为剧组"小透明"的她，仍然喜爱并且尊重表演，极力把握着每一个表现的机会。但很快她就清醒，意识到普通人在影视行业很难获取资源，就想通过专业学习寻找另一条出路。2018年，她通过了上海戏剧学院的成人高考。那也是这个土生土长的南京姑娘，第一次长久地离开家乡。

栖霞山

与此同时，吴菲在抖音平台拍了一些搞笑短片发布。她自己没当回事，却意外爆火了。吴菲从来没有想过留在外面发展，因为对她来说，南京什么都有：城市大，分区多；曾是古都，今为省会；争议多，不为人知的风土人情亦多。家乡能给她提供源源不断的素材，她也有数不清的南京故事想要分享。既然传统的影视行业不能给她一个舞台，吴菲决定专注抖音，给自己搭一个舞台。

吴菲的抖音账号叫"菲哥一张嘴"。是"菲哥"而不是"菲姐"，因为吴菲觉得自己的性格很男孩气。叫"一张嘴"则是因为她想做脱口秀。

梅花山雪景

但渐渐地，吴菲发现自己用普通话做的脱口秀视频缺乏特色。反响最好的往往是她模仿和吐槽南京人生活习惯的那些视频。何不专注做南京话的视频呢？既然四川话、东北话能成为"网红"方言，南京话作为一种比较易懂的官话，有能够突出重围的先天优势，更有许多值得发掘的"梗"。

南京有句独有的方言，"潘西"，意为年轻女孩，源自诗经《诗·卫风·硕人》中的"巧笑倩兮，美目盼兮"。吴菲本是一个地道的潘西，青春靓丽，但她却常常在视频中戴上乱糟糟的花白假发，穿着老气横秋的红色棉衣，作大妈打扮。她还刻意模仿妈妈辈南京大妈的语气，说一口"彪悍"的南京话，丝毫不介意被人称作"南京最年轻的大妈"。不论演绎什么人物，只要有需要，吴菲表演起来都丝毫没有"偶像"包袱。她视频里的南京也和她一样，不讲究什么体面，呈现的尽是些市井间巷的生动风貌。她甚至在视频里给自己用上了80岁的特效，戏称自己是个夹生（不通人情）老太太。视频留言里经常有人吐槽她：你要是不这么打扮，还能更火。吴菲却回应：那样还是我吗？

做稳中带甩的"南京小红人"，是吴菲给自己的定义。"甩"是南京方言，意为"皮"，所谓"稳中带甩"，指的是既认真稳当，又风趣幽默。

譬如决定在视频里使用南京话，吴菲就肯下功夫研究，即便这是她从小就熟悉的语言，但老南京话受吴语影响颇大，有很多的o音、尖团音。吴菲除了能讲一口极"垮"的老南京方言，也能信手拈来几句六合话、江宁话。对总有人觉得南京话很"硬"这件事，吴菲有不同的见解。在她看来，南京人素有"南京大萝卜"的戏称，因为南京人心眼少。女孩们也带着北方人的直爽，讲起方言来大喇喇的。但若是声调低些，语速慢些，南京话也可以是《金陵十三钗》里让南京人都惊艳的清雅流畅——端看讲话的人怎么说罢了。

除了南京话，吴菲的视频还有一个专门的分类："南京鸭事"。鸭血粉丝汤、桂花鸭腿、盐水鸭、鸭油酥烧饼——南京人爱吃鸭，不都说"没有一只鸭子可以活着游出南京"嘛。但是南京烤鸭却没有北京烤鸭出名。吴菲认为南京人已经把鸭子做透了。如果问不同的南京人哪家烤鸭好吃，甚至可以得到一个"相同"的回答：我家门口的好吃噢。"斩个鸭子""蘸点卤子"，这两句话是南京人的口头禅，也被吴菲印在了衣服上，做起了南京文化周边。

鸭子之外，南京还有很多美食，夫子庙秦淮风味小吃是我国四大小吃之首，可是吴菲却时常吐槽南京是个"美食荒漠"。她认为许是从古至今移民不断融合的原因，南京菜肴的适口性太强，什么都不差，反而不惊艳。但吐槽归吐槽，吃起南京的黑暗料理"活珠子"和"旺鸡蛋"[67]，吴菲的嘴并不比说话时候来得慢。她撇嘴摇头道"只有鲜香而已"的皮肚面，每次从外地回来，她都能吃完一大碗。吃得身子热了，方才觉得真切地回

---

[67] "活珠子"和"旺鸡蛋"是有区别的，"旺鸡蛋"是孵化不成功的鸡蛋，而"活珠子"则是十二天左右的正在孵化中的鸡蛋。二者的味道也有较大差别，"活珠子"的味道更加鲜美，且营养价值更高。在南京，无论男女老少，很多人都爱吃。

到了南京。

而打从做自媒体后,吴菲对南京地标蕴含的文化历史也有了更深的体会。拿中山陵来说,二十岁前,吴菲去那里不超过三次。如今,一个礼拜连续能去八趟,就为了给大家发掘那里的拍照圣地。中山陵并不只有中山陵,那一片其实叫钟山风景区。明孝陵、中山植物园、梅花山、海底世界等等南京"绝摆"的美景都在那块。

除了短暂的春秋季,南京城还有太多值得流连的岁月。隔三

玄武湖航拍

中山陵音乐台航拍

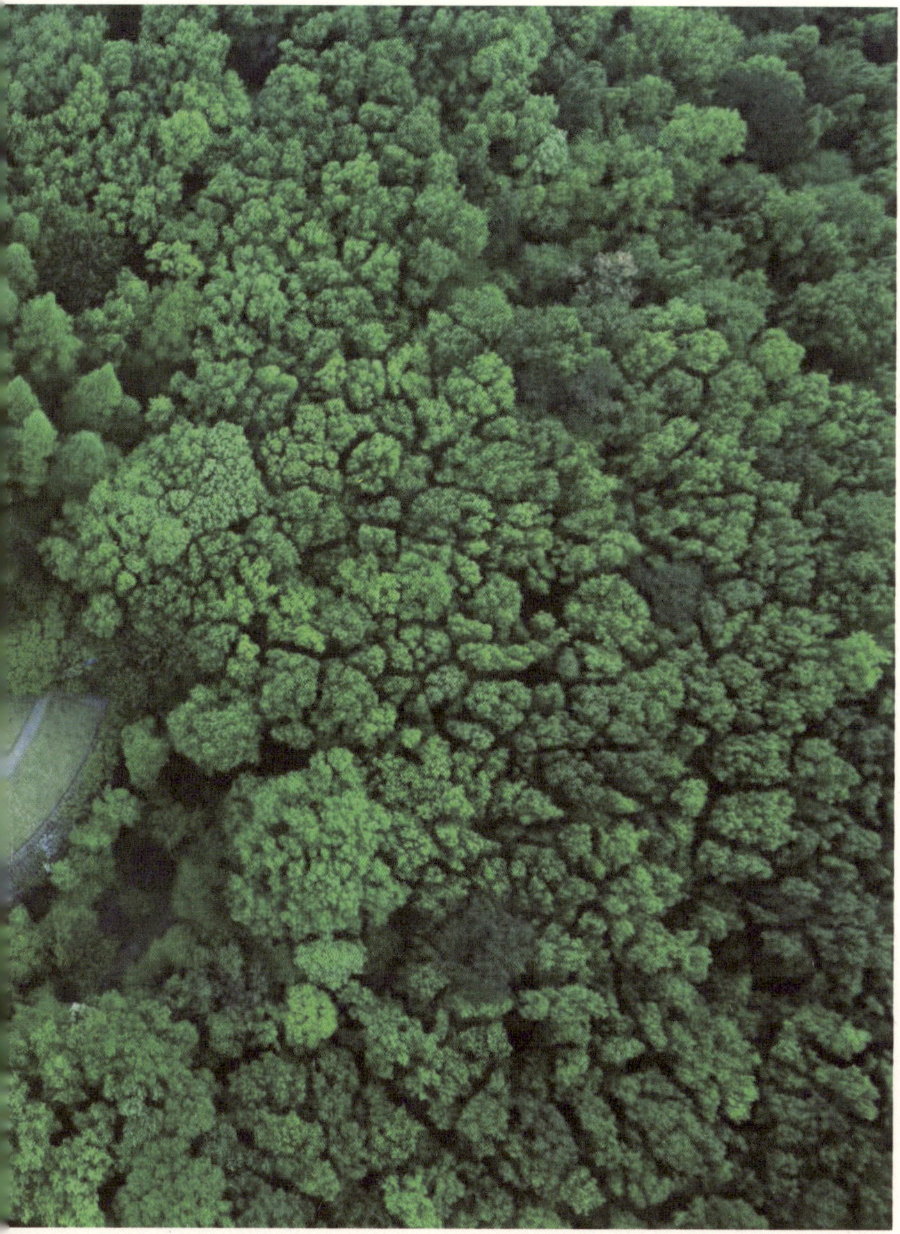

朝天宫石阶

岔五，就有粉丝问吴菲：这时节要去哪里拍照呀？吴菲对此如数家珍：江心洲的芦苇迎风飘摇；午朝门的雪松市树挺拔苍劲；钟山体育公园前有"孤独一棵树"，多适合单身的你啊；下关的扬子饭店，人往里一站就仿佛时光都旧了；朝天宫门口油亮的"滑梯"，是多少南京孩童的乐趣；偶尔也可以去音乐台，买一大份鸽食，尽情地和啄食的鸽子互动，庆祝成年后的自己终于实现了喂鸽自由……

吴菲做的南京本土视频，数量已有600余条。它们既是日新月异的"网红"都市探险，也是悠悠石城里的朝花夕拾。她和两个小伙伴一起，用相机，用表演，以地道的南京方言，以慷慨嬉笑，一路向时光醉人处行去。他们向淮水问月，向栖霞问秋，向雨花台问赤忱风骨的出处。

在这个用户原创内容（UGC）的时代，文化底蕴深厚、文化建设不断提升、数字经济快速发展的南京无疑是一块生成"网红"的沃土。吴菲不是南京本土孵化的最红的大V，但她肯定是最真诚的"网红"之一。吴菲认为"网红"当然不是哗众取宠，也不一定是带货直播，她的直播间就是纯粹聊天。而有些视频，即便看起来没有什么爆点，但只要有意义，吴菲就愿意去做。她一直在努力用自己的影响力，回报着这座真正给予她一展身手的舞台的城市。

2020年2月，新冠疫情爆发不久，一切情况都不明朗。身为党员的吴菲，火速来到社区报到，当上了一名志愿者。在工作之余，她琢磨着发挥自己的特长，在抖音上做抗疫视频。

"桂兰大妈出来巡逻了，把口罩戴戴好，么的事不要跟人家拾搭。"短短11秒的视频，反响热烈。上级领导决定这样的抗疫视频还要做得更多更好。于是吴菲拉上了两个邻居拍摄，推出了"防疫第二弹"——1分23秒的《"战疫"志愿者Disco》。

"来，左边跟我一起戴口罩，在你右边测一下体温；来，左边跟我一起勤洗手，在你右边消毒杀个菌；不要停，在你胸口上挂上一个出入证，证明你是这块人；你不要莫里十菇，不当回事，这是对大家负责任……"穿着红马甲的她一段现场说唱，一天时间就引来7000多个点赞、700多条评论、500多次转发。这个视频最后更是被中央政法委转发点赞。

吴菲不仅发挥特长，把参加防疫时遇到的事情用视频记录下来，把疫情防控知识和防控一线的故事传播给更多老百姓，和社区拧成一股绳。她更是不遗余力，当最强南京话的输出者，做一名合格的"宣传干事"。

2021年，吴菲受建邺区邀请，拍摄了《毕业留在南京的理由》系列短视频，融入说唱、单口相声等元素，用年轻人喜欢的新潮方式，吸引更多年轻人来南京旅游、就业、创业、生活、工作。

孵化什么样的"网红"，就会为城市留下什么样的IP。而今日之青年的性格，就是明日之城市的精神。吴菲眼中的南京，和她自己一样心气静，心气足。惨痛有过，光辉有过，所以并不十分张扬，是"稳中带甩"。不言语时是秦淮水月、钟山风雨迤逦入画卷。开口，便是市井红尘、烟火白粥，"斩个鸭子去(ki)！"

2020年吴菲做抗疫志愿者

中央体育场旧址航拍

六合横梁镇

六合区东部

推荐理由

横梁镇是中华一绝——玛瑙石的故乡，是一个有一千多年历史的古镇。是的，你没想错，这里就是中国雨花石名镇，雨花石名扬海外。南京雨花石的高产区在六合，六合的雨花石的重要源头就在横梁镇。相信许多人会惊诧，雨花石难道不是产自雨花台区么，其实一直以来都被误解了，雨花台以前确曾有产过雨花石，但一直以来的主产地都在六合一带。雨花石是一种天然玛瑙石，有美丽的色彩和花纹可供观赏，古至今一直为文人墨客所喜爱。不过现在市面上的雨花石大多是人工仿制，而横梁镇是雨花石的产地，去那儿对于喜爱雨花石的人常会有意外的惊喜，可能会收获至宝。

去六合捡拾雨花石也是吴菲的一大乐趣，毕竟能够捡拾到一颗喜爱的雨花石是莫大的幸运，即使没有捡拾到也并不遗憾，决定去时快乐的目的即已达成。

下关扬子饭店

鼓楼区中山北路 599 号

推荐理由

扬子饭店是民国建筑，如今也已成了南京有名的地标，扬子饭店不但建筑风格独特，是中国仅有的使用明城墙砖修筑的法式古堡型建筑，而且在它身上发生的历史事件也很丰富，透过它你能了解到当时的革命浪潮、历史风云，现如今也是一处绝佳的观赏地点，尽显南京这座城市包容、深厚的文化魅力与历史底蕴。吴菲很喜欢到这里拍照留念，勾起她对旧时光的怀念。

六合池杉湖湿地公园

六合区程桥街道与安徽来安雷官镇交界处

推荐理由

六合池杉湖湿地公园，是华东最大的池杉林区，共5800亩的占地面积，横跨六合的程桥街道和安徽来安县。湿地水面上长着超过50000多棵老池杉和小池杉，很多池杉超过40年，形成了具有独特的观赏价值的湿地景观。

吴菲对水杉是有着极为特殊的感情的，她在南林的水杉剧社开始自己的表演梦，在那里扎根在舞台上出演，所以水杉不仅是一棵树，也是剧社，是整个校园留下的印象，更多寄托着吴菲对自己青春岁月的怀念。

矿坑

六合区冶山街道天冶线

推荐理由

从市区坐车到冶山不到一小时的距离,但是却会觉得自己处在另一个时空里。冶山是近几年《大江大河》这部热播剧的取景地,这里保留着大部分七八十年代的风貌。吴菲是个喜欢怀旧的人,常会来此体验。电视剧是以实景拍摄,在冶山的保存完好的环境上取景,剧景相融,到这里可以体验那个时代的环境。像这样保存很好的老建筑现在是很少见了,吴菲说来这里会有一种穿越感。此外,还有一列矿车可以乘坐游览,坐在车上,时移世易,真会激起莫大的感慨,更加觉得南京这座城市底蕴丰富深厚。

午朝门

中山门内御道街北端

推荐理由

老南京人对雪松有着极为深厚的感情，雪松陪伴他们长大，是整座城市的见证。雪松是南京的市树，是这座城市精神的象征。登上午朝门的城楼，看御道街两边的雪松，是许多老南京人常会去做的事。雪松让这条充满历史感的道路，更具庄严气息。午朝门是吴菲常会去的地方，看雪松是每年都不可缺少的活动。雪松对于她而言，早已不是树，而是融入自己对南京这座城市深刻感情的实体。雪松伫立挺拔，就好像南京人个性中的坚毅善良。南京的树木花草都自带着灵气，滋养着生活在这儿的生灵。吴菲就在这样潜移默化的影响下，无意识地将南京的一点一滴融入自己的作品里，展示南京独有的风貌。

钟山音乐台

玄武区紫金山钟山风景名胜区中山陵广场东南

推荐理由

音乐台建筑风格为中西合璧，在利用自然环境，以及平面布局和立面造型上，充分吸收古希腊建筑特点，而在照壁、乐坛等建筑物的细部处理上，则采用中国江南古典园林的表现形式。从而创造出既有开阔宏大的空间效果，又有精湛雕饰的艺术风范，达到了自然与建筑的完美和谐统一。

2017年12月2日，南京中山陵音乐台入选"中国20世纪建筑遗产"。

晨光 1865 创意产业园

秦淮区应天大街 388 号

推荐理由

南京晨光 1865 创意产业园的前身是清末洋务运动期间，时任两江总督的李鸿章于 1865 年 9 月创建的金陵机器制造局，是中国近代工业和兵器工业的发祥地和中国手工业向机器制造业演变的转折点。园区占地面积 21 万平方米，总建筑面积约 10 万平方米，是一座反映中国工业建筑历史演变的博物馆，包括 9 栋清朝建筑、19 栋民国建筑，全部为工业老厂房和办公用房；园区东部和沿河时尚生活休闲区的新建建筑面积达 4000 多平方米，建筑风格由东南大学齐康院士提炼民国建筑元素设计而成。

G·SPACE 书店

秦淮区汉中路 89 号金鹰国际购物中心二楼

推荐理由

G·PSACE 的前身是 G·TAKAYA。2016 年金鹰集团改造成自营模式，是金鹰 G.LIFE 系列商业业态之一。书店选品高品质图书、绘本、刊物，也不乏很多进口书记画刊，随便逛逛看看都是非常享受的。儿童绘本区也非常不错。除了书籍，G·SPACE 本身也是一个多维的艺术生活空间，很多可爱的玩具、周边、大赏的文具，都是外面看不到的。抛弃那些山寨文具店吧，这里才是读写爱好者的对角巷。

西西弗书店

鼓楼区清凉门大街 1 号南京中海环宇城 F2

推荐理由

西西弗书店是一家全国性的体验式的连锁精致书店,一直以推广大众优质阅读为目标,致力于参与构成本地精神生活。阅读是有益于全人类的一件事,社会的持续发展进步和文明程度的提升都离不开阅读的作用,因此大众阅读才会至关重要。推广阅读的过程是漫长且艰辛的,就如同希腊神话里的西西弗斯一样,被罚做不断重复的、永无止境的一件事。西西弗书店取的是这一则故事中的坚韧不拔之意。

阚老二鸭子

仙鹤街来凤小区双塘里 2 栋 11 号 102

推荐理由

藏在居民楼里的宝藏烤鸭店,虽然店面看起来其貌不扬,其实已经开了 30 多年了。鸭子属于瘦型鸭,自家调制秘酱很甘甜,每到下午四五点,门前的小过道就人满为患了。

中山植物园

人物档案

徐牧星,赛车手,摄影师,艺术爱好者,曾创立专注服务于艺术家和艺术爱好者的"Artlab 艺像派"APP,并打造了首届南京扬子当代艺术博览会,为南京的艺术氛围锦上添花。

风驰电掣的时代,
南京可以让人慢下来

艺三代·赛车手

徐牧星

南京秘境推荐

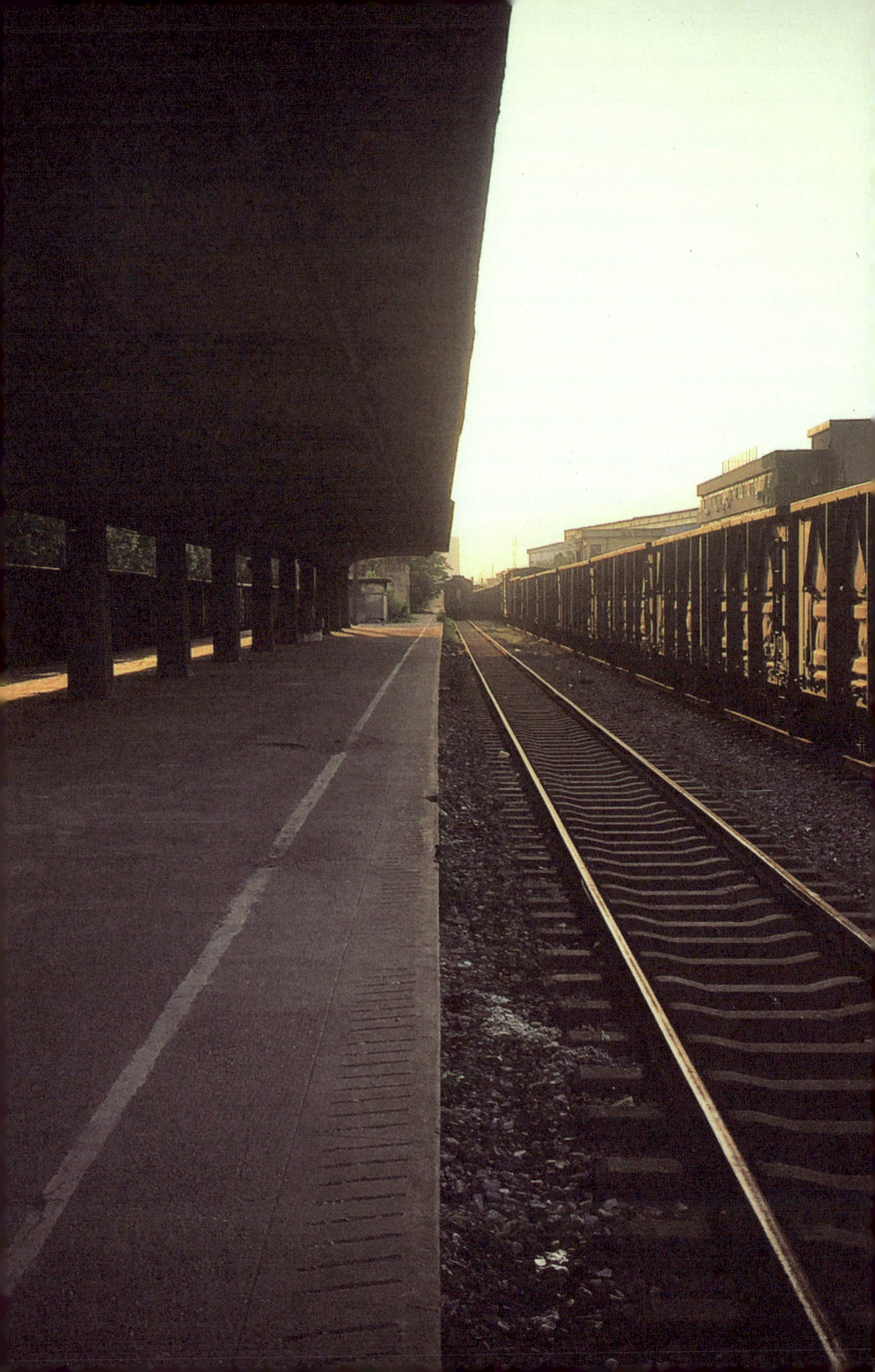

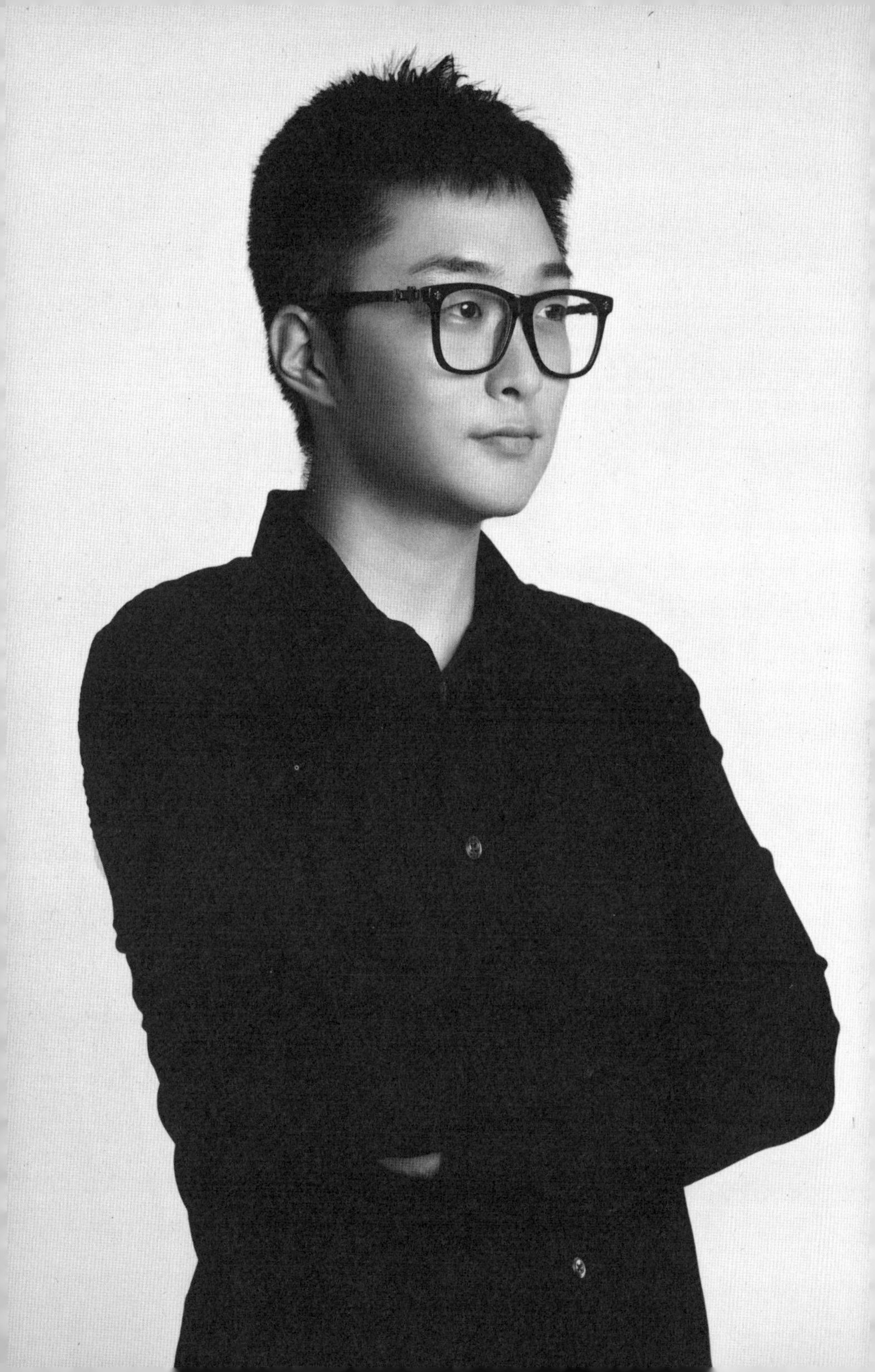

"我觉得每个城市跟别的城市不同的地方,不在于它的高楼大厦有多高,而在于它的古迹有多少,历史味道有多浓,从这个角度讲,南京对我来说是很适合生活的,步调正好,有历史,也有人文味道。""朴实地讲,这里有我爱的人,城市因为人有魅力"。

想象在一个老城坐上飞车，古树、城墙、山水都以几倍速演进着，在视觉上、心理上都是强烈的冲击。如果让南京城以倍速的方式播放，你能看见什么？

　　是梧桐树枝丫间细碎的光斑、是树荫下的清风，是行人的步履，是鸡鸣寺樱花降落的速度，是在城墙上看夕阳西下，是登上紫金山看半个南京城的高楼林立和车水马龙。而在南京，这些景观以蒙太奇般地闪现，人也不会焦躁，像"大萝卜"性格，随意的，闹钟调慢或者调快一些都没关系，舒适得很。

　　这种新与旧、快与慢在徐牧星身上尤为浓烈，一旁是秦淮烟波、古宅深巷与花草虫鸣，一旁是摩天大楼、现代派与飞驰的速度，大大小小的赛车比赛。比如前一天还在光影中奔驰，第二天就在中山陵紫霞湖[68]发呆。他身上是多种身份的融合，一面是中国传统文化滋养下的艺术探索，另一面他是赛车手，创业者，也是一名摄影师，以不同的身份与这个城市发生着关联。

68　紫霞湖位于南京市玄武区钟山风景名胜区明孝陵东北部，是个深藏于山间林海中的人工蓄水湖泊，因与紫霞洞相连而得名。有"林海中的明珠""南京第一无污染湖"之誉，成为人们避暑纳凉的旅游佳地。

成长于艺术之家，又不囿于条条框框，他更像是个旁观者，游离在主流和边缘之间，是半坡村咖啡，是先锋书店的阅读，是朝天宫的舞剑的大爷，牛首山腰间看见蚂蚁搬家，老浦口拍下废弃民宅照片，光影定格，摘选出那些属于黑夜也属于光明的部分。在其中的是幽微的个人体验，在宏大叙事中的轻盈一笔。

牛首山是起始站，这里留下了他太多关于自然和文化的记忆。他也见证千禧年之后牛首山的变化。

徐牧星生于一个艺术世家，父亲、母亲都是国画院的职业画家，国家一级美术师，外公喻继高的作品更被展现在中南海、钓鱼台、人民大会堂、政协礼堂等国家重要场所。在他儿时的记忆里，一家人都在牛首山半山腰的宅院里生活，这里的自然环境无疑给他提供了丰富的灵感，推窗是花鸟虫鸣，一年四季都色调丰富，松涛般的绿意，连天接地，忘却喧嚣。

山是自然赋予城市的最好礼物，而千百年来牛首山一直是市民探春的选择，在清代，"牛首烟岚"就被列入金陵四十八景中，直到今天，每岁届春，牛首山依然是市民踏春的绝佳选择，"春牛首"也由此而来。

《金陵览古》曰："遥望两峰争高，如牛角然"，牛首山是金陵四大名胜之一，因山顶东西双峰形似牛头双角而得名.东晋时王导宰相劝谏皇帝司马睿，不要兴建劳民伤财的皇权双阙，他用牛首山的壮观山峰比拟"天阙"，也是"天阙"的由来。

徐牧星赛车照

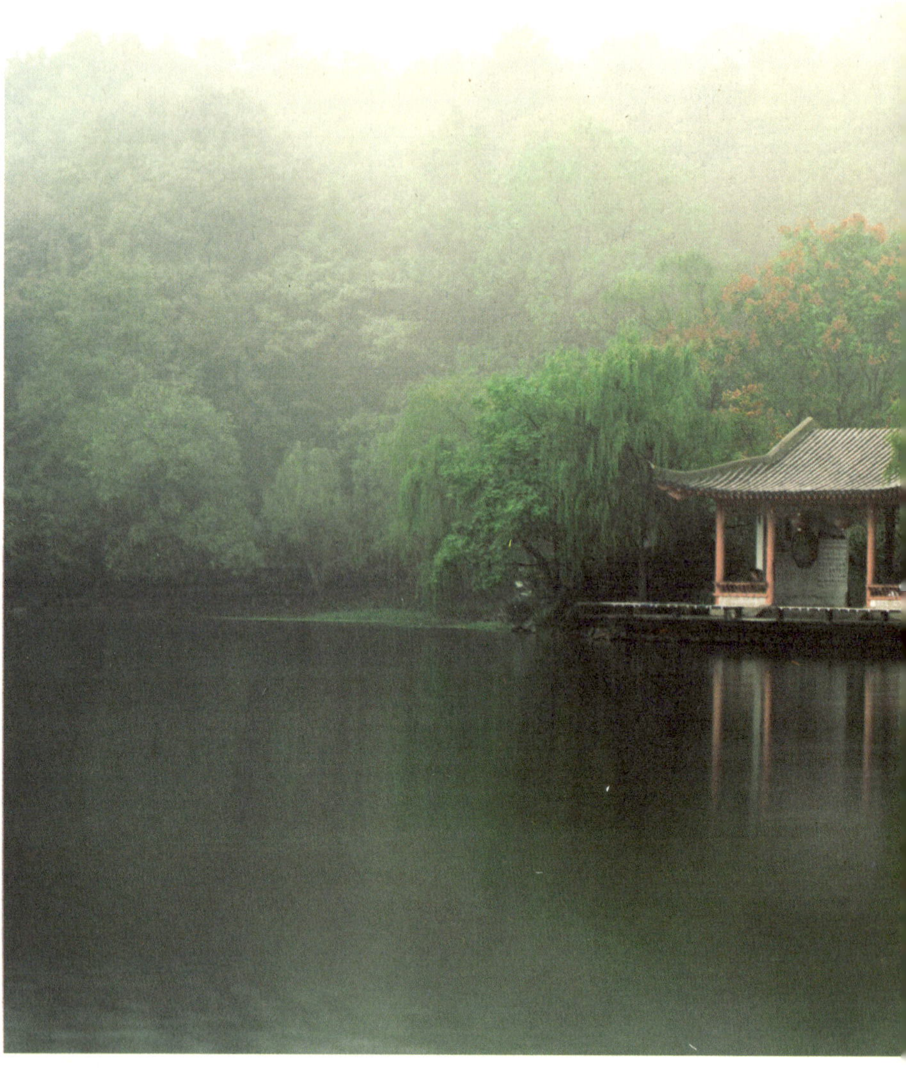

紫霞湖初秋

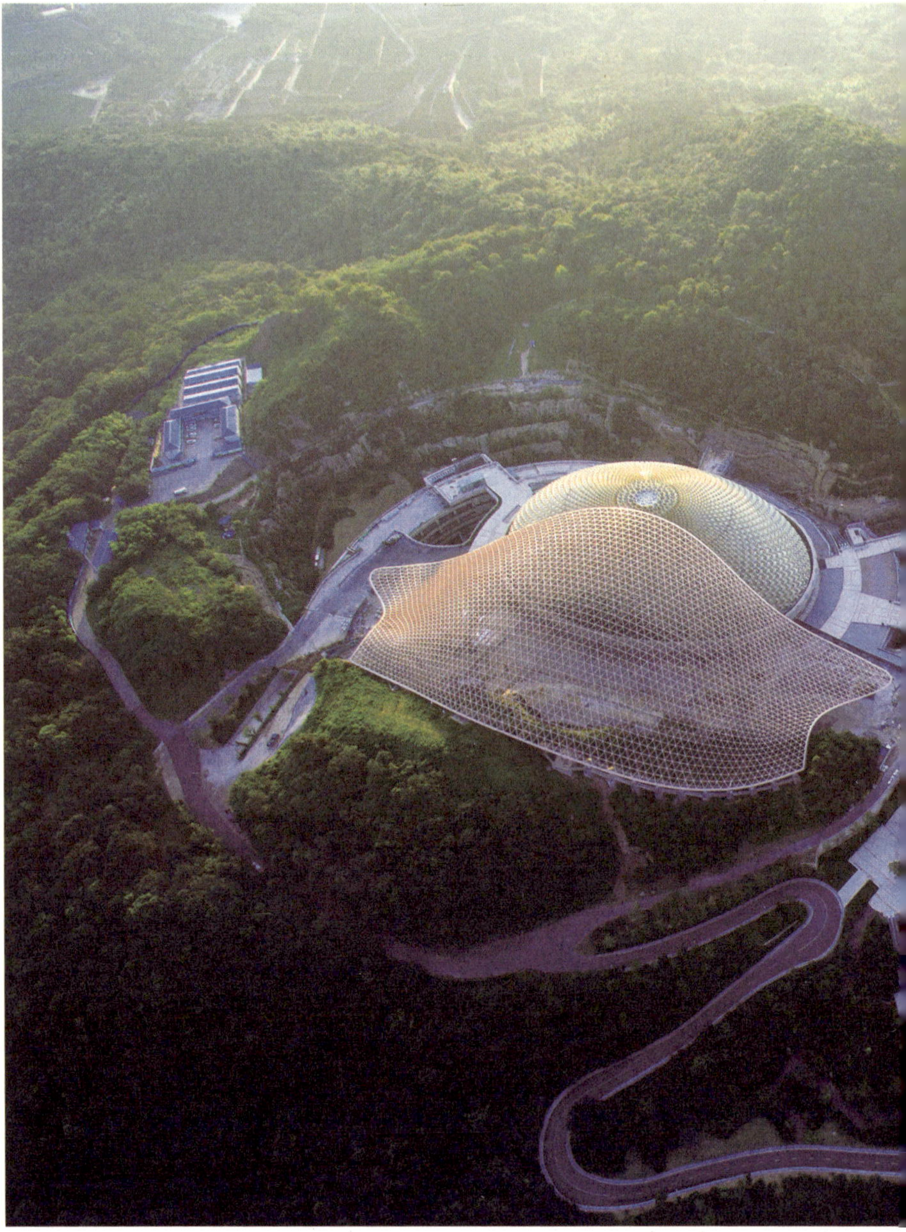

牛首山航拍全景

牛首山对徐牧星来说，除了日常的宾朋来访畅叙艺术外，就是自然天地了。母亲作画，他就在一旁玩耍，画卷上的花鸟虫鱼都变成了自然里的一个个具象的生命。他最喜欢看地上的虫子，蚂蚁搬家、虫子产卵，一年四季的牛首山都在无尽的变化之中，春天的笋、夏天的野草莓、秋天的枫叶，林间有黄鼠狼、蟒蛇、刺猬，也是探险中的野趣所在。

如今春天，他会再回牛首山，桃李灿若云霞，漫坡杜鹃山茶，也感慨这里的变化，宏觉寺、弘觉寺塔、郑和墓、岳飞抗金故垒[69]、佛顶寺、佛顶宫，所到之处都被修葺一新。如今只能看到一直牛角，另一只西峰之处坐落着如今的佛顶宫，建基于历史遗留矿坑之上，也再现着牛首"双阙"并峙的宏伟盛景，聊到里面的历史遗迹，徐牧星像找到了时间遗留的宝贝。

岳飞抗金故垒是徐牧星曾经最喜欢去的地方，他在书上找到这里的叙述："飞设伏牛首山待之，夜令百人黑衣混金营中抗之，金兵惊，自相攻击。"这个发生在 900 年前的一场牛头山大捷吸引着他，徐牧星会爬上斑驳的赤褐色石块，看着那些碑石，度过几个漫长的下午。

这些在古老时间里找宝贝的经历一直影响着他，喜欢探险，喜欢大自然。成为一名车手也有这样的意味，像是换一种方式去探险，从心灵再到身体，那种欣喜就好像驾驶一辆凭他喜好改装的车子在巨大梧桐树的光影间飞驰，看见朴素里的城市。

69　岳飞抗金故垒位于南京市雨花台区牛首山及韩府山山脊处，是岳飞大战牛首山时用赤褐色石块垒成的围墙，围墙底宽 0.5 米，高约 1.5 米，蜿蜒起伏，高低错落。岳飞大战牛首山，距今已有近九百年，故垒遗存，且还保留有一段 200 米长的石垒遗址。

徐牧星的另一个身份是摄影师，大学学习摄影专业的他另辟蹊径，选择了小众的哥特风。他的大学毕业作品叫《鬼魅》，一组8张照片，来自浦口一处废弃的医院，很多元素在光影对立的画面里，比起高楼大厦，他更喜欢那些隐秘的地带，也代表着他游离于主流之外的思考。

从中山码头搭上轮渡，长江对岸就是浦口，老浦口在徐牧星的镜头下温暖又落寞，月台、雨廊、售票房都笼罩在午后的阳光里，可以看到点点灰尘。

建于1914年浦口火车站是当年津浦铁路的终起点，成为连接河北、山东、安徽、江苏等11省市的交通枢纽，当年孙中山灵柩运达南京时曾在这里停留，人民解放军在这里发起渡江战役，还有朱自清的《背影》中的故事，也在这里发生。

如今，还能见到昨日的痕迹，老式英式建筑上是"南京北站"几个大字，候车大楼、贵宾楼是清末民初的风貌，都被保存了下来，堪称最完整的"百年车站"。想象百年前的这里曾驻足过南来北往的人，日夜不息。

徐牧星喜欢旧的东西，尤其是废弃的民宅，他喜欢在破碎中找到那些历经时间沉淀的东西，有人工的温度，或者称为是希望。"这些百年的老宅可以看见时间的痕迹"，居仁巷、左所街、东门染坊、朱红的木雕栏杆的走马楼，青砖黑瓦的马头墙，六角井，处处是明清民居的余韵，这些代表着民国时期民居建筑如今都被完好保存。

据了解，南京先后于2017年、2018年公布了两批南京市历史建筑保护名录，在历史建筑保护方面做了大量工作，这些旧物的气质也在徐牧星的镜头里，老店、行人、物件……都随时间向前走，即使以老街不疾不徐的节奏，也终究是前行，"激烈的对比才有张力"。

在徐牧星的作品里，老浦口变成意义之地，那些梦境里的东西，"不安、分裂、压抑、末日感"变换成象征性的形象，来满足幼儿时期未能实现的欲望，直指符号的暗喻。而这些混合着属于黑夜、光明质地的景色，最终会在光明中找到出口，在传统里反拨与出新，也是城市的鲜明对立里的独特气质。

儿时的成长经历也成为他喜欢在夜里出发的原因，避开人群，选一个天朗气清的夜晚通往山林和楼阁。

中山陵始终是他的最爱，他熟悉很多条小路，明孝陵幽静小道可以抵达紫霞湖，这处隐在紫金山的湖在夜晚格外动人，四周林木青翠，湖面波光粼粼，笼罩在层峦叠嶂间。

《鬼魅》徐牧星 / 创作

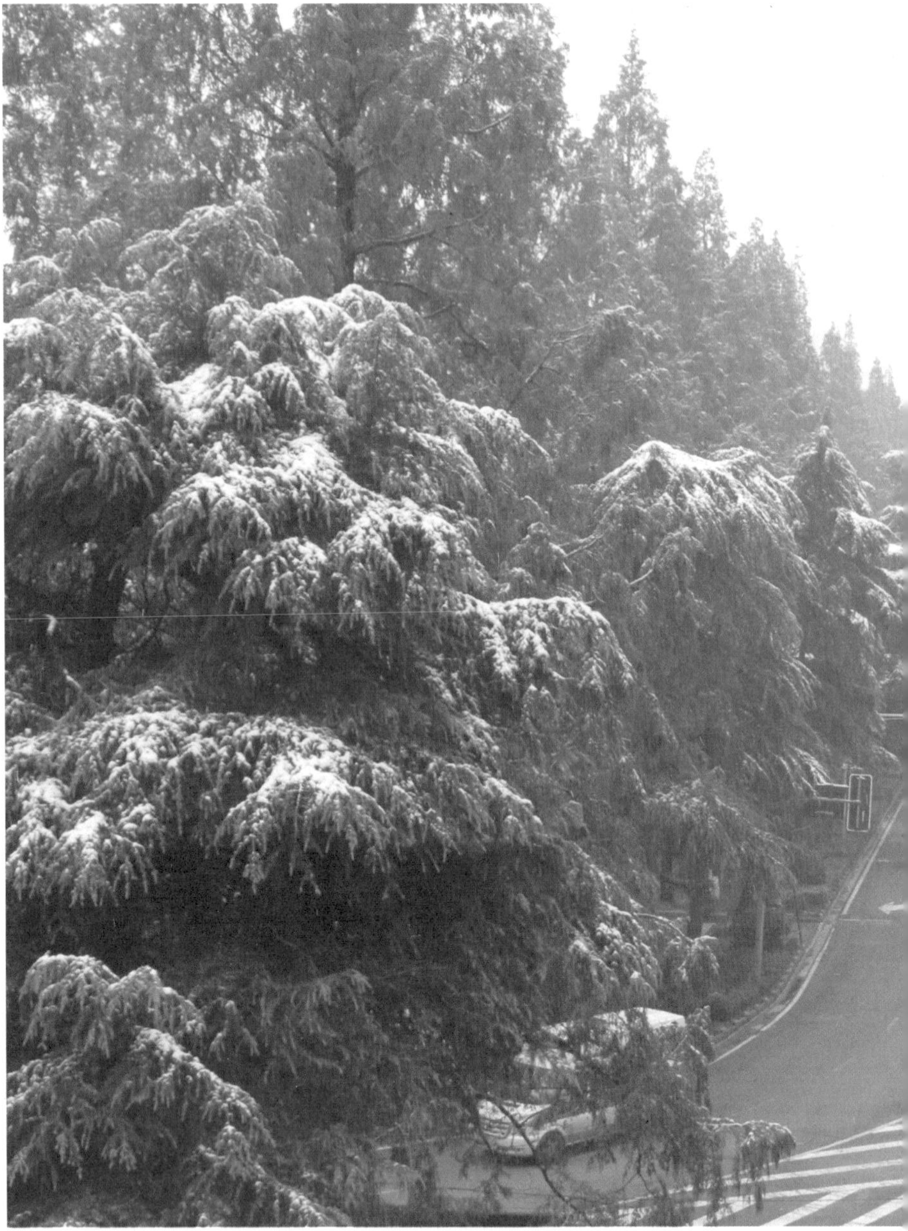

明故宫路航拍冬季雪景

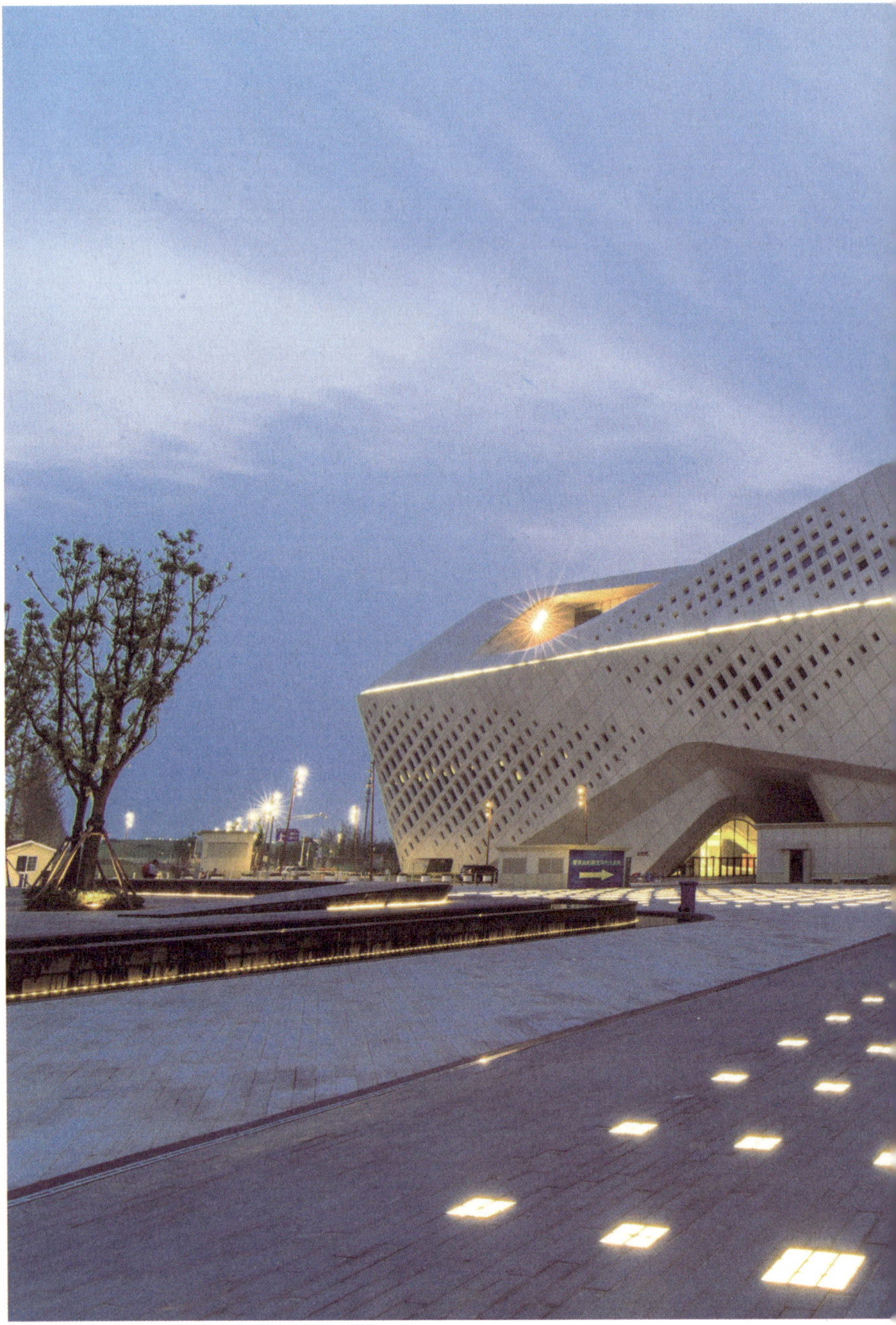

南京保利大剧院

"南京自古有王气，我们熟知的虎踞龙盘，诸葛亮曾用'钟阜龙蟠，石城虎踞'形容南京的地形，金陵东边是冈峦绵延的钟山，像一条世巨龙似地盘伏着，西边是巍然屹立的石城，像一只猛虎似地踞坐着，而紫霞湖就是龙的眼睛。"

每个季节来，感觉都不一样。"紫霞得名于朱元璋，也因为风水好的缘故，后来蒋介石选中这里作为墓址。"每次徐牧星都会碰到来野泳的人，澄澈的水，扎进去游几个来回，人也涤荡了。

每次朋友来，他都会带大家爬山，另辟蹊径，选择一条林间的小路。这也让他想起从小就耳濡目染工笔画，寥寥几笔，就勾勒出山的美，而在钟山再看山中看一花一草一石，都一种只缘身在此山中的意境。

偶尔闲下来的日子，他会去五台山的先锋，从下午到晚上，一连看很多天的书，喜欢侦探书，喜欢东野圭吾，还喜欢苏童，"我的书架有不少好书"，他也喜欢看历史，南京的历史，断断续续每个朝代都看些，渐渐能连在一起了。

徐牧星赛车照

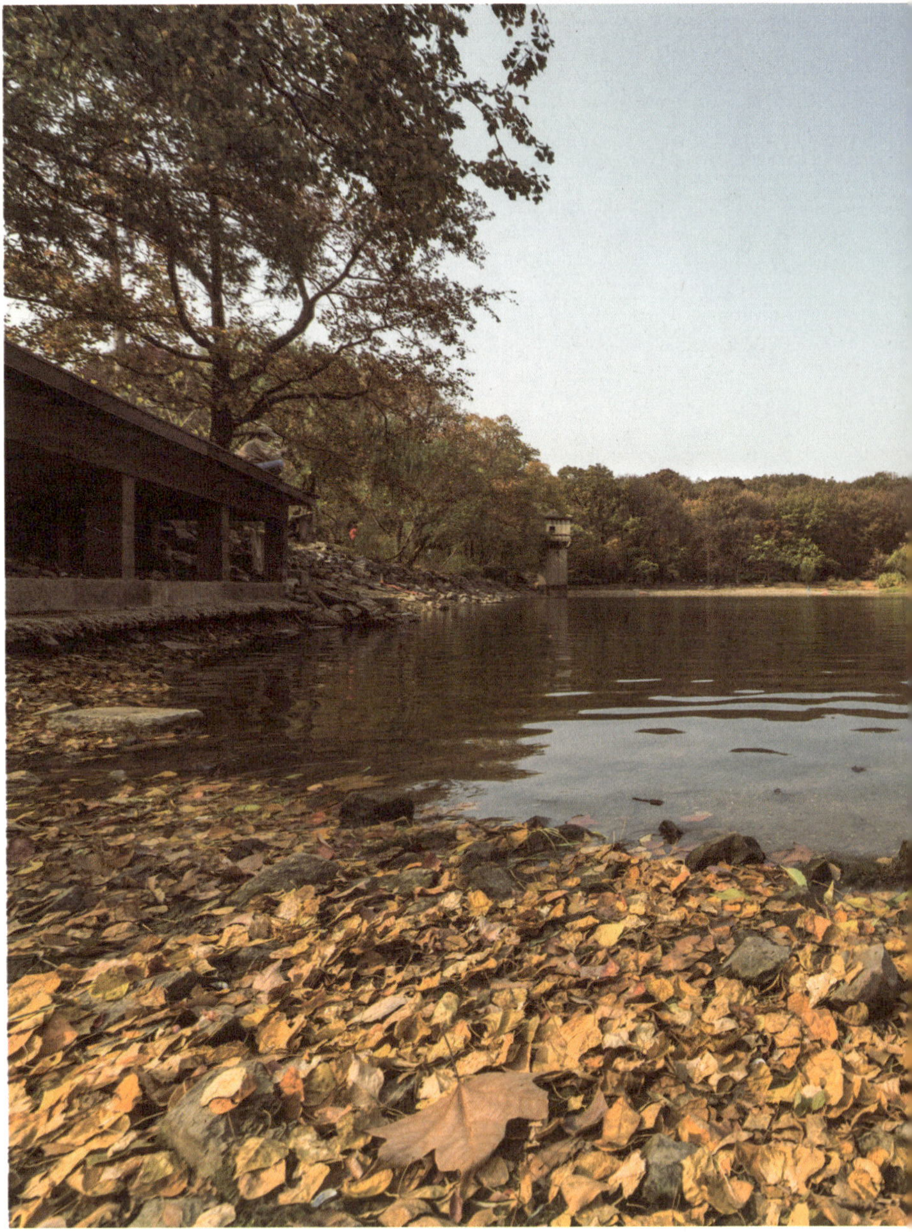

紫霞湖秋色

而南京这座城市的另一个魅力也在于它连在一起的东西，描摹不出形状。光看它历史上诸多名字，石头城、秣陵、金陵、建业、秦淮、升州、白下、江宁……这些混合了历史的气质都融汇在了一起，包容至极。

"我觉得每个城市跟别的城市不同的地方，不在于它的高楼大大有多高，而在于它的古迹有多少，历史味道有多浓，从这个角度讲，南京对我来说是很适合生活的，步调正好，有历史，也有人文味道，"最后他说，"朴实地讲，这里有我爱的人，城市因为人有魅力"。

紫霞湖

玄武区钟山风景名胜区明孝陵东北部

推荐理由

在南京人的心目中,著名景点总是熙熙攘攘,但紫霞湖是后花园般的存在,位于明孝陵景区的深处,面积约50000平方米,湖水清澈,周围林木葱郁,山青水碧,风景佳丽。我们熟知的"虎踞龙盘",东边是冈峦绵延的钟山,像一条世巨龙似地盘伏着,西边是巍然屹立的石城,像一只猛虎似地踞坐着,而紫霞湖就是龙的眼睛。

徐牧星喜欢紫霞湖的幽静,穿过明孝陵风景区,步行40多分钟的路程,一路上都是葱葱郁郁的树,空气清新,一年四季都值得走走。

朝天宫

秦淮区朝天宫6号

推荐理由

"朝天宫"来自明太祖朱元璋的下诏赐名,是"朝拜上天""朝见天子"的意思。如今的朝天宫古建筑群占地面积约7万平方米,是江南地区最大的古建筑群之一,南京市博物馆也坐落在此。

徐牧星喜欢这里气定神闲的气质,曾经闲来无事的清晨,会到朝天宫的花园溜达,晨练的老人们,悠荡的神情,南京每一处的慢都让他心醉神迷。

上海路

鼓楼区，南端与位于秦淮区的汉中路、莫愁路相接，北端止于北京西路和云南路路口

推荐理由

上海有一条南京路，而南京有一条上海路，如名字，也是精致的文艺的。上上下下的坡是上海路的一大特色，适合步行徜徉，邂逅一家家精致的咖啡店、餐厅、酒吧、古着店，不少店铺外都有桌椅，阳光倾洒，生活的小确幸在这条路上蔓延。

属于徐牧星的上海路记忆

在世纪之初，半坡村总有谈天说地的艺术家，旁边的披萨店可以吃到好吃的拿波里披萨，如今这些店都不在了，但上海路有新的故事发生。

新街口明瓦廊美食街

秦淮区中山南路西侧，南起大香炉，北至石鼓路东口

推荐理由

一个城市总有这么一条两条的美食街，对于外地来旅游的人来说，是夫子庙、老门东，但对于南京人来说，真正的美食街就在菜市场旁，在住宅楼间，是明瓦廊、狮子桥、丰富路、三七八巷、来凤街……一碗皮肚面、半斩的鸭子变成了挥之不去的习惯。

朋友来南京，徐牧星喜欢带对方去明瓦廊吃小吃，500米的巷子，聚集了很多小吃，有不少开了二十年的老店，易记皮肚面、台湾无名小店、洪泽湖小鱼锅贴，每家都必打卡。顺着明瓦廊顺便到陆家巷，小小一条巷子更聚集了几十家小吃，鸡蛋灌饼、项记面馆、肥肠鱼……当然，每次来都能发现新开的店，来来去去的美食，但总有几家老店为你坚守。

浦口民宅

浦口区津浦路

推荐理由

徐牧星喜欢用镜头记录下那些流逝的事物,浦口火车站附近的津浦路有几片旧民宅,不少都是民国留下的老宅,比如二层英式小别墅是曾经津浦铁路管理局高级职工的宿舍楼,还有废弃的医院。徐牧星曾把这里作为自己毕业作品的发生地,仿佛也可以进入尘封的记忆,一旁是空空荡荡的旧宅,一旁是生活的痕迹。据了解,1912年津浦铁路年全线通车后,也吸引了全国的青壮年来南京进入铁路行业成为工人,这里也记录了那一代人的生命旅程。

万驰赛车场
浦口区津浦路3号附近

推荐理由

作为一名职业赛车手,徐牧星对南京周边的赛车场地了如指掌。溧水的万驰赛车场是江苏省唯一的国际赛车场,拥有江苏省首条FIA认证的国际专业赛道,也是中国第八座专业赛车场。专业赛道外,还有乘试驾广场、越野赛道、专业卡丁车赛道,这里每年都会举办赛车比赛,也是绝佳的速度与激情的体验。

黄龙岘
江宁区江宁街道牌坊社区龙坊路1号

推荐理由

天气好时,徐牧星会开车到江宁黄龙岘,这里有山有水有茶,还有农家乐与民宿,是繁忙过后放松的好去处。

金鹰美术馆

建邺区应天大街888号A座52层

推荐理由

南京的新地标,一座"天空美术馆"。金鹰美术馆处在金鹰全球商务大厦的52层,占地面积总共12000平方米,当代的设计理念让这座美术馆在外观造型设计上更显时尚潮流,第一眼见去就要人心神憧憬。走入其中,不论是从立体感的组合上或是从简洁的建筑规划设计设计风格上,这座美术馆全然是一件非常值得人停留观赏的工艺品,与此同时也是一座有特点的种类工程建筑。其四周都使用了超大窗户的设计方案,视线做到了完美的宽阔。观看者难以不被眼下的奔腾不息所打动,难以不被南京市这座城市的漂亮所吸引住。

南台巷（新晋咖啡一条街）

秦淮区南台巷

推荐理由

短短三百米的南台巷，一路上都是格调满满的宝藏店铺，咖啡店、手作店、食肆酒吧、古着店。眼前是老南京住宅，远处是金鹰国际，浓浓的市井气息与新街口的繁华交融，南台巷的好逛不只在它别具一格又自成体系，不管白天有多少"网红"打卡，夜晚的南台巷总是万籁俱寂，无声地散发着南京这座古都里独特的语言。当你漫步在南台巷时，顺着一曲惬意的音乐旋律，总能撞见特别的惊喜。

明孝陵航拍

人物档案

郁嬿，南京大学大二学生，土生土长的南京人。_____

南京记忆与世界视野

学生 | 郁嬿

南京秘境推荐

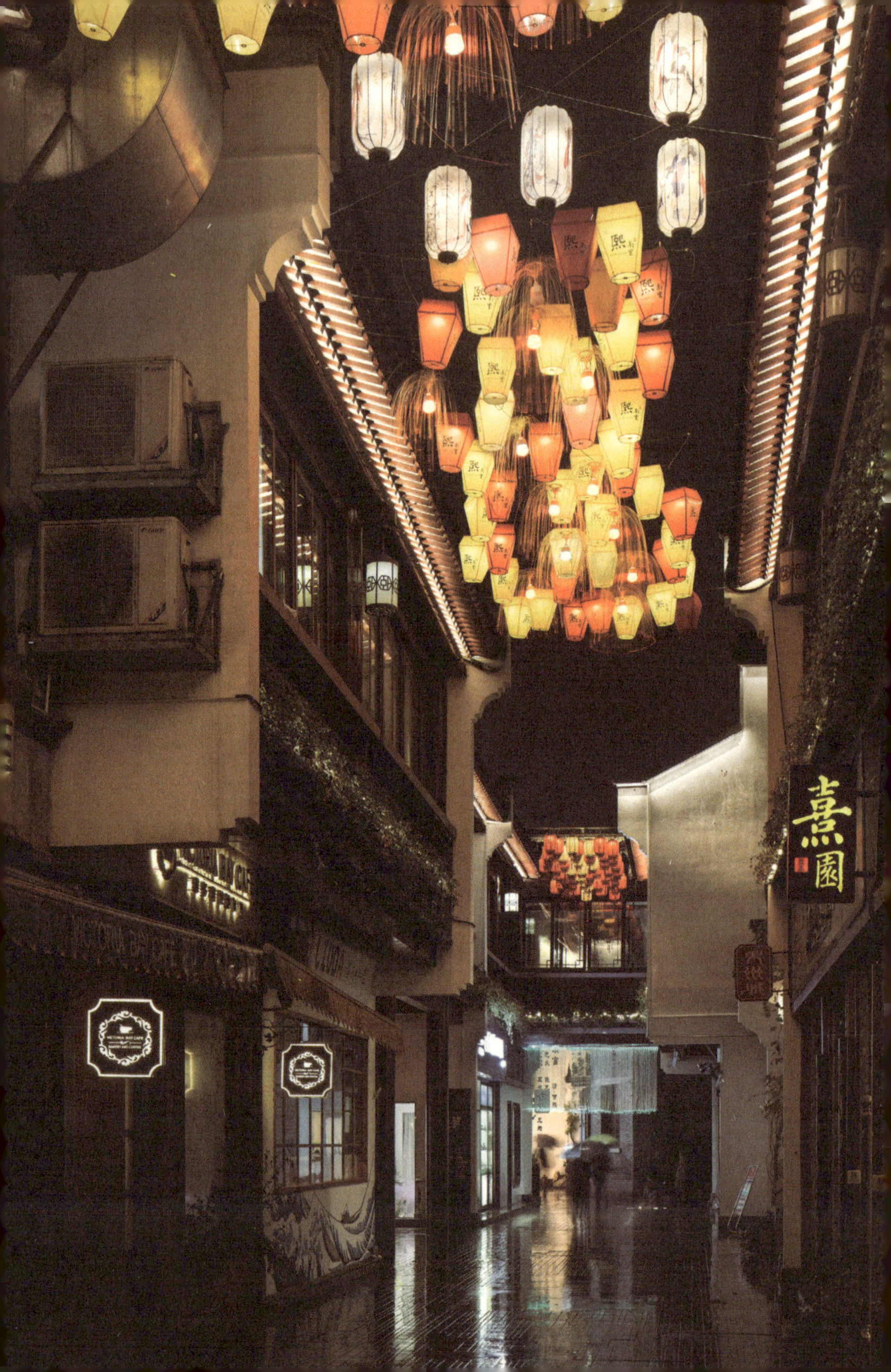
熹園

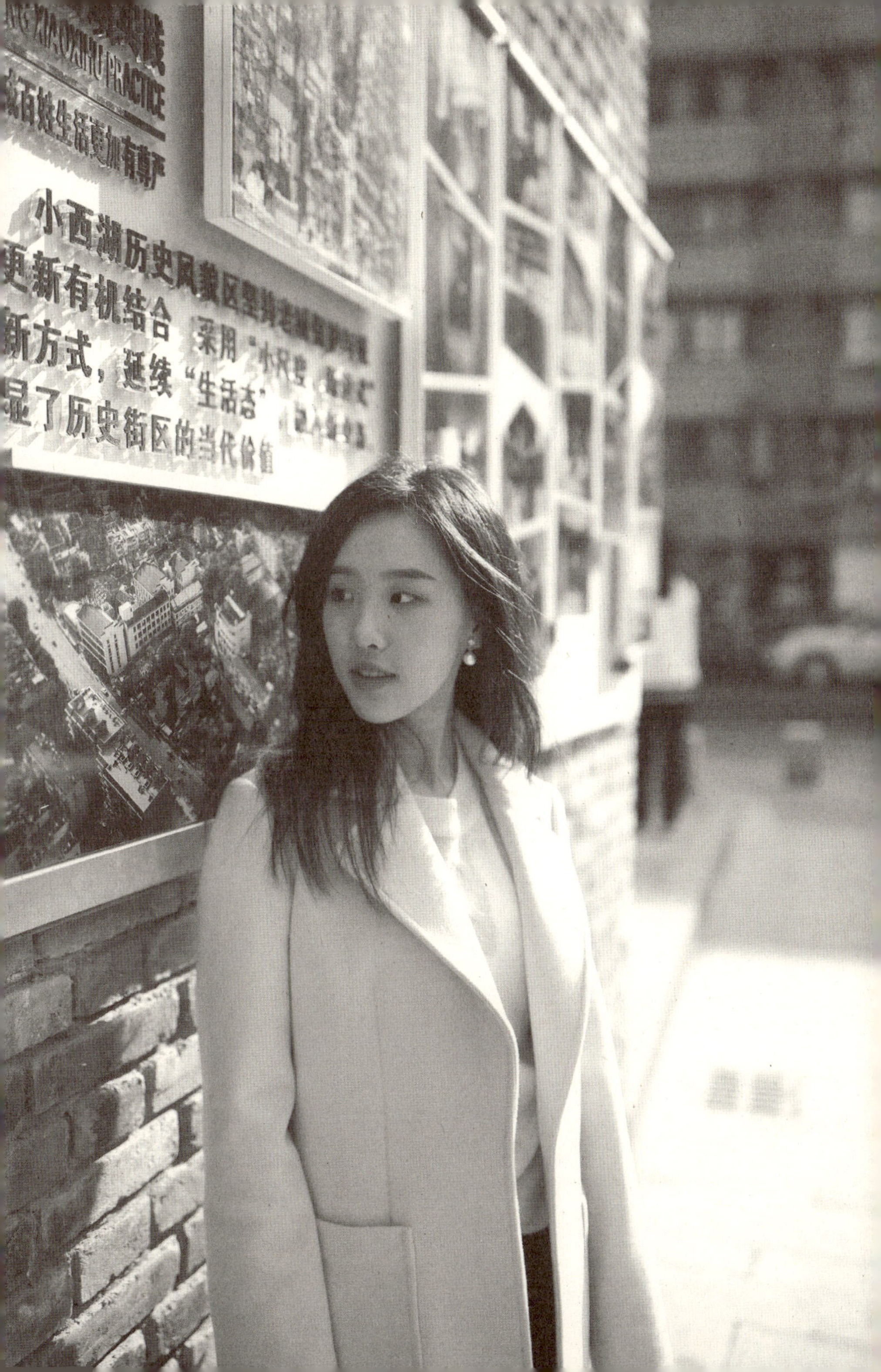
小西湖历史风貌区
更新有机结合 采用
新方式，延续“生活态”
显了历史街区的当代价值

『我们很低调,南京人不会那么张扬,是一种脆生生的大萝卜性格,无所谓的,不会很主动,但你遇到事了,对方一定会帮你张罗。』

2002年出生的郁嬿觉得，无论将来去到哪里，未来应该还会回到南京，这里是她的舒适地带和温柔乡，留下了20年的成长足迹——从龙江到北京东路，从北京东路到仙林，从南湖小吃店到街角的"网红"小铺，从保利大剧院再到商业综合体内的推理社，相机随身带着，走走拍拍，又开始无比寻常的一天。

去年，郁嬿到曼彻斯特做了半年的交换生，会不自觉地对比两个城市——千年古都和工业之城，一旁是六朝古都和俯拾皆是的历史遗迹，另一旁的重工业部分褪去，留下了百年哥特建筑和博物馆，这些都呈现不同的"文艺"之美。

城市文明在斗转星移间拔地而起，人群熙熙攘攘，郁嬿去了曼彻斯特歌剧院听了音乐剧 *Waitress*，也会跨时空想起在南京的江苏大剧院看的《茉莉之音》，无论去往哪里，关于南京的记忆都会浮上心头。

南京给她沉稳的心性和开放的胸怀，而一个个年轻的"他们"

420

北京东路航拍

琵琶湖秋色

也将继续赋予这座城市灵动与生机。

从鼓楼东宝路到玄武北京东路的两点一线串联起郁嬿这些年的大部分时光，小学在北京东路小学，初高中在南京外国语学校，沿途的风光她都再熟悉不过。

南外对面有个刘长兴面馆，放学后饿着肚子的郁嬿会用一块硬币和同学一起买个鱼香肉丝包子。公教一村的小卖部，也留下同学们吵吵嚷嚷的身影，零食填满了放学后的快乐时光。南外国际部的小花园，春天不用去鸡鸣寺就能看到漫天的樱花，还会和同学约在那里听歌荡秋千。每年秋天，旋转楼梯前的空地会铺满金灿灿的银杏叶，郁嬿想起有一年的十二月，每天都有同学们用树叶做的拼画：I LOVE NFLS、I LOVE CHINA，国家公祭日那天，还有"1213"配了一只和平鸽。

母亲是英语老师，也是她开启文学世界的钥匙，从阅读经典开始，《绿山墙的安妮》《爱丽丝漫游仙境》《百万英镑》。周末一家人还会围坐一起看电影，郁嬿最喜欢音乐剧，《放牛班的春天》《雨中曲》《音乐之声》《歌舞青春》，也慢慢地爱上了看戏、听音乐剧。

2020年，郁嬿保送到了南京大学[70]英语系，开始系统学习英语语言文学，一旁是语言之海，一旁是文学天地，南大自由开放的学习环境也让郁嬿的视角更开放。课余时间郁嬿加入

70　南京大学肇始于1902年创建的三江师范学堂，此后历经两江师范学堂、南京高等师范学校、国立东南大学、国立中央大学等历史时期，1950年更名为南京大学。1952年，调整出部分院系后与创办于1888年的金陵大学文、理学院等合并，仍名南京大学。

南京大学

南京大学歌剧魅影音乐剧社，技术部，配合每场剧目的幕后工作，做道具、跟早上的训练、做训练记录。虽然不能在镁光灯下，但作为一枚小小螺丝钉，为庞大的体系运作做出一小份贡献，郁嫌觉得很快乐。

据了解，南京大学歌声魅影音乐剧社成立 17 年了，不仅是南大的招牌社团之一，还曾经获得过江苏省文化节一等奖，一直以来致力于向大众普及音乐剧知识，推荐优秀的音乐剧作品、传播校园音乐剧和高校音乐剧文化。其中"一年一剧"是每年的重头戏，不仅在校内引起轰动也走出校园，在南京市紫金大剧院等剧院进行公演。截至今年，音乐剧社已经成功排演出了十余部音乐剧，《蝴蝶梦》《来自远方》《歌剧魅影》……郁嫌对一部部音乐剧如数家珍，而能够成为其中一员并参与年度剧目制作也让她兴奋。

绿博园郁金香

今年郁嬿参与了年度音乐剧《土拨鼠之日》的幕后，这个讲述小镇电视台气象播报员菲尔报道土拨鼠日庆典时因为突如其来的暴风雪被困的故事吸引着她，"菲尔陷入因此土拨鼠之日的循环里，永远都会出现相同的人，发生同样的事情"。

南京大学歌声魅影音乐剧社彩排

而借由音乐剧,也开启了郁嬚对于生命的理解,不再是作为观众,远距离欣赏着阳春白雪,而是可以从任何时代主题中抽离出与现实紧密相连的强烈共鸣——关注个体和环境,"就像菲尔不喜欢自己的工作,也不喜欢自己的生活,更不喜欢周围的人,这种循环往复也是他重复如一日的生活造成的。"

郁嬚觉得音乐比语言文字更适合表达情感,比如有时连自己都搞不懂自己想法的时候,她可以快速找到一首共鸣的音乐,她相信艺术可以改变世界。而对于一部音乐剧来说,"通过其独特的艺术形式让这一些前卫的主题变得通俗易懂,结尾的温暖动人又让我知道,即使看见世界的本来面貌,也要选择相信它。"

选择看见和相信,再继续投入现实,郁嬚相信"唯有投入现实才不会被现实束缚",所以从高中时,她就陆续参加了一系列公益活动。

2019年,郁嬚和同学一起报名参加了"2019紫金草国际和平夏令营"的志愿者,作为活动的翻译带领当年救助过南京人民的国际友人约翰·拉贝的后人参观了"侵华日军南京大屠杀遇难同胞纪念馆""南京利济巷慰安所旧址陈列馆",也和国际友人一同聆听了南京大屠杀幸存者讲述的证言。

在给当年南京安全区国际委员会主席约翰·拉贝的曾外孙莱因哈特做翻译的过程中,郁嬚深受触动,"觉得他们甚至比我们更关注这段历史",当年约翰·拉贝的座右铭"困难时不袖手旁观"一直影响着整个家族,"直到现在,约翰·拉贝先生的后人们还在接纳照顾逃难到柏林的难民,莱因哈特先生和妻子收养了 40 个孤儿，也让我深受鼓舞。"郁嫌觉得，现实中很难再有机会做出拉贝那样巨大的贡献，但自己可以继承他的助人精神，从身边小事做起，在日常生活中践行。

高中时，郁嫌就选修了南外开设的历史选修课《面对历史和我们自己》，通过《南京暴行》《南京安魂曲》等书籍和史料更系统地了解了这段历史。作为南京人，郁嫌也很珍惜这样的机会，相信"历史和现实的双向构建里，才更可以理解南京的今天。"

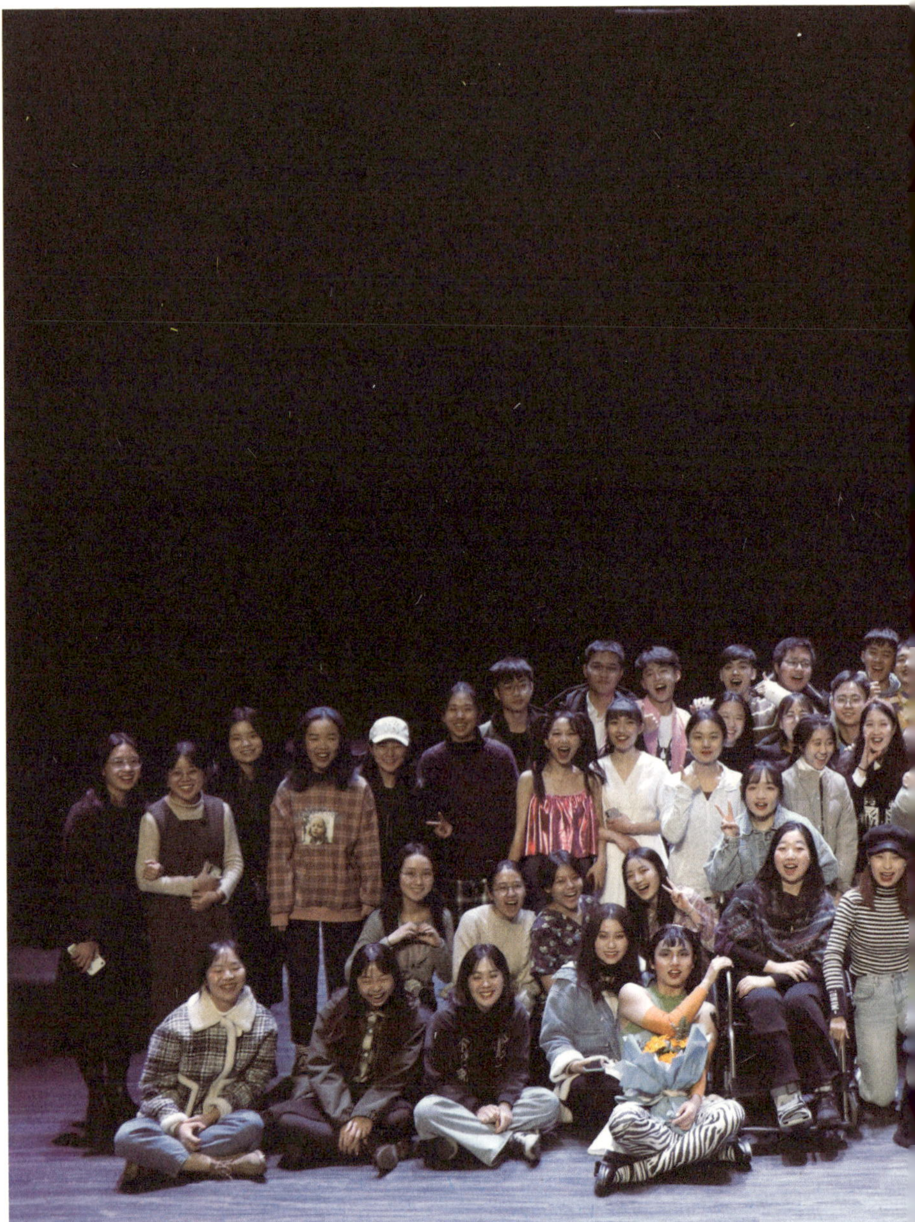

南京大学歌声魅影音乐剧社大合照

进入南京大学学习后，每年假期，郁嫌都会关注类似的项目。2020年暑假，郁嫌参加了由南京大学外国语学院德语系牵头，联合国教科文组织和平学教席、南京大学拉贝与国际安全区纪念馆、德国费希塔大学与海德堡大学共同支持的"拉贝日记与和平城市"国际云科考项目，重走了约翰·拉贝当年在南京、北京、上海三地的生活轨迹，也更加了解拉贝及《拉贝日记》形成的前尘往事。郁嫌觉得，残酷的暴行之中，更感受到了人类的爱，无国界的爱。而自己也会以此勉励，休戚与共，离开个人的小天地，更加关注社会现实，"就像南外的校训，'中国灵魂，世界胸怀'"。

去年在曼彻斯特做交换生时，郁嫌背了很多的代表南京文化的纪念品，标志建筑冰箱贴、夫子庙的状元手办、速食版的鸭血粉丝汤……送给外国友人时，郁嫌还会一一介绍。

"大部分同学都不知道南京这个城市，"郁嫌会告诉对方南京是一个拥有2500多年历史的城市，对方都会很震惊，"我们都觉得南京太低调了"。在南京，郁嫌遇到的不少外国朋友到了南京之后，都会感慨这里的与众不同，有繁华有古朴，很多同学都把这里当作了自己的第二故乡。

在曼彻斯特的戏剧课堂上，郁嫌跟着老师读了不少戏剧，王尔德的《一个无足轻重的女人》、欧里庇得斯的《美狄亚》，英国有着悠久的戏剧历史，郁嫌在读到莎翁的四大悲剧和四大喜剧时，也会想到隔空相对的汤显祖，他的"临川四梦"，这种双向的文化互动都深深吸引着郁嫌。

文化交换不仅体现文学上，还在饮食里。郁嬚聊到自己在公共厨房做中餐的经历，每顿饭都有外国同学上前细问，"这是什么？"，郁嬚会用英语解释，莲藕——是莲花的根部，木耳——是一种长在木头上的真菌，对方会哑然失色，接着也会把自己做的西式"黑暗料理"介绍给郁嬚，切磋厨艺。末了，大家会感慨真是有趣的"文化交换"。

郁嬚近照 玄武湖游船

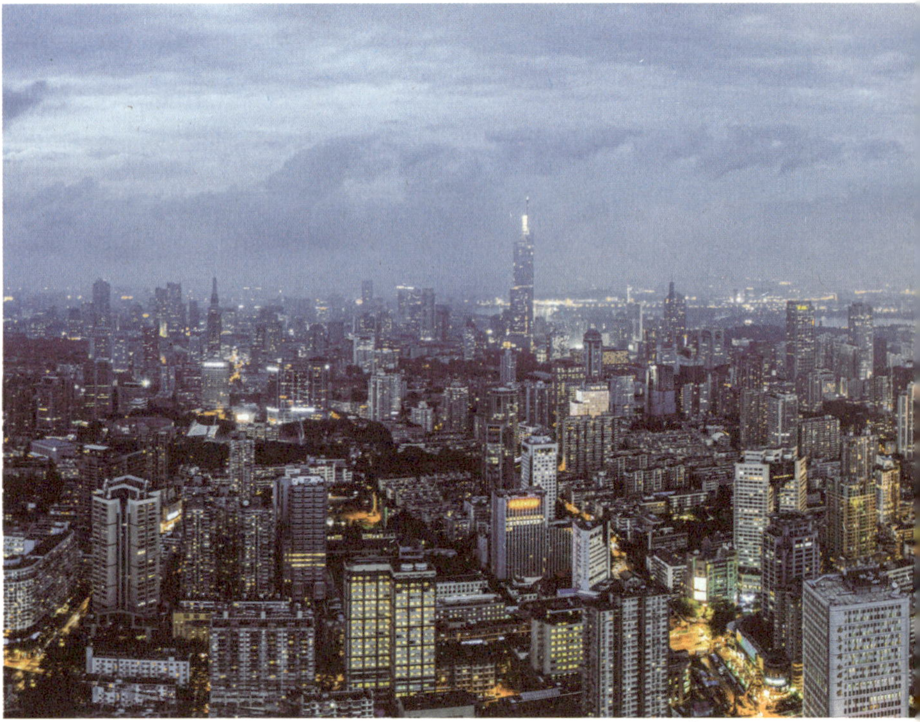

她也会拿着相机到街头随便拍拍，这时总有热情的当地人主动探出头来，和郁嬿一起入镜，比个剪刀手，开心极了。这点，南京就不太一样了，"我们很低调，南京人不会那么张扬，是一种脆生生的大萝卜性格，无所谓的，不会很主动，但你遇到事了，对方一定会帮你张罗。"

这种亲切感是郁嬿的南京记忆，也是一个年轻生命的根。聊到未来，郁嬿说自己会读和戏剧相关的专业，但无论去到世界哪里，都将继续讲南京故事。

南京城市夜景航拍

郁嬿近照

南京保利大剧院

建邺区邺城路6号

推荐理由

南京保利大剧院由著名结构主义设计大师扎哈·哈迪德设计，包括一个1917座大剧场，一个441座的音乐厅，呈现歌剧、舞剧、交响音乐会、芭蕾、话剧、音乐剧、戏曲等各种大中型演出，也是南京市重要的文化窗口。

来保利大剧院看剧获得心灵享受之外，单纯欣赏这座建筑也同样是一种陶冶，作为南京最具现代感的建筑，保利大剧院以几何为主体的设计，外墙是不规则的几何的矩形。建筑本身的设计感和秩序感，在阳光照射下更有质感，与天空协调呼应，有一种协调的美感，蕴含着数学的哲理……

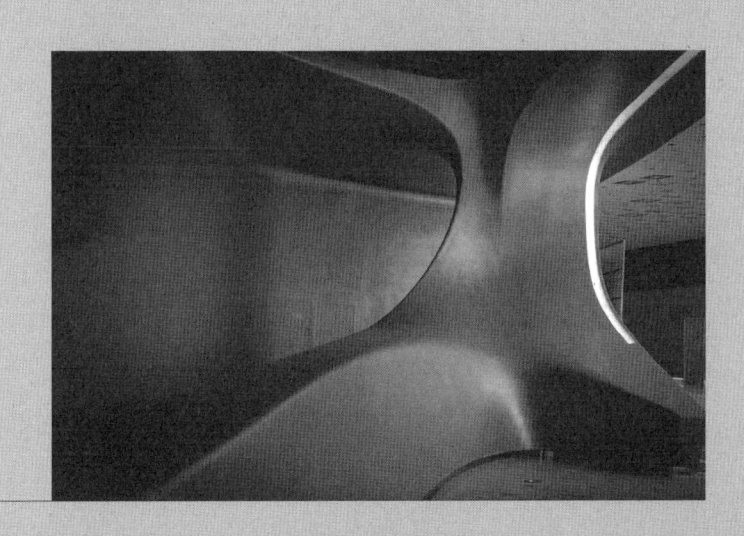

利济巷慰安所旧址陈列馆

秦淮区利济巷2号

推荐理由

南京利济巷慰安所旧址陈列馆是侵华日军南京大屠杀遇难同胞纪念馆的分馆，是亚洲最大、保存最完整的慰安所旧址，陈列馆由8幢淡黄色的两层建筑组成，总建筑面积3000多平方米。据相关调查，当年侵华日军在南京设立的慰安所多达40余处，现多数已被拆除，利济巷慰安所旧址是南京乃至整个亚洲地区最大的一处日军慰安所旧址，也是唯一一处被在世慰安妇指认过的慰安所建筑。

陈列馆共展出了1600多件文物展品、400多块图板、680多幅照片，陈列分为A区、B区、C区三个板块，各有侧重，五个'泪'作为整个陈列馆展陈的灵魂——"泪洒一面墙""泪湿一片地""泪滴一条路""无言的泪"及"流不尽的泪"串起整个展陈，刻画慰安妇受害者的这段历史，也用铁一般的事实向世人讲述日本军国主义的暴行。

南京绿博园

建邺区扬子江大道 228 号

推荐理由

绿博园因首届中国绿化博览会在此成功举办而得名,是中国最具特色的绿化主题公园之一,也是南京河西滨江风光带的示范段,长江沿岸最大的城市公园。沿长江岸线长度 3 公里,占地面积 160 公顷,全园有 45 个景点,包括 35 个国内园、5 个国际园、2 个行业园以及江堤外 3 个自然风光区,园内有全国各地植物品种超过 600 种,其中包含多种国家一级保护植物、国家级珍稀保护植物。

园内分省市园展示和主题景区,每年春夏顺着季节,都会有满园花海可以在荷兰友谊园看风车、教堂、农舍、水车房,还有盛放的郁金香,每一步都是童话。在左岸花海感受"三山半落青天外,二水中分白鹭洲"的诗中意境,还有天蓝鼠尾草、柳叶马鞭草、金鸡菊、绣线菊、夏堇、孔雀草、波斯菊、彩叶草等 20 余种随着季节更换的花。

北京东路

西起鼓楼广场，东至龙蟠中路，全长约 2390 米

推荐理由

高耸的水杉拂过葱茏的雪松，是北京东路给人的第一印象，西起鼓楼广场，东至龙蟠中路，全长约 2390 米，既有深厚的历史底蕴又有朝气活力，市机关幼儿园、北京东路小学、南外、东大……它见证了无数个孩子的成长史，六百多年前的高等学府国子监也在这里，百年后，东南大学的文气依旧一脉相承。今天再来北京东路街头走走，南外门口的荣军巷，是一段段美妙的味觉记忆，鸡蛋煎饼、老鸭粉丝汤、手工水饺、杂粮菜煎饼……路一头的环亚凯瑟琳广场，霓虹闪烁觥筹，让人感受到了更多的城市活力。36 号的兰园市场，可以看到很多退休后大爷大妈的快乐生活。时空交替，不同时代的人开始了一年又一年的生活。

刘长兴面馆

秦淮区许家巷2号

推荐理由

刘长兴面馆建于1901年,如今已有百年历史了,成为外地人到南京后的"特色小吃"的必打卡之处。现存历史最久的面馆是地处繁华闹市夫子庙的刘长兴面馆,陆续又开了数家分店。店内的招牌是薄皮蟹黄小笼包子、五仁馒头、大肉面、鳝鱼面和熏鱼面等,食客必点的是"薄皮蟹黄小笼包","薄皮色白,卤多味美",在一九八九年荣获国家商业部名特小吃"金鼎奖",一九九六年被国内贸易部认证为"中华名小吃",被人们誉为,"刘长兴一绝"。

戴君华面馆

建邺区莫愁新村64号

推荐理由

曾经的南湖中华面馆改名为戴君华面馆,但让老食客们惦记的味道依然不变。面馆隐于莫愁新村小区一楼,红底背景的显眼门头。最早的南湖中华面馆,是下岗后的戴君华,在九十年代南湖片区开的小面摊,一人一灶,渐渐引得周围居民的喜爱。店内的招牌是腰子面、三鲜面、大肉面、各种皮肚面,主打南京本地人爱吃的呛面,劲道而有嚼劲,也像南京人的性格。自制的辣油、骨头熬制的汤底,皮肚面是老南京人的最爱,配上各种灵魂浇头——皮肚猪肝肉丝、皮肚猪肝香肠、皮肚香肠肉丝,使开启了南湖的美食之旅。

二楼南书房

秦淮区秣陵路21号民国建筑4号楼2楼

推荐理由

在居民楼中一幢民国小楼里的二楼南书房靠近新街口商区，想值得主人一定是爱书之人，才会把自家院子的二楼开辟为如今的书房。这里大概有三间屋子，还有一个小阳台。每一间屋子靠墙处都放置着大小不一的八层书架，上面按不同出版社将书籍整齐排列。不过，这儿的书籍是不出售的，只供阅读。你无需担心小小书房无法满足你阅读的欲望，书房团队会综合主观推荐、豆瓣评分高于七分、亚马逊超过四星以及借阅量等数据早早地将列表清单准备，所以每个季度这里都会更新两百多本左右的书。茶几上的盆栽、暖黄的灯光，以及具有年代感的桌椅，烘托出一片安静而平和的氛围，来此的人总会不自觉地轻手轻脚，生怕打扰他人。

MO 音琵琶街

秦淮区夫子庙西南侧乌衣巷附近

推荐理由

MO音琵琶街位于夫子庙秦淮风光带，全长约500米，将艺术装置、新消费场景有机结合起来，沿街道布局了九大艺术空间装置，各装置均赋予个性鲜明的乐器元素，如琵琶、萨克斯、手风琴等等。因这里紧邻夫子庙，灵活地将古典与时尚相融合、餐饮集市、拍照打卡为一体，是出行旅游、购物休闲之地。

鸡鸣寺

玄武区鸡鸣寺路1号

推荐理由

鸡鸣寺位于南京市玄武区鸡笼山东麓山阜上，又称古鸡鸣寺，始建于西晋永康元年（300年），已有一千七百多年的历史，是南京最古老的梵刹和皇家寺庙之一，香火一直旺盛不衰，自古有"南朝第一寺""南朝四百八十寺"之首的美誉，南朝时期与栖霞寺、定山寺齐名，是南朝时期中国的佛教中心。

江心洲教堂

建邺区环岛东路与中新大道交叉路口往东北约 80 米

推荐理由

江心洲教堂是近两年江心洲之上的打卡新胜地,由南京大学建筑规划设计院设计。这所教堂的建筑设计感特别强:有阳光的天气下,光影结构出众。镂空设计的十字架,透进阳光在地上打出的影子。整个教堂外部以黑色为主,内部白色居多,晴天时光线投射进来整体很有设计感,但阴天的效果会更容易拍出情绪风格的照片。

南京城市夜景航拍

本书图片除版权页署名的图片支持者外,均为被访者提供,特此感谢。

图书在版编目（CIP）数据

南京人的南京 / 文枢主编 . -- 南京 : 江苏凤凰文艺出版社 , 2023.2（2024.1 重印）
ISBN 978-7-5594-7437-7

Ⅰ.①南… Ⅱ.①文… Ⅲ.①散文集 – 中国 – 当代 Ⅳ.① I267

中国版本图书馆 CIP 数据核字 (2022) 第 256741 号

南京人的南京

文枢　主编

出 版 人	张在健
责任编辑	周颖若
文字统筹	杨　赟　徐建翎　唐　铄
图片统筹	史　可　曾勇翔
采访支持	城品人物
图片支持	博澜视觉　瞰世界摄影
摄影支持	大花眼　林　琨　褚旭峰
书籍设计	瀚清堂
出品单位	南京市文学之都促进会
支持单位	南京市文化投资控股集团　南京创意中心
	南京金陵文化保护发展基金会
出版发行	江苏凤凰文艺出版社
	南京市中央路 165 号，邮编：210009
网　　址	http://www.jswenyi.com
印　　刷	苏州市越洋印刷有限公司
开　　本	880 毫米 ×1230 毫米 1/32
印　　张	14.125
字　　数	331 千字
版　　次	2023 年 2 月第 1 版
印　　次	2024 年 1 月第 2 次印刷
书　　号	ISBN 978-7-5594-7437-7
定　　价	88.00 元

江苏凤凰文艺版图书凡印刷、装订错误，可向出版社调换，联系电话 025-83280257